教育部人文社会科学专项任务项目成果（05JD880064）

中国高等教育国际竞争力

比 较 研 究

朱 红 朱 敬 刘立新 等著

天津大学出版社
TIANJIN UNIVERSITY PRESS

内 容 简 介

本书为教育部人文社会科学研究项目《中国高等教育国际竞争力比较研究》(项目编号05JD880064)研究成果之一,从以下4个方面作了研究。

第一,建立高等教育国际竞争力理论体系,分别从结构理论、分类理论、竞争理论、评价理论4个方面研究高等教育国际竞争力理论。

第二,在提出理论的基础上,研究方法论。研究高等教育国际竞争力方法体系,分别从总体评估方法和分类评估方法两个角度,进行研究。

第三,实证分析部分,利用提出的方法,对中国高等教育竞争力进行比较分析。分类比较分析分类评估方法中涉及的教学水平、科研水平、人力资源、信息资源、基础设施等水平,总体比较分析中国高等教育国际竞争力的宏观水平,可以说是分类比较的集合。

第四,在实证分析的基础上,得出结论,提出中国高等教育国际竞争力提升的战略和策略。

图书在版编目(CIP)数据

中国高等教育国际竞争力比较研究 / 朱红,朱敬,刘立新等著. —天津:
天津大学出版社,2010.8
教育部人文社会科学专项任务项目成果.05JD880064
ISBN 978 - 7 - 5618 - 3589 - 0

Ⅰ.①中… Ⅱ.①朱… ②朱… ③刘… Ⅲ.①高等教育—竞争—对比研究—中国 Ⅳ.①G649.21

中国版本图书馆 CIP 数据核字(2010)第 150954 号

出版发行	天津大学出版社
出 版 人	杨欢
地　　址	天津市卫津路 92 号天津大学内(邮编:300072)
电　　话	发行部:022 - 27403647　邮购部:022 - 27402742
网　　址	www. tjup. com
印　　刷	昌黎太阳红彩色印刷有限责任公司
经　　销	全国各地新华书店
开　　本	169mm × 239mm
印　　张	11.5
字　　数	238 千
版　　次	2010 年 8 月第 1 版
印　　次	2010 年 8 月第 1 次
印　　数	1 - 2000
定　　价	29.00 元

前　　言

关于国家竞争力的研究成果,最著名的当属世界经济论坛(World Economic Forum,WEF)每年公布的《全球竞争力报告》和瑞士洛桑国际管理学院(International Institute for Management Development,IMD)每年公布的《国际竞争力年鉴》。IMD 的一级指标有八个,即国内经济实力、国际化程度、政府作用、金融环境、基础设施、企业管理、科学技术和国民素质。WEF 的一级指标也有八个,即开放程度、政府、金融、基础设施、技术、管理、劳动力和制度。我国于 1991 年开始,以国务院体改办研究所为主,成立了《中国国际竞争力比较研究》课题组,与 WEF 和 IMD 合作,研究中国各行各业的国际竞争力,不过不包括教育竞争力比较研究。

教育竞争力(educational competitiveness)是指参与竞争的主体在教育领域内部以及与外部环境的互动过程中,高效运用各种技术,全面整合各种资源,不断学习和创新,从而创造优势并保持优势的力的总和,一般包括教育竞争外力(outside force)、教育竞争能力(competence)、教育竞争活力(activity)、教育竞争力量(strength)。

高等教育竞争力是在有效学校研究的基础上吸收企业竞争力和国家竞争力的研究成果而逐步发展起来的一个研究领域。目前,人们对教育竞争力的关注和探讨日益广泛,逐步从探寻影响学校有效性的因素以及提高学校有效性的方法扩展到研究学校之间的竞争和跨国、跨洲教育联盟之间的竞争。从研究层次来看,大体可分为学习者、学校和国家三个层次,其中学校为研究重点和焦点。从研究内容来看,涉及学习理论、竞争理论、行政学、情报学、经济学等领域。从价值取向来看,呈合作－竞争态势,合作成为提高竞争力的重要手段,有时甚至成为竞争的目的。从参与人员来看,已不再仅局限于教育领域,具有经济学、行政学、情报学等知识背景的学者相继加入,使得高等教育竞争力研究呈现出跨学科、多维度的态势。

国外高等教育竞争力研究是上世纪 50 年代有效学校运动的延伸和扩展。国内则不然,由于体制不同,我国高等教育竞争力研究起步较晚,可以说是发端于上世纪末期,在本世纪引起了越来越多的重视。由于我国在初等和中等教育竞争力方面研究不多,所以提到教育竞争力时大多指针对高等教育的研究。

高等教育竞争力的研究现状如下。

(1)研究特点

国内目前关于教育竞争力的研究有 3 个特点:一是集中在教育国际竞争力水平测

度的研究上,将一级指标确定为教育事业发展指标、国民受教育水平指标、教育经费投入指标、教育资源配合使用效率指标、教育产出指标等;二是从研究方法来看,多通过建立竞争力指标体系来研究教育竞争力,研究过程中,很少使用实证分析;三是教育国际竞争力的研究比较缺乏,基本上集中在大学核心竞争力的打造上,还没有上升到理论体系和实证分析的高度上。

(2)项目申报

从项目的申报情况来看,目前还没有关于教育国际竞争力研究的国家级项目,有个别省份在研究本省教育竞争力状况,如本项目主持人于2005年申请山西省教育厅人文社会科学重点项目《山西高等教育竞争力评价及其提升途径》已于2006年结题。该课题的研究目的是通过建立多元竞争力评价方法,对山西高等教育发展的历史和现状进行评价,对山西高等教育与周边省份高等教育的现状进行比较分析,从横向和纵向两个方位,全面分析山西高等教育竞争力,并在此基础上,提出山西高等教育竞争力提升的途径,为山西高等教育的发展提供决策依据。

我国部分比较著名的大学也已经开始在本校内立项,研究本校与其他学校的竞争力,为学校领导决策提供依据。如南京大学信息管理系情报学专业沈固朝教授的竞争情报(Competitive Intelligence,CI)实验室,目前已经承担过两个校内项目,分别研究复旦大学、武汉大学、南京大学、中山大学、吉林大学文科发展状况,并出版《五校文科发展状况报告》。该报告共分两个部分,第一部分是五校文科发展状况,第二部分是五校文科实力概况。该报告研究了五校学科建设、科研水平、师资力量、学术交流、学生情况、课题科研经费情况、办刊情况以及各学科领域实力等方面的情况。

(3)研究成果

从图书公开出版状况来看,目前只有南京大学信息管理系黄奇教授编写的《世界著名大学研究报告》。该报告选择了哈佛大学、斯坦福大学、加州大学伯克利分校、麻省理工学院、剑桥大学、牛津大学、东京大学、早稻田大学等美国、英国、日本八所著名的大学为研究对象,从各个方面研究了这八所大学的竞争力。

在《中国学术期刊全文数据库》上采用高级检索方式,检索字段为"篇名",检索式为"教育＊竞争力"和"大学＊竞争力",检索结果为14篇学术论文。其中研究大学竞争力的8篇,研究竞争力国际比较的2篇,研究区域教育竞争力的3篇,研究教育竞争力方法论的1篇。从论文发表状况来看,研究国际教育竞争力的成果比较少。

结合上述分析,确定本书的研究思路如下。

(1)确定中国高等教育竞争对手

选择代表中国高等教育发展先进水平的院校作为研究样本。我国比较著名的高等院校是"211"工程前期投资的9所院校,其中北京大学、清华大学已经进入世界百强院校,比其他7所院校更具有竞争优势。

① 在确定竞争对手时,首先确定北京大学、清华大学的竞争对手,方法为:由于竞

争对手必须是实力相当的,因此选择世界百强院校中与北京大学、清华大学排名接近或者略微超前的院校作为竞争对手,并且竞争对手的选择要兼顾综合性大学和工科大学。

② 其他7所院校的办学目标是进入世界百强大学,因此选择世界百强中排名比较靠后的大学作为竞争对手。

③ 在选择竞争对手的同时,还需要注意竞争对手的地域分布,竞争对手尽量分布在世界各个国家和地区,而非集中在某一个国家和地区。如果出现语言障碍,则借助本校外语系的帮助。

(2)建立中国高等教育国际竞争力指标体系

从目前对高等教育竞争力指标体系的研究来看,建立依据基本上有两种。

① 以高校系统运转过程中必备的教学、科研情况为依据,从情报学角度进行研究,研究代表为南京大学信息管理系情报学专业竞争情报实验室。指标体系的一级指标为学科建设、科研水平、师资力量、学术交流、学生情况、课题科研经费情况、办刊情况以及各学科领域实力等。

② 从教育产业和教育经济的角度出发,以产业和经济分析因素为依据,确定指标体系的层次结构,研究代表主要是经济学领域的专家。指标体系的一级指标为教育投入、教育成本、教育产出、教育消费等。

由于本项目主持人为南京大学信息管理系情报学专业博士研究生,研究方向为竞争情报、信息经济学和决策咨询,因此在建立高等教育竞争力指标体系的过程中,拟综合情报学和经济学的研究,将高等教育看做一个系统,从系统要素的角度出发,借鉴教育信息化测度指标体系的建立依据,建立高等教育竞争力指标体系。

(3)数据搜集

依据中国高等教育国际竞争力指标体系中的各级指标,尽可能地搜集我国高校样本和竞争对手的各种数据。数据的获取途径有以下3种。

1)统计资料

我国高校样本的数据来源主要包括《中国统计年鉴》,教育部社政司统计的《全国高等学校社科统计资料汇编》,教育部科技司出版的《全国高等学校科技统计资料汇编》,教育部直属高校工作办公室统计的《国家教委直属高校基本情况以及资料汇编》。国外高校样本的数据来源主要包括国外出版的各种政府出版物和统计资料。

2)文献资料

可供检索的文献资料主要有《中国学术期刊全文数据库》和一些国外著名的期刊论文数据库,如 EBSCO 数据库中的教育数据库。

3)网站资料

各个高校样本的网站也是各种信息资料获取的来源。

结合上述分析,确定本书的研究框架如下。

首先,建立高等教育国际竞争力理论体系,分别从结构理论、分类理论、竞争理论、评价理论四个方面研究高等教育国际竞争力理论。

结构理论研究角度为构成高等教育系统的要素,包括人力资源、设备资源、信息资源、资金投入、技术资源、管理资源、文化资源、科研成果。

分类理论研究角度为高等教育国际竞争力的突破点和关键因素,主要指核心竞争力、基础竞争力、环境竞争力。

竞争理论研究角度为竞争情报研究内容,主要指竞争对手、竞争战略、竞争环境、竞争态势。

评价理论研究角度为高等教育国际竞争力评价体系。

其次,在提出理论的基础上研究方法论。研究高等教育国际竞争力方法体系,分别从总体评估方法和分类评估方法两个角度出发进行研究。

分类评估方法分别评估教育系统各个要素,如教学水平、科研水平、人力资源、信息资源、基础设施等。

总体评估方法从整体的角度出发,以高等教育国际竞争力评价体系为依据,评估高等教育国际竞争力。总体评估方法采用的研究方法均为竞争对手分析方法,在竞争情报领域内经常使用。

再其次,实证分析部分,利用提出的方法,对中国高等教育国际竞争力进行比较分析。分类比较分析分析分类评估方法中涉及的教学水平、科研水平、人力资源、信息资源、基础设施等水平,总体比较分析分析中国高等教育国际竞争力的宏观水平,可以说是分类比较分析的集合。

最后,在实证分析的基础上得出结论,提出中国高等教育国际竞争力提升的战略和策略。

本书为教育部人文社会科学研究项目《中国高等教育国际竞争力比较研究》(项目编号05JD880064)研究成果之一。在研究与写作过程中,刘立新完成了第二章的写作;汉章和张惠萍参与了项目的论证以及本书的统筹工作,并完成了第七章的写作。由于研究周期较长,数据搜集较为困难,还存在一些不足之处,敬请各位专家学者批评指正。

著者

2010 年 6 月

目　录

1 高等教育国际竞争力的理论研究

1.1 高等教育竞争力研究现状

高等教育国际竞争力是在上世纪后期国家竞争力研究的大背景下被明确提出的，是学校有效性研究在高等教育和国际领域的延伸。因为在有效学校研究展开的同时，企业竞争力和国家竞争力的理论研究与实践活动日趋成熟，特别是在知识经济、全球竞争的大趋势下，国家竞争力的比较和较量显得尤为重要。而高等教育作为国家竞争力体系中的基础要素起着重要的作用。于是，对高等教育竞争力的关注与探讨越来越多。

1.1.1 国外研究

高等教育竞争力是在有效学校研究的基础上吸收企业竞争力和国家竞争力的研究成果而逐步发展起来的一个研究领域。目前，人们对教育竞争力的关注和探讨日益广泛，逐步从探寻影响学校有效性的因素以及提高学校有效性的方法扩展到研究学校之间的竞争和跨国、跨洲教育联盟之间的竞争。从研究层次来看，大体可分为学习者、学校和国家 3 个层次[1]，其中学校为研究重点和焦点。从研究内容来看，涉及学习理论、竞争理论、行政学、情报学、经济学等领域。从价值取向来看，呈合作竞争态势，合作成为提高竞争力的重要手段，有时甚至成为竞争的目的。从参与人员来看，已不再仅局限于教育领域，具有经济学、行政学、情报学等知识背景的学者相继加入，使得高等教育竞争力研究呈现出跨学科、多维度的态势。

评估是推动教育竞争力发展的重要手段，也是教育竞争力的重要组成部分。国外

---

[1]　吴天元，吴天方：《教育竞争力理论基础之建构》，全球化、教育竞争力与高等教育改革国际学术研讨会汇报材料，http://www.ced.ncnu.edu.tw.

对此十分重视,以美国为代表,美国近年来开展了几次大规模的评估活动。如有效教育中心(Centre of Effective Education,CEE)于 2004 年进行了有效学校调查研究(Educational Effectiveness Survey,EES),并出台了相应的调查报告①。西方学校与学院协会(Western Association of Schools and Colleges,WASC)的高级院校与大学鉴定委员会(Accrediting Commission for Senior Colleges and Universities,ACSCU)于 2003 年对加利福尼亚等地区的高校进行了有效教育评估(Educational Effectiveness Review,EER)②。上述评估活动为学校和政府的决策提供了重要依据。在全球范围内,高校评估(如大学的排名)日益规范化、科学化。有关高校评估和大学排名的论述很多,由于篇幅所限,在此不赘述。

国外相关研究有以下特点③。

① 重实践应用,轻理论研究。国外更多注重研究如何提高高等教育竞争力,在理论方面大多是借用竞争力理论的部分研究成果,缺乏与教育理论的整合研究,没有对教育竞争力的内涵进行深刻的剖析,也没有对"竞争力"和"效力"等词汇进行明确的辨析。在理论体系构建方面更是少有建树。

② 学术研究与咨询服务并举。由于在上世纪后半期有较深厚的研究基础,进入本世纪后,国外对高等教育竞争力的研究从学术研究为主转向学术与服务并举,为学校提供咨询服务和技术支持的组织与机构相继出现。如美国成立了高等教育竞争力协会(Association of Higher Educational Competitiveness,AHEC),这是个非营利性组织,它主要是为高校决策层提供各种咨询服务,为相关学术、实践成果提供经验交流的平台,旨在提高高校的绩效和竞争力。还有有效教育中心(CEE),该中心是一个非营利性的提供咨询服务和调查研究的机构,为学生和教育从业者提供各种工具和服务,及时发布学术界的最新成果,交流社会实践经验,旨在通过促进学生和学校的学习来提升学校等教育组织的效力和能力。

③ 竞争集群态势突显。在学校评估和国家竞争的推动下,竞争战略研究,特别是波特的竞争集群理论对教育也产生了影响。通过地域联合形成集群成为提升教育竞争力的重要手段。欧洲是这方面的践行者,先后于 1998、2000、2002、2005 年分别在博洛尼亚、里斯本、巴塞罗纳、卑尔根召开会议,讨论如何提升欧洲教育竞争力,并出台了相关的报告④。在全球化的背景下,跨国、跨洲合作亦呈增多之势。

1.1.2 国内研究

国外高等教育竞争力研究是上世纪 50 年代有效学校运动的延伸和扩展。国内则

---

① "Mission Statement", http://www.effectiveness.org.
② "Education Effectiveness Review", http:// www.wascsenior.org [4] What is A – HEC. http://www.a – hec.org/.
③ 朱敬:《大学竞争力研究溯源及内涵演析》,载《现代大学教育》,2008(1),86-90。
④ Figel, J(2005): "Higher Education and Competitiveness", European Policy Center,http://europa.eu.int.

不然,由于体制不同,我国高等教育竞争力研究起步较晚,可以说是发端于上世纪末期,在本世纪引起了越来越多的重视。由于我国在初等和中等教育竞争力方面研究不多,所以提到教育竞争力时大多指针对高等教育的研究。

我国教育竞争力研究现状和特点如下。

① 大多集中在对大学核心竞争力的研究,对区域教育竞争力亦有所重视。由于大学具有培养人才、发展科研和为社会服务的功能,对区域竞争力和国家竞争力的提升具有直接的重要作用,所以对大学核心竞争力的探讨相对来说比较多。在 CNKI 期刊全文数据库上与教育竞争力相关的论文有数十篇,其中探讨大学核心竞争力的占二分之一,大多是对大学核心竞争力的构成要素进行分析,对提升大学核心竞争力的途径进行探讨。如苏州大学朱永新教授认为,大学的核心竞争力是指大学整合大学各种资源和能力提升而成的,并能在持续竞争中保持竞争优势的能力。关于如何构建大学核心竞争力,朱教授认为应增强核心竞争力意识,采取关键因素战略、差异化战略,构建战略联盟,进行组织与制度创新①。再如,华中科技大学别敦荣教授则认为,大学核心竞争力是一个由制度体系、能力体系和文化体系有机组合而成的系统,应从制度创新和学科建制两方面着手提升大学核心竞争力②。关于大学核心竞争力的研究进展情况,中南大学杨昕博士和孙振球教授撰文进行了综述,认为我国研究大学核心竞争力,目前尚处在引入概念、嫁接模式、借用方法以及结构、要素的初步设计阶段。他们分析总结了大学核心竞争力的内涵,认为目前学术界颇有代表性的观点可以概括为"技术观"、"知识观"、"资源观"三种,培育大学核心竞争力的途径可以概括为制度创新、知识管理、创建知识联盟、保持优势特色等 4 个方面③。

大学核心竞争力是教育核心竞争力的重要组成部分。深圳南山区教育局局长刘晓明教授对教育核心竞争力进行了分析,他认为教育核心竞争力是经过教育组织长期建构,蕴涵于教育组织内部,支撑教育组织过去、现在和未来竞争优势,并能保持其长远发展的核心能力。它是相对教育组织或教育领域而言的,它适用于一个国家、一个地区,也适用于一个教育组织或机构④。

除核心竞争力以外,区域教育竞争力和民办教育竞争力正在引起越来越多的关注。2005 年 7 月北京国际教育博览会的重要议题之一就是区域教育竞争力。博览会举办了区域教育发展圆桌会议,围绕教育竞争力与区域教育发展、亚太地区区域教育合作、区域教育资源的整合等话题,进行对话与交流,探讨区域教育的和谐与均衡发展。我国各省市,如江西、山西等,也先后立项对提升本区域教育竞争力展开研究。

② 从教育发展的大视野对教育竞争力研究进行整体把握,并且正在形成自己的

---

① 朱永新:《论大学的核心竞争力》,载《教育发展研究》,2004(7-8)。
② 别敦荣:《论大学核心竞争力及其提升路径》,载《复旦教育论坛》,2004(1)。
③ 杨昕,孙振球:《大学核心竞争力的研究进展》,载《现代大学教育》,2004(4)。
④ 刘晓明:《教育核心竞争力》,载《人民教育》,2005(13)。

理论体系。中国教育学会常务副会长、学术委员会主任谈松华教授在2004年北京国际教育博览会做了《教育竞争力与区域教育发展的报告》，从教育发展的大视野对我国教育竞争力研究和发展进行了整体把握。谈教授认为，教育竞争力是教育发展研究的新视角，其价值取向可从两个维度展开：一个是社会维度，也就是要把教育竞争力放在社会竞争力这样一个总体框架里，据此来设计教育竞争力的研究；另一个是从教育维度来研究教育竞争力，要把握静态和动态的关系、目标和动力的关系。谈教授还指出要用科学发展观来研究教育竞争力，要从全面、协调、持续的观点来研究教育竞争力的问题①。

北京现代教育研究院正在对教育竞争力进行专项研究，准备从国际教育竞争力、区域教育竞争力和学校教育竞争力3个层次对教育竞争力的内涵和指标体系进行研究。这项研究必将极大地推动我国教育竞争力研究，并为我国提升教育竞争力作出重大贡献。

台湾对教育竞争力研究相对来说比较深入，特别是在教育竞争力概念和理论基础建构方面先行一步。如台北市立师范学院国民教育研究所吴清山教授在教育名词解释中对教育竞争力进行了解释，他认为教育竞争力是指教育发展具有一定的品质与绩效，能够保持领先的能力，以促进国力的全面提升②。台北健康管理学院事业经营研究所吴天元教授、彰化师范大学工业教育研究所吴天方教授则在分析教育竞争力概念的基础上，对教育竞争力理论基础进行了建构，从教育哲学、教育心理学、教育社会学、行政学和管理学5个方面切入，对教育竞争力进行了剖析，提出了一个教育竞争力的理论架构③。

③ 开展中外比较研究，并对教育竞争力评估体系进行探索。国内学者从不同的角度对中外教育竞争力进行比较，并对评价指标体系进行了初步的探索。如安徽财贸经济学院孙敬水教授从教育投入、教育成本、教育产出、教育消费4个方面对中外教育竞争力进行了比较分析，得出五类国家：教育强国（如美国）、教育大国（如日本、德国、英国等）、中等教育大国（如瑞士、丹麦、韩国）、教育发展中国家（如中国、印度和巴西）、教育弱国④。北京大学薛海平运用因子分析的方法，探求出反映国际教育竞争力水平的四个综合指标，即教育投入、教育规模、教育效率和教育产出，并据此分析了我国教育竞争力现状，提出了提高我国教育竞争力水平的政策建议⑤。华东师范大学吴玉鸣博士提出了综合评估指标体系，包括教育资源、教育质量、教育投入、教育规模、教育效率、教育产出等6个方面和25项具体指标，对我国区域竞争力进行分析⑥。北京师范大学胡咏梅副教授

---

① 谈松华：《教育竞争力与区域教育发展的报告》，http://www.edufair.com.cn.

② 吴清山，林天佑：《教育名词解释——教育竞争力》，载《教育研究月刊》，2003，109，159。

③ 吴天元，吴天方：《教育竞争力理论基础之建构》，全球化、教育竞争力与高等教育改革国际学术研讨会汇报材料，http://www.ced.ncnu.edu.tw.

④ 孙敬水：《中国教育竞争力的国际比较》，载《教育与经济》，2001(2)。

⑤ 薛海平，胡咏梅：《国际教育竞争力的比较研究》，载《北大教育经济研究(电子季刊)》，2005(1)。

⑥ 吴玉鸣，李建霞：《我国区域教育竞争力的实证研究》，载《教育与经济》，2002(3)。

也撰文从人口文化程度、高等教育发展水平、教育效率三个方面得出我国31省市的等级划分,并提出对策①。

总的来说,国内研究大多停留在概念辨析等方面,不过应用研究特别是评价研究正日益引起人们的重视,并得到了一定发展。如上海交通大学于2005年4月19日成立了世界一流大学研究中心,出台了"世界大学学术排名"报告,产生了广泛的国际影响。武书连等也开展了"大学综合实力评价研究",在国内产生了一定影响。同时国内在教育竞争力研究方法上进行了很多的探索,但尚未构建起成熟的方法论体系,研究方法也需要进一步多元化。

1.2 高等教育竞争力概念和内涵

1.2.1 概念与内涵

对教育竞争力的系统研究是在知识经济大背景下展开的,在国家竞争力较量的需求和压力下,竞争力理论被移植到教育领域并引起越来越多的重视。我们先来看看什么是"竞争"和"竞争力"。

"竞争是个人(或集团,或国家)间的角逐,凡两方或多方力图取得并非各方均能获得的某些东西时,就会有竞争。"②自从有了生命,竞争就开始了,从竞争自然资源到社会资源再到人的资源,在有限的资源环境下,竞争无处不在。竞争在教育领域亦是普遍的,参与竞争的主体有着竞争的内在动力和外部压力。其内在动力是人类自身再生产和发展的需要,其外部压力是相关资源的短缺以及竞争日益激烈的外部环境给教育带来的冲击。教育竞争与企业竞争有质的不同。企业竞争是你死我活;而教育竞争是在合作共生中的竞争,是以竞争促进人类的共同发展,这是教育的目的与功能使然。

以竞争力为主题的正式文献最早可追溯至1957年美国加州大学Selznick教授的"Leadership in administration"。Selznick在书中称:一个组织如果有独特的竞争能力(distinctive competence),那么将产生较高的绩效③。自此,与"competence"相关的理论研究和实践活动也逐步展开。但竞争力一词正式出现是在Francis & Tharakan的"The competitiveness of European industry"④中。由于竞争力理论在经济学领域发展最为成熟,所以对"竞争力"的解释大多是从经济的角度。如竞争之父迈克尔·波特认为竞

---

① 胡咏梅,薛海平:《我国教育竞争力的区域划分》,载《教育与经济》,2003(1)。
② Stigler, G. J(1957):"Perfect Competition, Historically Contemplated","Journal of Political Economy",65,1.
③ Selznick, P. (1957):"Leadership in administration: A sociological interpretation","New York: Harper & Row".
④ Francis, A., Tharakan, P. K. M. (1989):"The competitiveness of European industry","London/New York: Routledge".

争力是国家生产力[①],经济学家樊刚认为竞争力的概念是成本效益[②],IMD则界定竞争力为持续创造财富的能力。但不管如何解释,都可以看出,竞争力是主体在某一方面优势的体现。

那么教育竞争力的概念和内涵是什么?

笔者认为,教育竞争力(educational competitiveness)是指参与竞争的主体在教育领域内部以及与外部环境的互动过程中,高效运用各种技术,全面整合各种资源,不断学习和创新,从而创造优势并保持优势的力的总和,一般包括教育竞争外力、教育竞争能力、教育竞争活力、教育竞争力量。这个概念包含以下几层含义。

① 参与竞争的主体(以下简称主体),既包括国家和以某种关系特征联系在一起的地区,又包括以学校为主的各级教育组织或机构,还包括以各种方式和途径进行学习和终身学习的个体或群体。

② 主体的多样性决定了教育竞争力的层次性。根据竞争现状,笔者在借鉴前人研究的基础上认为大致可分为5层,分别是学习者、以学校为主的各级教育组织或机构、以城市及省区为主的区域、国家和国家联盟。前两层是属于教育领域内部的,后三层是教育与外部环境互动的产物。

③ 概念中的技术是指能增强竞争优势的恰当的工具、手段、方法和途径。技术无需高精尖新,只要能最大限度地满足实际需求就是最恰当的技术。技术运用恰当与否本身就是教育竞争力的体现。

④ 概念中的资源包括硬件资源、软件资源和潜在资源。硬件资源是有形的,如设备、设施等,这是教育竞争力的物质支撑和基础保障;软件资源和潜在资源是无形的,如学校文化、制度激励、师资力量以及相关的理念和方法等。特别要指出的是以网络形式出现的资源,如何共建共享和高效利用网络资源是信息时代提升教育竞争力的关键。

⑤ 具有强竞争力的主体是学习型主体,能够通过学习不断创造新优势,并凭借新优势继续保持优势。这说明教育竞争力是动态发展的。

⑥ 教育竞争力不是教育竞争外力、教育竞争能力、教育竞争活力、教育竞争力量的简单相加,而是由上述要素组成的有机系统。对教育竞争力进行研究必须对上述四要素进行系统思考。

何谓教育竞争外力、教育竞争能力、教育竞争活力和教育竞争力量?

教育竞争外力(educational competitive outside force)是指主体的外界环境对主体的影响力。外界环境包括以知识为主要特征的时代大背景,还包括国家、区域等特定范围的特定环境。外界的影响力是来自多方面的,有来自政治、经济、科技、文化等方面的影响,也有来自同行甚至是竞争对手的影响。不同的主体面临的外界环境必然不同,外界影响力也必然不同。在不同的外界环境及其影响力下,主体将采取不同的策

① 迈克尔·波特著,李明轩,邱如美译:《国家竞争优势》,北京,华夏出版社,2002。
② 樊刚:《比较优势也是竞争力》,http://www.drcnet.com.cn。

略、目的、途径、手段以创造和保持优势。教育竞争外力是教育竞争力的重要背景因素,标示着教育竞争力的环境维。

教育竞争能力(educational competitive competence)是主体运用各种手段、资源,通过学习不断创造和保持优势的能力。这种能力是使一个主体比其他主体做得更好的"特殊物质",是教育竞争力的根本和核心。主体通过这种能力可以正确处理各种已知或未知的矛盾与复杂问题,达到近期和远期的目标。教育竞争能力是由主体内在知识体系构成的,它潜藏在主体内部,在需要的时候会以恰当的形式得以表现,而其表现的形式和力度决定于外界环境和自身需求。教育竞争能力是主体长期积累的结果,并非通过购买一个数据库或创建一个平台就可以形成的短期行为。与企业竞争力相比,教育竞争能力的形成需要更长的时间,形成后其外化表现也可能需要很长的时间。教育竞争能力是教育竞争力的中心维。

教育竞争活力(educational competitive activity)是指主体创造和维持优势的活力。教育竞争是动态发展的,是双方或多方之间的比较与较量,主体如果停滞不前则意味着不进则退。因而教育竞争活力是教育竞争力持续不断的保障。教育竞争活力是个性化的,不同的主体在不同的时期根据不同的需求,采用不同的方法来培育教育竞争活力。教育竞争活力是先行的,能够为潜藏的危机提供预警,帮助主体预测未来发展趋势,以便调整方向,纠正偏差。教育竞争活力是教育竞争力的保障因素,是教育竞争力的时间维。

教育竞争力量(educational competitive strength)是能力的外化和综合体现。一个主体具有 X 的能力并不代表其已释放出等量于 X 的力量。能力是内在的、潜藏的、源源不断的,力量是外化出来的能力,可通过一系列评价体系进行测量。因此,可以说现行的各种教育竞争力评估都是教育竞争力量的评估,而非能力的评估。换一种评价指标体系就会产生不同的结果,这是评价的宽度和密度不同使然。宽度是指评价指标所涉及的范围和规模,而密度是指评价指标集中的程度或专业化程度。如中国人民大学在人文社会科学领域中排名远比综合实力排名靠前。教育竞争力量具有依附性,对内依附于教育竞争能力,对外依附于不同组织、不同类型和不同时期的评价体系。这种依附性导致教育竞争力量总是处于变化之中,这种不稳定性正是教育竞争力高低的体现。教育竞争力量是教育竞争力的输出和外化表现,是教育竞争力在某一时间点上的快照。

由上述分析可得教育竞争力的概念如图 1-1 所示。

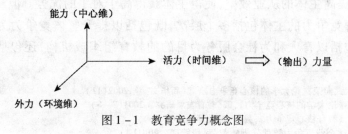

图 1-1 教育竞争力概念图

1.2.2 教育竞争力与其他名词的辨析

1. 与核心竞争力的辨析

关于核心竞争力,有不同的解释,但大多定义为"能力"。北京师范大学赖德胜教授认为,大学核心竞争力是以技术能力为核心,通过对战略决策、科学研究及其成果产业化、课程设置与讲授、人力资源开发、组织管理等的整合或通过其中某一要素效用凸现而使学校获得持续竞争优势的能力①。苏州大学朱永新教授认为,大学的核心竞争力是指大学整合大学各种资源和能力提升而成的,并能在持续竞争中保持竞争优势的能力②。深圳南山区教育局局长刘晓明教授认为,教育核心竞争力是以教育人才为核心的、具有健康生长机制和资源整合机能的、教育组织独特内质文化的发展能力;教育核心竞争力是经过教育组织长期建构,蕴涵于教育组织内部,支撑教育组织过去、现在和未来竞争优势,并能保持其长远发展的核心能力③。对于把核心竞争力定义为"……的能力",笔者十分赞同。笔者认为教育核心竞争力是教育竞争能力的一部分,是处于核心地位的那部分能力。核心竞争力是可以模仿的,但无法转移。因为它具有知识性。知识不同于信息,不同的主体对同样的信息有不同的知识建构,知识是主体个性化的产物。核心竞争力是主体独特的知识资产。别的主体只是模仿其形而无法获取其神,正如橘生南则甘,生北则涩。除了核心竞争力以外,教育竞争力能力还有其他一些具有共性的能力,即主体必须具备的一些基本素质和能力。教育竞争能力的范畴比核心竞争力大。

2. 与企业竞争力的辨析

不同的学者对企业竞争力的概念有所不同。美国哈佛大学教授 M. S. Pence 认为,企业竞争力是指一国企业在国际市场上可贸易的能力。世界经济论坛常务理事长葛瑞里教授认为,企业竞争力就是企业和企业家设计、生产和销售产品和劳务的能力,其产品和劳务的价格和非价格的质量等特征比竞争对手具有更大的市场吸引力。国内学者姜青舫认为,企业竞争力是企业通过产品创新等有效手段始终以较低成本生产并销售能较好满足消费者需求的产品,以使他人市场份额不断向自己发生转移从而实现利润最大化的一种能力④。可以看出,教育竞争力与企业竞争力都是在研究如何提高主体的从业效率,使得主体获得高于对手的优势。但二者主体与目的不同,教育竞争力的主体包括多个层次,既包括以提升整体竞争力为目的的国家和区域,又包括以育人和为社会服务为目的的教育组织或机构,还包括以增强学习

---

① 赖德胜,武向荣:《论大学的核心竞争力》,载《新华文摘》,2002(11)。
② 朱永新:《论大学的核心竞争力》,载《教育发展研究》,2004(7—8)。
③ 刘晓明:《教育核心竞争力》,载《人民教育》,2005(13)。
④ 姜青舫:《企业竞争力数理分析》,载《科研管理》,2001(4)。

绩效、提高个体竞争力的学习者;而企业竞争力的主体主要是以赢利为目的的企业。教育竞争力与企业竞争力的手段也不同,教育竞争力是在合作共生中竞争,竞争只是手段;企业竞争力是在竞争中合作,竞争是目的。教育竞争力和企业竞争力都可被纳入国家竞争力体系,但两者在国家竞争力体系中的地位和作用不同。教育的育人功能使得教育竞争力在国家竞争力体系中主要处于基础地位,担负着提高国民素质的任务;企业竞争力则主要处于核心位置,担负着提高国家经济实力的任务。

1.3 高等教育国际竞争力的理论基础和理论框架

1.3.1 高等教育国际竞争力的理论基础

高等教育国际竞争力是教育竞争力的一个重要部分,其理论基础如图1-2所示。

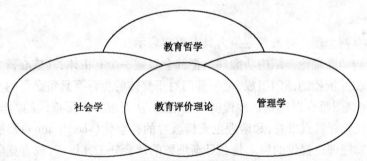

图1-2 高等教育国际竞争力的理论基础

教育哲学是对教育的本体论、认识论和实践论的探讨,它对教育实践的存在具有认识论和方法论层次的指导意义。作为高等教育主体的各类高校,其涉及的往往是触及教育理念深层、教育科学难以解决的问题,因而教育哲学是高等教育国际竞争力的首要理论基础。教育竞争是社会发展到一定阶段的产物,具有很强的社会价值取向,因而社会学也是高等教育国际竞争力的重要理论基础。高等教育主体是一个具有特殊功能的组织,管理和有效运营是其履行职能的前提,管理学的理论支持作用也不可忽视。在教育哲学、社会学、管理学之上是教育评价理论,因为高等教育国际竞争力的主要表现形式是评价,教育评价理论是最直接的理论依据之一,因而特别把它提出来作为理论基础之一。可以看出,这些理论基础之间有内在逻辑关系,基本是从抽象到具体的过程。下面分别论述这些理论基础。

1. 教育哲学

教育哲学主要研究教育领域思维与存在的关系,具体来说就是研究教育思想、观念、理论与教育实践的关系、同其他领域的关系、同哲学的关系。教育哲学可以影响教育科学、教育决策,并改变公众的教育观念。教育哲学有很多流派,诞生于20世纪初的杜威实用主义教育哲学对教育竞争力有着很大的启示作用。杜威认为,教育即生活,教育是对人的生活经验的改造。人在感受环境的同时会对环境有所为,感受与所为之间的交互关系即构成生活经验。在感受与所为之间有一种因果关系,这种因果关系可分为三个等级,第一等级以因果表明事物的交互作用,属于机械性联结;第二等级是刺激与反应的联结,生物处于其中,有少数自行决定的力量掺杂其中,属于有机物的层级;第三等级属于心灵层面,人类凭借心灵预定行为的目的,选择适当的手段以求得目的的实现①。由于环境的复杂性,人必须不断地改造生活经验以对环境有所为,而且是正确的所为。可以看出,教育哲学是对教育领域内不可控制的数量、不确定的变因进行系统思考的方法论,把教育哲学作为教育竞争力的理论基础,意义之一为指导教育主体在多变的复杂的环境下如何因时因势改变策略与方法,从而提升自身的竞争力;意义之二使教育主体获得更多的理性,在纷繁多变的变革时代迅速把握时代特征,顺应社会的发展规律,少走一些弯路。

2. 社会学

社会学有两个理论对教育竞争力具有重要启示。

一是结构功能理论。结构功能理论把社会看做一个有机体,其核心概念体系是由许多独特而相互依赖的部门组成,每一部门对于整体的生存都具备必要的功能且彼此交互影响,并试图整合以达到某种程度的和谐性,从而维持内部整体的均衡(equilibrium)状态。就教育观点来看,和谐理论支持教育的社会化(socialization)功能且为其目的②。结构功能理论提供的启示是在日渐细致的社会分工背景下,教育竞争不是独立的和单纯意义上的竞争,首先要立足于合作,通过合作与竞争形成人类文明的传承;其次,教育是人类自身的再生产,教育竞争力的最终目的是促进人类发展,竞争是在这样广阔的视野下的绩效行为。这在根本上确定了教育竞争力的性质。

二是冲突理论。冲突理论认为在一个社会体系中,由于财富和权力不同,会形成不同的社会阶层。不同的社会阶层具有不同的教育经费能力、家庭结构、价值观念、语言类型和教养方式,这些本身就对教育有一定影响。同时,教育可以打乱这些层级,促进个体在不同的阶层间流动,如有的主体可以通过教育增强自身的竞争力,从而提升自己的层次,形成层级间的流动。层次的不断提高又有利于教育的发展和社会的进

---

①、② 吴天元、吴天方:《教育竞争力理论基础之建构》,全球化、教育竞争力与高等教育改革国际学术研讨会汇报材料,http://www.ced.ncnu.edu.tw。

步,这将形成一个良性的循环。

在此要特别提到教育社会学。教育社会学是运用社会学的观点探讨教育制度或相关措施,以期能够进一步解决教育问题。教育社会学的兴起对教育竞争力研究大有助益。

3. 管理学

管理学中的策略管理(strategic management)理论、竞争优势理论和资源理论等可作为教育竞争力研究的基础[①]。

策略源自于军事战争,含义为借助可利用资源,规划并执行国家的权力与政策。之后,企业界便引用为策略规划的工具,其目的是在竞争环境中形成优势。其本质为竞争力,是由独特而有价值的定位所创造出来的,涉及了一连串不同的活动[②]。但与传统组织规划的功能不同,现代策略管理的意义并非过去只着重管理手法的改变,以解决特定任务为目的,现代策略管理的意义应是能帮助组织于变动、不确定的环境下,找出优势定位的分析历程。简言之,对于教育体系而言,策略管理是指一连串引导学校发展出有效策略的决策与行动,以达成组织目标,提升学校竞争力[③]。

20世纪80年代以来,美国学者迈克尔·波特相继发表了《竞争战略》《竞争优势》和《国家竞争优势》,提出并完善了竞争优势理论。波特认为,一个国家之所以能够兴旺发达,其根本原因在于这个国家在国际市场上具有竞争优势,这种竞争优势源于这个国家的主导产业具有竞争优势,而主导产业的竞争优势又源于企业由于具有创新机制而提高了生产效率。一个国家的竞争优势也就是企业、行业的竞争优势,具体包括六个方面的因素:生产要素、国内需求、相关支撑产业、企业的战略结构和竞争、政府的作用、机会(包括重要发明、技术突破、生产要素与供求状况的重大变动以及其他突发事件等)。竞争优势理论为教育竞争力提供了很多可供利用的理念和方法。

另一重要理论是资源理论。资源理论认为,一个公司的能力和资源决定了它在成本和用户认可价值上的优势,而这又影响了公司在利润和市场份额上的表现。因此比竞争对手更好地利用某些核心资源和能力,更好地将这些能力与在行业中取胜所需的能力密切结合起来,就更有可能实现可持续竞争优势和超过市场平均水平的利润。对于高校来说,如何利用资源,特别是信息资源,是提升竞争力的重要途径。

4. 教育评价理论

教育评价(学)是以教育为对象,研究各类教育目标与相应的教育现象之间的关

---

① 、③ 吴天元,吴天方:《教育竞争力理论基础之建构》,全球化、教育竞争力与高等教育改革国际学术研讨会汇报材料,http://www.ced.ncnu.edu.tw.

② 迈克尔·波特著,李明轩、邱如美译:《国家竞争优势》,北京,华夏出版社,2002。

系,并给予一定的价值判断的学科。教育评价学是建立在教育测量学和教育统计学基础上的教育科学的分支学科。

随着现代教育评价的发展,教育评价的对象、范围和结果可以说是一切教育和为了一切教育。教育评价由最初的课程评价、学力评价发展到智力评价、人的全面发展评价;从对学生评价、教师评价发展到对学校全面工作评价;从对学校评价发展到对社会、政府以及教育生态环境的全方位评价;从对中小学教育评价发展到对一切教育类型的评价;从对教育硬件评价发展到对教育软件甚至办学思想的评价,等等。可以说,教育评价已经涉及一切教育,其结果亦为一切教育所用。从评判的标准看,教育评价有界定明晰的指标体系和精确严格的量化方法。从目标定位上看,教育评价有明确的教育目标、教育评价目标、教育评价标准。从价值判断看,教育评价是侧重于客观性的事实判断,评价结论要求客观科学性,即同一评价对不同评价对象的结论要有可比性,同一评价对象对不同评价结论要有一致性等。教育评价强调普遍性。

关于教育评价发展的趋势,从教育评价发展的历史来看,从无到有,从单一到多样,其发展趋势是十分明显的。

① 评价过程,由封闭转为开放。泰勒模式以目标为出发点和最终归宿,组合成一个封闭的环路。CIPP 模式及应答模式则不再局限于目标本身,而将各种背景环境、外部因素都纳入评价过程,呈开放式的网络。

② 评价内容,由片面转为全面。早先的教育评价只评价学生的学力,然后发展到评价课程,以至进一步发展到对教育活动的方方面面作全方位的评价,评价的内容更为宽广和全面。

③ 评价功能,由单一转为多样。早先通过测验来选拔适合教育的儿童,然后发展到诊断问题、改进教育,以创造适合儿童的教育。从总结性评价发展到注重评价的形成性作用。

④ 价值观念,由收敛转为发散。泰勒模式中目标成为统一的评价尺度,而应答模式则要求根据被评人的需要作出判断,价值观念由一元转为多元。

⑤ 评价手段,由定量转为定量、定性相结合。从推崇各种客观的、标准化的测量,发展到提倡观察、交谈等定性分析,再进一步发展到广泛收集信息、进行解析论证,作出价值判断的一种定量与定性相结合的方法①。

上述理论基础为高等教育国际竞争力的理论体系构建提供了深厚的理论支持,但是,高等教育国际竞争力是个新兴的交叉的研究领域,它尚不具备成熟的理论体系,但笔者认为已初步形成了一定的理论框架。

---

① 王琰春:《西方教育评价观的演进》,载《教育与现代化》,2003(1)。

1.3.2　高等教育国际竞争力的理论框架

高等教育国际竞争力的理论框架由结构理论、分类理论、竞争理论、评价理论共同构成。

1. 结构理论

结构理论研究角度为构成高等教育系统的要素。

将高等教育国际竞争力看成一个系统,构成这个系统的诸要素代表了高等教育国际竞争力的结构。因而从结构的角度看,高等教育国际竞争力可体现在人力资源、信息资源、设备资源、资金投入、管理资源、技术资源、文化资源、科研成果等的竞争。

在高等教育国际竞争力诸要素中,过去人们普遍认为最为重要的是人力资源、信息资源和设备资源,这三大资源一直是高等教育评估的主要对象。日本学者堺屋太一认为,工业社会终结后是知识价值社会,知识价值成为社会发展的主要驱动力[①]。而知识价值的重要载体和实现形式是人,人是 21 世纪争夺最为激烈的资源。信息资源是人力资源的延伸和重要支撑,人对信息的依赖超过了对物质资源的依赖,没有充足的信息资源就意味着人失去了抗衡的武器。设备是人力资源利用信息资源进行实验的基本条件,可以说是理工科研究人员赖以创新的必备条件。所谓巧妇难为无米之炊,缺乏设备资源的高等院校,犹如缺米的家庭,无论拥有何等级别的巧妇,都做不出美味的米饭。

然而随着时代的发展,人们逐渐认识到除了人力资源、信息资源和设备资源这三大资源之外,资金投入、管理资源、技术资源、文化资源、科研成果等资源同样非常重要。

由于高等教育成本高与高等教育收费低(相对于大部分家庭却比较高)的矛盾,和国家教育资金投入比较少与高等教育发展所需经费比较多的矛盾,高等院校面临资金短缺的困境如何通过筹资解决困境成为教育学研究的重要问题。我国 2006 年度国家社科院基金项目指南明确提出高等教育筹资渠道问题研究,部分报刊甚至发文对高等院校是否会破产提出质疑。

科研成果目前成为高等院校评估,尤其是研究生院评估的重要依据,高等院校因此以科研成果为准绳,评价教师的学术和科研水平,并依照科研成果的数量和质量,作为给教师发放岗位补贴、晋升职称的标准。

管理资源主要体现在管理制度上。政策是一种导向,决定了高等院校的发展方向。从目前我国高校和世界高校的管理制度来看,在教学管理、人才招聘、学生就业、

---

① 堺屋太一:《知识价值革命》,北京,东方出版社,1986。

科研管理、奖励制度等方面,无论是国内高校与国外高校之间、国内各个高校之间都存在比较大的差距。这种差距决定了高校发展的差距。

文化是高校群体的共识,受高等院校创办时间和所在地域的影响,其外在表现体现在高校教学和科研的规范行为和风气上,可以通过用人单位的反馈信息表现出来。目前我国比较重视企业文化的打造,却忽视高等院校文化的打造,不利于我国高等院校与世界著名高校的竞争。

我国高校通常认可的科研成果主要指学术论文、科研项目和图书专著,工科院校同时还视专利为科研成果。但是从知识产权的内涵来看,专利、学术论文、科研项目和图书专著只体现了知识产权的一部分,技术特别是专有技术更是竞争的重要部分。高等院校拥有什么样的技术资源,这些资源是否转化为现实生产力,成为高等院校国际竞争力提升的途径之一。

2. 分类理论

一个国家的国际竞争力包括八大要素,即国家经济实力、国际化、政府管理、金融体系、基础设施、企业管理、科学技术、国民素质[①]。高等教育国际竞争力研究也包括八大要素,即品牌影响力(高校综合排名)、教育信息化程度、政府支持力度、投资筹资体制、基础设施建设、科学研究能力、信息素质水平、高校管理制度。

分类理论研究角度为高等教育国际竞争力的突破点和关键因素,主要指核心竞争力、基础竞争力、环境竞争力,其中最重要的是核心竞争力。核心竞争力是组织的集体性学识,不会随着被使用而减弱,不易被复制和挪用,是组织竞争力的源泉。

(1)核心竞争力

高等教育国际竞争力中的核心竞争力主要指高校的累积性知识和文化,特别是关于如何协调高校不同部门之间、高校与其他部门之间的能力以及高校整合各种技术、各类人才、各种文化和办学方向的能力。

高等教育国际竞争力中的核心竞争力理论侧重于两种核心竞争力理论,一是能力理论,可以认为以资源、能力为基础的竞争优势能够代表高等教育的竞争力,因为高等教育以资源为基础,以能力的培养为目标;二是整合理论,可以认为将高等教育竞争力定位在资源和能力的整合上,因为尽管高等教育以资源为基础,以能力的培养为目标,但是如果高校一个部门内、各部门之间、高校与其他部门之间的资源和能力分布分散,不利于高校作为一个整体参与竞争,并且高校还可能因为资源和能力的内耗,最终自我削弱竞争力。

(2)基础竞争力

高等教育国际竞争力中的基础竞争力主要指高等教育发展所需基础条件方面的

---

① 中国人民大学竞争力与评价研究中心研究组:《中国国际竞争力发展报告:2001》,北京,中国人民大学出版社,2001。

竞争力,包括教育信息化程度、基础设施建设、科学研究能力、信息素质水平、高校管理制度等方面的竞争力。

高等教育信息化程度是针对高等教育教学过程中对信息的获取、传递、加工、再生和利用而言的,它包括四个方面的含义:第一,信息资源是教育信息化的核心;第二,信息资源和信息技术的广泛应用是教育信息化的目的;第三,信息的网络是大范围有效传递信息的基础;第四,信息化作为一个社会过程必将受到人们在观念、理想、意志、技能以及团体利益、社会组织机构等多方面因素的影响和制约。因此教育信息化应有与之相应的保障机制。教育信息化的过程应高度重视对教育系统以信息的观点进行信息分析,并在此基础之上进行信息技术在教育中的有效应用。在设备上,侧重计算机及其辅助设备、投影仪、幻灯机、复印机、网络基础设施等信息化设备;在技术上,依赖计算机技术和远程通信技术为主的信息技术;在资源上,主要指数字图书馆和教育网站的信息资源;在人员上,强调教师和学生的信息素质;在管理上,强调教学管理的自动化。

基础设施建设是指高校办学的基础条件,包括图书馆、实验室和师资力量,而非一般信息化或者高等教育信息化所涉及的计算机及其辅助设备、投影仪、幻灯机、复印机、网络基础设施等硬件基础设施。

科学研究能力是指高校从事科学研究并拥有科研成果的能力,可以从高校重点实验室建设状况、科研人员科研素质、科研经费投入、科研成果产出等方面来评估。

信息素质是为了解决实际问题,经过培训和教育的人员所掌握的信息工具利用知识和方法的能力,这种能力不仅包括明确信息需求的能力、检索信息的能力,还包括分析和评估信息的能力[①]。信息素质不是先天获得的,而是通过信息素质教育和信息素质活动获得的经验而拥有的。信息素质水平评估可以从信息素质教育和信息素质经验等方面来考核。

高校管理制度实际上是微观政策环境的体现,指向某一个具体高校的管理制度,包括教学管理制度、科研管理制度、人才招聘制度、干部考核制度、学生管理制度等内容。

(3)环境竞争力

高等教育国际竞争力中的环境竞争力主要指高等教育所涉及的体制、法制、政策方面的竞争力,包括政府支持力度、投资筹资体制等方面的竞争力。高等教育政策的内容包括两个方面:一是微观管理制度,即高校管理制度,研究某一个具体高校的管理制度;二是宏观管理制度,研究某一个国家或地区的管理制度。可以将宏观管理制度视为环境竞争力研究的主要内容。

除了高等教育所涉及的体制、法制、政策方面的竞争力之外,高等教育国际竞争力

---

① 朱红:《信息消费:理论、方法及水平测度》,北京,社会科学文献出版社,2005。

中的环境竞争力还包括高等教育资金投入。如果高等院校所在国家和地区的经济实力比较强,则教育投入经费一般高于落后地区。高等院校既可以吸引到人才,又可以提供好的研究条件,因而办学水平比较高。吴玉鸣和李建霞对中国区域教育竞争力与区域经济竞争力的关联进行了分析,得出了相关程度比较高的结论①。为了避免以单纯的资金投入作为评价指标,高等教育资金投入可以用高等院校教育投入经费占所在地生产总值的比重来衡量。

3. 竞争理论

竞争理论研究角度为竞争情报研究内容,主要指竞争对手、竞争战略、竞争环境、竞争态势。国内目前关于教育竞争力的研究有三个特点:一是集中在教育国际竞争力水平测度的研究上,将一级指标确定为教育事业发展指标、国民受教育水平指标、教育经费投入指标、教育资源配合使用效率指标、教育产出指标等;二是从研究方法来看,多通过建立竞争力指标体系来研究教育竞争力,研究过程中,很少使用实证分析;三是教育国际竞争力的研究比较缺乏,基本上集中在大学核心竞争力的打造上,还没有上升到理论体系和实证分析的高度上。

(1)竞争对手

竞争对手分析是竞争理论研究的核心。高等教育中存在竞争,有竞争存在,就有相应的竞争对手。国家与国家之间存在高等教育竞争,高校与高校之间存在竞争。中国科技评价中心每年对我国高校进行排名,充分体现了我国高校之间的竞争力。但是,我国各高校竞争的意识不强,参与高等教育国际竞争的意识薄弱,更没有认真分析谁是自己的竞争对手,应该采取什么措施超越竞争对手,怎样培育自己的核心竞争力。

在市场竞争中,为了全面地搜集信息和具体地分析竞争对手,一般按照六个步骤分析,即辨识并确认竞争对手→识别与判断竞争对手的目标→确认并判断竞争对手的策略→评估竞争对手的强势与弱点→预测竞争对手的反应模式→选择要攻击或回避的竞争对手②。

① 高等教育国际竞争力分析,可以选择代表中国高等教育发展先进水平的院校作为研究样本。我国比较著名的高等院校是"211"工程前期投资的9所院校,其中北京大学、清华大学已经进入世界百强院校,比其他7所院校更具有竞争优势。

② 在确定竞争对手时,首先确定北京大学、清华大学的竞争对手,方法为:由于竞争对手必须是实力相当的,因此选择世界百强中与北京大学、清华大学排名接近或者略微超前的院校作为竞争对手,并且竞争对手的选择要兼顾综合性大学和工科大学。

③ 其他7所院校的办学目标是进入世界百强大学,因此选择世界百强中排名比

---

① 吴玉鸣,李建霞:《中国区域教育竞争力与区域经济竞争力的关联分析》,载《教育与经济》,2004(1)。
② 包昌火,谢新洲:《竞争对手分析》,北京,华夏出版社,2003。

较靠后的大学作为竞争对手。

④ 在选择竞争对手的同时,还需要注意竞争对手的地域分布,竞争对手尽量分布在世界各个国家和地区,而非集中在某一个国家和地区。

⑤ 在竞争对手分析的过程中,可以从教学、科研、人才招聘等方面,评估我国高校及其竞争对手的优势和劣势,进而提出我国高等教育发展的战略与策略。

(2)竞争战略

关于竞争战略,国内外的研究依据是哈佛大学商学院的迈克尔·波特教授提出的成本领先战略、集中战略和差异化战略。这3种战略的每一个战略都有其优势和劣势,可以通过战略组合实现战略互补。这3种战略是否适用于高等教育国际竞争,是否适用于我国各个高校核心竞争力的培育,这需要在分析竞争对手的成绩和问题后才能确定。我们要有针对性地提出适用于我国高等院校提高国际竞争力的战略。

(3)竞争环境

竞争理论中的竞争环境除了包含高等教育国际竞争力中分类理论研究的环境竞争力,还包含学术研究规范化程度和学术道德规范化程度。学术研究规范化程度指向学术组织学术研究体制的完善程度,如学科带头人的作用和学术委员会的作用是否依据规章制度运作。学术道德规范化程度指向专家学者在学术研究过程中的道德规范,如学术研究人员是否存在剽窃、侵犯知识产权等道德败坏行为。

(4)竞争态势

竞争态势是在一定竞争环境下竞争对手之间或者竞争者之间呈现的竞争现状。任何一种竞争态势都是在竞争对手之间或者竞争者之间产生的。任何一种竞争态势都是在一定竞争环境下采取某种竞争战略表现的。高等教育国际竞争态势表现的是国际上高等教育的竞争现状,可以用各个实力相当的高校之间的竞争激烈程度来进行定性分析和定量分析。

4. 评价理论

任何一种评价理论都是建立在评价指标体系基础上的,然后依据已经建立的评价指标体系,提出定性分析方法或者定量分析方法,进而根据量化研究结果得出研究结论,并提出应该采取的相应战略和策略。

从评价的角度看,可分为评价原则、指标体系、评价方法等。高等教育国际竞争力评价理论研究角度首先为建立高等教育国际竞争力评价体系,然后比较分析国内外已经使用的教育竞争力评价方法,进而提出竞争情报研究方法,并将竞争情报研究方法应用在高等教育国际竞争力评价中。

通过对高等教育国际竞争力的结构理论、分类理论、竞争理论、评价理论的分析,可以构建高等教育国际竞争力的理论框架,详见表1-1。

表1-1 高等教育国际竞争力的理论框架

理论		内容	具 体 指 标
高等教育国际竞争力理论框架	结构理论	人力资源	
		设备资源	
		信息资源	
		资金投入	
		技术资源	
		管理资源	
		文化资源	
		科研成果	
		……	
	分类理论	核心竞争力理论	通过其他分析来确定核心竞争力
		基础竞争力理论	教育信息化程度、基础设施建设、科学研究能力、信息素质水平、高校管理制度
		环境竞争力理论	微观管理制度、宏观管理制度、资金投入
	竞争理论	竞争对手	
		竞争战略	
		竞争环境	
		竞争态势	
	评价理论	评价原则	
		指标体系	
		评价方法	

从表1-1可以看出,这是一个开放的理论框架,具有多元化、多视野的特质。构建高等教育国际竞争力理论体系是个长期的、动态的工作,还需要进一步的探讨和反思。

高等教育国际竞争力的结构理论、分类理论、竞争理论、评价理论相互之间既有联系,又有区别。

高等教育国际竞争力各理论的区别体现在研究的角度不同。结构理论从高等教育发展的结构角度出发,研究高等教育国际竞争力涉及的诸要素;分类理论从高等教育国际竞争力的突破点和关键因素出发,研究高等教育国际竞争力涉及的诸要素在高等教育国际竞争中的重要程度;竞争理论从竞争情报研究内容角度出发,研究高等教育国际竞争中的竞争对手、竞争战略、竞争环境、竞争态势;评价理论从评价的角度出发,研究高等教育国际竞争力的量化方法。

高等教育国际竞争力各理论的联系体现在内涵的相互交叉上,即你中有我,我中有你。

高教育国际竞争力评价的内容就是分类理论阐述的核心竞争力、基础竞争力和环境竞争力。核心竞争力需要通过具体分析才能得出结论。基础竞争力包括教育信息化程度、基础设施建设、科学研究能力、信息素质水平、高校管理制度等内涵。结构理论涉及的人力资源、信息资源、设备资源、技术资源是基础竞争力中的教育信息化研究的要素;结构理论涉及的科研成果体现了基础竞争力中的科学研究能力;结构理论涉及的管理资源体现了分类理论中的环境竞争力。

高等教育国际竞争力研究中,任何对竞争对手和竞争态势的研究,都需要研究结构理论涉及的人力资源、信息资源、设备资源、技术资源和科研成果。竞争环境的研究内容主要包括结构理论涉及的资金投入、管理资源和文化资源。在对竞争对手、竞争态势和竞争环境作出分析后,才可以得出高等教育国际竞争力提升需要采取的竞争战略和竞争策略。

高等教育国际竞争力各理论的相互交叉关系可用图 1 - 3 表示。

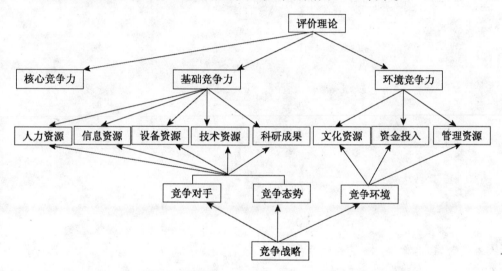

图 1 - 3　高等教育国际竞争力各理论的相互交叉关系

高等教育国际竞争力评价方法体系

　　竞争是一个永恒的话题，只要有两个力量相当的实体存在，就不可避免地存在竞争行为；竞争力也是一个永恒的话题，只要存在竞争，竞争者的能力存在差异，竞争结果就会是某一方竞争者获得的收益比另一方多。

　　竞争力的研究主要集中在国际竞争力、城市竞争力、行业竞争力、企业竞争力上，高等教育领域对核心竞争力的研究，目前仍然处于引入概念、嫁接模式、借用方法以及对核心竞争力结构、要素的初步设计阶段①。马克卢普在 1958 年对美国信息经济进行水平测度时，将美国知识产业分为教育、研究与开发、通信媒介、信息设备、信息服务。作为知识产业之一的教育，必然存在竞争力。与其他类型学校相比，高等院校具有人力资源、设备资源、信息资源等资源优势，知识生产的数量比较多、质量比较高，对社会发展产生的影响也比较大。目前，中国正在积极实施科教兴国的战略，教育特别是高等教育成为增长最迅速的产业部门之一②。

　　高等院校竞争力是高等院校发展的各种影响因素、各种资源、各种能力的有机整合和协调统一。目前关于高等院校竞争力的研究，基本上集中在核心竞争力的研究上。需要特别指出的是，高等院校竞争力可以分为核心竞争力、基础竞争力和环境竞争力。核心竞争力是高等院校竞争力中独特的、具有竞争优势的、不易为竞争对手模仿的那一部分竞争力；基础竞争力是高等院校维持基本生存所需资源的那一部分竞争力；环境竞争力是高等院校所处社会、政治、经济等环境的那一部分竞争力。

　　高等院校竞争力的提升能够提高高等院校教育质量，从而将知识转化为生产力，创造经济效益。对高等院校竞争力进行评价，可以分析高等院校已有的竞争优势和存在的不足之处，为高等院校竞争战略的制定提供决策依据。

　　关于教育竞争力评价方法，我国教育界经常使用的评价方法主要有主成分分析法、因子分析法、聚类分析法，这三种方法都是可以运用 SPSS 软件来运算的。SPSS 软

---

① 杨昕，孙振球：《大学核心竞争力的研究进展》，载《现代大学教育》，2004(4)。
② 杨明：《中国高等教育实力在世界的定位》，载《浙江大学学报(人文社会科学版)》，2003(5)。

件是教育学、社会学等学科课程安排讲授的统计软件。吴玉鸣、李建霞曾于2003年使用这些方法,对我国区域教育竞争力进行了实证研究[①]。

主成分分析法简单地说就是一种简化数据结构的方法,即如何把多个变量化为少数几个综合变量,而这几个综合变量可以反映原来多个变量的大部分信息。

因子分析可以看成是主成分分析的一种推广。它的基本目的是用少数几个因子 $F_1, F_2, \cdots, F_m$ 去描述许多变量之间的关系。被描述的变量 $X_1, X_2, \cdots, X_p$ 是可以观测的随机变量,即显在变量。而这些因子是不可观测的潜在变量。在社会科学、行为科学、管理科学、心理学、教育学等领域中,许多基本特征例如"态度"、"认识"、"爱好"、"能力"、"智力"等实际上是不可能直接观测的,是潜在变量。因子分析正是利用这些潜在变量或本质因子(基本特征)去解释可观测的变量的一种工具。

主成分分析法、因子分析法、聚类分析法都不是竞争情报领域专用的研究方法,而竞争情报领域专用的研究方法是国外提出并在国外被广泛使用的研究方法。因此,可以尝试将竞争情报研究方法运用在高等教育国际竞争力研究中,比较研究我国高等教育与国外高等教育的优势与劣势所在。

竞争情报领域经常使用的研究方法包括 SWOT 分析方法、Benchmarking 分析方法、价值链分析方法、人际网络分析方法、成功的关键因素分析方法等。这些方法可以被称为总体评估方法,用于高等教育国际竞争力提升的战略研究和策略研究。

除了竞争情报领域经常使用的研究方法,还可以引入一些统计方法和数学公式,具体用于教学水平评估、科研水平评估、人力资源评估、信息资源评估、政策水平评估和文化国际化程度评估。

2.1 总体评价方法

2.1.1 指数法

1. 高等教育国际竞争力指标评价体系设计原则

建立高等教育国际竞争力指标体系,首先需要确定指标体系的设计原则。

(1)全面性原则

全面性原则,指对高等院校竞争力进行评价,必须全面地考虑到与高等院校发展休戚相关的各种影响因素、各种资源和各种能力。从目前对高等院校竞争力研究的成

---

① 吴玉鸣,李建霞:《我国区域教育竞争力的实证研究》,载《教育与经济》,2003(3)。

果来看,基本上都在研究核心竞争力,对基础竞争力和环境竞争力的研究则比较少。核心竞争力固然是高等院校竞争力提升的关键,但是如果没有办学所需的基础条件和良好环境,核心竞争力的打造是比较困难的。

（2）兼容性原则

兼容性原则,指高等院校竞争力评价指标的确定,要符合国家教育信息化的方针政策,要能够与教育信息化水平测度的指标相互兼容。教育信息化是高等院校竞争力提升的基础,实现了信息化的高等院校,其竞争力相对比较高。教育信息化水平测度的要素是人力资源、信息资源、设备资源、信息系统等要素,这些要素也正是高等院校竞争力提升的关键要素。因而与信息化测度指标兼容的竞争力评价指标,更能真实地反映高等院校竞争力的实况。

（3）重点性原则

重点性原则,指高等院校竞争力评价指标的确定,要突出高等院校的产出能力。作为知识生产部门的高等院校,不论其在有形资产投入方面具有什么样的优势,如果衡量高等院校产出能力的无形资产短缺,高等院校的竞争力就比较小。有形资产越多,无形资产越少,高等院校竞争力就越小。

（4）普遍性原则

普遍性原则,指在制定高等院校竞争力评价指标的过程中,要兼顾地域差异。指标体系既要符合国情,又要能在国际和地区各高校之间进行横向和纵向的比较。只有通过比较,才能获知优势和劣势所在。

（5）交流性原则

从竞争的历史来看,竞争方式已经从对抗竞争向合作竞争演进了。高等院校之间存在对抗竞争的几率比较小,存在合作竞争的可能性却比较大,因为学术是在交流中获得双赢的。学术的交流不仅体现在国家与国家之间,而且还体现在高校与高校之间、学科与学科之间。所以,高等院校竞争力评价指标必须能够反映学术交流情况。学术交流越多的高等院校,竞争力越大。

（6）可行性原则

可行性原则,指确定的高等院校国际竞争力评价指标,必须有科学性和可操作性。具体体现在三方面:一是各项指标要有一定的层次结构,能够按照某种关系关联起来;二是大部分统计数据要能够从政府部门、文献资料或者学校网站上获取,没有统计数据就无法评估竞争力;三是各种统计数据能够转化成相对值,进行测算。

（7）针对性原则

针对性原则,指高等教育国际竞争力评价指标的确定,在尽可能实行国际通用的基础上,必须针对我国高等教育的特点而设计。国家与地区之间经济和产业的发展各有不同,适合一个国家与地区的指标体系,未必适合另一个国家与地区。因而,在设计高等教育竞争力评价指标时,应当在普遍性原则的基础上,适当具有一定的针对性,从而为我国高等教育国际竞争力提升提供决策依据。

2. 高等教育国际竞争力指标评价体系构建

高等教育国际竞争力指标评价体系的构建是建立在高等教育国际竞争力理论框架基础上的。高等教育国际竞争力理论框架由结构理论、分类理论、竞争理论、评价理论共同构成。高等教育国际竞争力指标评价体系的构建,在内容上从属于评价理论,因而在构建高等教育国际竞争力指标评价体系时,只需要考虑结构理论、分类理论、竞争理论即可。

由于核心竞争力是高等院校独有的、其他院校无法模仿的、能够给高校带来效益的竞争力,因而指标体系的核心是核心竞争力指标。基础竞争力指标是构建核心竞争力的基础指标,基础建设不完善的高校,不可能具有核心竞争力。环境竞争力指标是构建核心竞争力的保障指标,环境竞争力大的高校容易获得竞争力。

将高等教育国际竞争力指标评价体系的一级指标确定为核心竞争力指标、基础竞争力指标、环境竞争力指标。

(1)核心竞争力指标

核心竞争力必须经过分析,对比自己和竞争对手的竞争优势才能获知自己的核心竞争力是什么。核心竞争力指标主要集中在高等院校无形资产上,各种分级指标都与无形资产相关,可以从人力资源、信息资源、管理资源、技术资源、文化资源、科研成果等多方位进行分析。

(2)基础竞争力指标

基础竞争力包括教育信息化程度、基础设施建设、科学研究能力、信息素质水平、高校管理制度等指标。由于高校管理制度就是管理资源,科学研究能力可以用科研成果表示,教育信息化程度可以用人力资源、信息资源、技术资源、设备资源等表示,基础设施建设可以用图书馆、实验室和师资力量来表示,而图书馆是以所藏信息资源为基准来评价的,实验室是以设备资源为标准来评价的,师资力量是以人力资源来量化的。因此,我们可以认为,基础竞争力的分级指标是以科研成果、人力资源、信息资源、设备资源、管理资源、技术资源等指标来表现的。

1)科研成果指标

科研成果指标用于描述高等院校科学研究成果的生产能力,可以分为项目指标、论著指标、获奖指标和被摘录指标(见表2-1)。项目指标用高等院校火炬项目、863项目、973项目、985项目、国家自然科学基金项目、国家社会科学基金项目、教育部项目等国家级项目完成数量来衡量;论著指标用图书出版、论文发表等数量来衡量;获奖指标用高等院校科研项目和论著获奖数量来衡量;被摘录指标用 SCI、EI、ISTP 三大检索刊物摘录高等院校论文数量来衡量。

表2－1　基础竞争力指标中的科研成果指标

一级指标	二级指标	三级指标	四级指标
基础竞争力指标	科研成果指标	项目指标	火炬项目、863项目、973项目、985项目、国家自然科学基金项目、国家社会科学基金项目等国家级项目完成数量
		论著指标	图书出版、论文发表等数量
		获奖指标	科研项目和论著获奖数量
		被摘录指标	SCI、EI、ISTP三大检索刊物摘录高等院校论文数量

2）人力资源指标

人力资源指标集中反映高校师资情况，可以从学科带头人、梯队建设、团结协作[①]等方面来考虑。学科带头人指标用学科带头人的学术水平、道德水平和影响力来衡量。其中学术水平用国际刊物或者一级刊物发文总数来表示；道德水平用学术规范指标来表示；影响力用学科带头人担任的协会职务来表示。梯队建设指标用教师的年龄结构、知识结构、职称结构来衡量。其中年龄结构用各个年龄段教师比重是否合理来表示；知识结构用教师所学专业与研究方向是否合理来表示；职称结构用教师的各级职称所占的比例是否合理来表示。团结协作指标用教师的协作程度来衡量。

为了将人力资源指标量化分析，根据教育统计数据的特征，可以将人力资源指标的分级指标确定为科技活动人员总数、研究发展人员总数、研究发展全时人员总数（见表2－2）。分级指标还可以进一步按照科技活动人员中科学家和工程师技术职务（职称）来划分为教授、副教授人数及其占对应总人数比例。

表2－2　基础竞争力指标中的人力资源指标

一级指标	二级指标	三级指标	四级指标
基础竞争力指标	人力资源指标	科技活动人员总数	教授、副教授人数及其占科技活动人员总数比例
		研究发展人员总数	教授、副教授人数及其占研究发展人员总数比例
		研究发展全时人员总数	教授、副教授人数及其占研究发展全时人员总数比例

3）信息资源指标

信息资源指标用高等院校图书馆数据库资源和印刷品资源来描述。数据库资源用拥有数据库数量、质量和结构来描述；印刷品资源用藏书总量、期刊种数、外文书刊拥有量占印刷品资源藏书总量的比例、灰色文献拥有量等来衡量。

4）设备资源指标

由于实验设备集中在实验室，所以设备资源指标实质是实验室建设指标，用国家重点实验室数量、实验室大型仪器设备数量、实验室经费投入数量等来衡量。

5）管理资源指标

基础竞争力指标中的管理资源指标，仅仅是微观管理资源指标，指向高校制订的

---

①　陈运平，谢菊兰：《高等教育国际化进程中高校核心竞争力的培育与构建》，载《江西教育科研》，2004(7)。

教学管理、科研管理、学生管理、人才招聘等管理制度。

6)技术资源指标

由于各个高校所拥有的技术资源具有一定的保密性,技术公开的成果即为申请或授权的发明专利,因而可以用高校申请或授权的发明专利的总数来描述高校技术资源水平。由于高校拥有的专利或专有技术都涉及一个技术转让情况,所以以技术转让情况也是衡量高校技术资源的一个指标。高校所拥有技术专利都是由高校的研究发展机构研究出来的,那么,高校研究发展机构是技术的创造机构,也计算在技术资源内。

(3)环境竞争力指标

以教育政策的制定、实施过程为依据,李慧仙建立了教育政策评价指标体系,一级指标是议题、方案、执行及结果等指标[①](见表2-3)。议题指标从迫切性、可行性、价值、成本等方面考虑;方案指标从目标合理性、公平性、一致性、责任明确性、表述清晰性、政策资源可调动性方面考虑;执行指标从政策的传达,政策的落实,政策执行的连续性,政策资源的实际利用程度,执行人员之间的联系,政策监督,偶发事件的影响,执行人员的工作态度、方法、能力等方面考虑;结果指标从效果、效率、影响满意度等方面考虑。

表2-3 教育政策评价指标体系

一级指标	二级指标	三级指标	四 级 指 标
环境竞争力指标	教育政策评价指标	议题	迫切性、可行性、价值、成本
		方案	目标合理性、公平性、一致性、责任明确性、表述清晰性、政策资源可调动性
		执行	政策的传达,政策的落实,政策执行的连续性,政策资源的实际利用程度,执行人员之间的联系,政策监督,偶发事件的影响,执行人员的工作态度、方法、能力
		结果	效果、效率、影响满意度

我们认为,上述教育政策统计数据不容易收集到,所以提出自己的看法。高等教育国际竞争力中的环境竞争力主要指高等教育所涉及的体制、法制、政策方面的竞争力,包括政府支持力度、投资筹资体制等方面的竞争力。高等教育政策的内容包括两个方面:一方面微观管理制度,即高校管理制度,研究某一个具体高校的管理制度;另一方面是宏观管理制度,研究某一个国家或地区的管理制度。可以将宏观管理制度视为环境竞争力研究的主要内容。

除了高等教育所涉及的体制、法制、政策方面的竞争力之外,高等教育国际竞争力中的环境竞争力还包括高等教育资金投入。高等教育资金投入分为六大块,分别是科研事业费、主管部门专项费、其他政府部门专项费、企事业单位委托经费、各种收入中转为科技经费、其他。

---

① 李慧仙:《论我国教育政策评估的全方位改革》,载《现代教育科学》,2004(1)。

　　根据上述分析,建立高等教育国际竞争力指标评价体系。

　　高等教育国际竞争力指标评价体系的一级指标为核心竞争力指标、基础竞争力指标和环境竞争力指标。

　　高等教育国际竞争力指标评价体系的二级指标依据一级指标继续细化。其中,核心竞争力有待于分析后得出结论,所以处于待定状态。基础竞争力指标细化为科研成果指标、人力资源指标、信息资源指标、设备资源指标、微观管理资源指标、技术资源指标六个指标。环境竞争力指标细化为宏观管理资源指标和资金投入指标。

　　高等教育国际竞争力指标评价体系的二级指标还可以进一步细化为三级指标,如果还可以细化,则将三级指标进一步细化为四级指标,如表2-4所示。

表2-4　高等教育国际竞争力评价指标体系

一级指标	二级指标	三级指标	四级指标
核心竞争力指标			
基础竞争力指标	科研成果指标	项目指标	火炬项目、863项目、973项目、985项目、国家自然科学基金项目、国家社会科学基金项目等国家级项目完成数量
		论著指标	图书出版、论文发表等数量
		获奖指标	科研项目和论著获奖数量
		被摘录指标	SCI、EI、ISTP三大检索刊物摘录高等院校论文数量
	人力资源指标	科技活动人员总数	教授、副教授人数及其占科技活动人员总数比例
		研究发展人员总数	教授、副教授人数及其占研究发展人员总数比例
		研究发展全时人员总数	教授、副教授人数及其占研究发展全时人员总数比例
	信息资源指标	数据库资源	数据库数量、质量和结构
		印刷品资源	藏书总量、期刊种数、外文书刊拥有量占印刷品资源藏书总量的比例、灰色文献拥有量
	设备资源指标	国家重点实验室数量	
		实验室大型仪器设备数量	
		实验室经费投入数量	
	微观管理资源指标	教学管理、科研管理、学生管理、人才招聘	
	技术资源指标	研究与发展机构情况,申请或授权的发明专利的总数,技术转让情况	
环境竞争力指标	宏观管理资源指标	一个国家或地区的教育管理政策	
	资金投入指标	科研事业费、主管部门专项费、其他政府部门专项费、企事业单位委托经费、各种收入中转为科技经费、其他	

2.1.2 SWOT 分析方法

SWOT 分析,即竞争态势分析,指通过分析企业内部的优势和劣势、企业外部环境中存在的机会与威胁,来进行企业战略决策的分析方法。S(Strengths)指优势,W(Weaknesses)指劣势,O(Opportunities)指机会,T(Threats)指威胁。SWOT分析是一种被广泛运用在企业战略管理、市场研究和竞争对手分析领域中的分析方法。

SWOT 分析方法是针对优势和劣势、机会与威胁的分析方法,因而确定能够构成企业内外部优势和劣势、机会与威胁的因素就显得重要。当各个因素被确定后,就可以构成竞争态势分析矩阵(见表 2-5),对矩阵的不同区域进行 SO 策略、WO 策略、ST策略、WT 策略等不同的分析。

表 2-5 SWOT 分析矩阵[①]

内部资源和能力 / 可选择的对策 / 外部环境力量	机会(O)	威胁(T)
	O1 O2 O3 ……	T1 T2 T3 ……
优势(S) S1 S2 S3 ……	SO 策略 S1O1、S1O2…… S2O1、S2O2…… S3O1、S3O2…… ……	ST 策略 S1T1、S1T2…… S2T1、S2T2…… S3T1、S3T2…… ……
劣势(W) W1 W2 W3 ……	WO 策略 W1O1、W1O2…… W2O1、W2O2…… W3O1、W3O2…… ……	WT 策略 W1T1、W1T2…… W2T1、W2T2…… W3T1、W3T2…… ……

目前国内教育领域专家学者使用 SWOT 分析方法研究高等教育的论文已经有 6篇(见表 2-6),多为研究高等教育可持续发展或者高等教育发展策略的论文,表明SWOT 分析方法已经被应用在教育研究上,但是还没有被应用在高等教育国际竞争力研究上。

---

① 包昌火,谢新洲:《竞争对手分析》,北京,华夏出版社,2003。

表 2-6　国内应用 SWOT 分析方法研究高等教育的论文

作者	篇名	发表刊物名称	发表时间
高琰,何为	海淀走读大学高等职业教育发展的再认识:基于 SWOT 工具的管理分析	海淀走读大学学报	2003(1)
何中坚	公立高校成人高等教育 SWOT 分析及发展策略	继续教育研究	2002(6)
肖玲	基于 SWOT 分析的广州大学城可持续发展研究	热带地理	2004(2)
臧丽,庞少杰	吉林省普通高校 SWOT 分析及发展对策	北华大学学报(社会科学版)	2004(1)
何仲坚	民办高校 SWOT 分析及发展策略	华东交通大学学报	2002(3)
孟建国,张扬,余天君	我国成人高等教育"SWOT"分析及发展策略	河南职业技术师范学院学报(职业教育版)	2002(3)

　　SWOT 分析方法对高校和竞争对手的内外部环境进行了比较全面的分析。在高校信息化条件下,高校和竞争对手的内外部优势和劣势、机会与威胁以及竞争环境的变化都是动态的,并且变化的速度是非常快的,所以使得企业优势和劣势、机会与威胁的分析必须是经常性的行为,才能对竞争对手和竞争市场、竞争环境有一个较为准确的定位,从而决定企业应该采取的对策和战略(见图 2-1)。

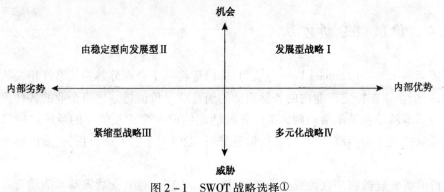

图 2-1　SWOT 战略选择①

2.1.3　Benchmarking 分析方法

　　定标比超(Benchmarking)分析方法,也译为基准法,是指确定目标、进行比较、实现赶超,实质是对目标进行连续对比、分析改进、提高绩效、超越对手的一个过程。使用该方法企业能够获得以下优势:首先企业能够比照竞争对手,对自身战略、管理、产品、过程等方面的优势和劣势进行分析,找出与竞争对手在各个方面的差距;其次企业能够比照差距,制定赶超策略,以对手之长为自己的学习方向,弥补

---

①　刘庆元,刘宝宏:《战略管理:分析、制定与实施》,大连,东北财经大学出版社,2001 。

自己的缺陷;最后经过连续地定标比超,企业可以获得持续性的效益和竞争优势。教育信息化后的高校,由于各个高校基本上有自己的网站,并且要在网站上发布信息,所以比较容易做到定标比超。目前国内使用定标比超分析方法研究高等教育的论文只有 1 篇,即茹宁发表在《比较教育研究》2004 年第 2 期上的《欧美高等教育基准法评介》①,足见教育领域对定标比超分析方法的研究和应用存在不足之处。

定标比超分析方法在教育领域的应用是多方位的,可以应用在影响和制约高校和高等教育发展的任何一个要素上,如教学、科研、管理、师资等要素上。具体的步骤为:

① 确定目标,即确定高校和高等教育发展的竞争对手以及拟与竞争对手实施定标比超的对象和范围;

② 寻找差距,即寻找在拟与竞争对手实施定标比超的对象和范围内,与竞争对手比较而言存在的差距;

③ 制订计划,即根据竞争对手的竞争优势和自己存在的差距,制订自己即将采取的行动计划;

④ 重新审视,即在行动计划实施之后,不断审视确定的目标、制订的计划,从而在实践中完善行动计划。

2.1.4 价值链分析方法

迈克尔·波特(Michael Porter)认为,价值链将一个企业分解为战略性相关的许多活动,一个企业在特定产业内的各种活动的组合就是价值链。他将企业的各种价值活动分为基本活动和辅助活动两大类。各种活动构成一个相互依存的系统。价值链分析主要包括社会价值链分析、行业价值链分析、竞争对手价值链分析、企业内部价值链分析。

价值链一直被应用在研究企业对产品设计、生产、营销、交货等基本活动及其相关辅助活动的分析中,而没有被应用在高等教育国际竞争力研究上。事实上,价值链分析也能适用于高等教育国际竞争力研究,原因为:一是无论是国家与国家之间高等教育的竞争,还是高校与高校之间高等教育的竞争,都是一个系统内部诸要素共同参与的,并且各个要素之间是相互依存的;二是高等教育和高校的活动都可以划分为基本活动和辅助活动;三是高等教育国际竞争力研究中的价值链分析主要包括高校内部价值链分析和高等教育行业价值链分析;四是相对而言,企业价值链分析中的利润在高等教育国际竞争力分析中可能需要改为效应,因为对于公立高校而言,无形资产较有形资产更为重要。

---

① 茹宁:《欧美高等教育基准法评介》,载《比较教育研究》,2004(2)。

1. **高校内部价值链分析**

（1）确定基本活动和辅助活动

在高校内部价值活动的基础上，可以将价值活动划分为基本活动和辅助活动。基本活动是高校生存所必需的活动，包括教学系列活动、科研系列活动和行政管理系列活动；辅助活动包括实验系列活动、图书馆系列活动、后勤系列活动和校办产业系列活动。

（2）确定各种价值活动之间的联系

高校内部各种价值活动的组合，并不是简单的组合，也不是孤立的，而是价值活动之间通过内部联系联结起来，成为一个有机的整体，因此必须确定各种价值活动之间的联系。确定各种价值活动之间的联系还必须遵循最优化和协调的原则，通过联系将高校的竞争优势体现出来。

（3）识别高校的竞争优势

将同类高校或者竞争对手的价值链进行比较分析，从而得出彼此价值活动之间的不同之处，即可由价值活动本身确定竞争优势。值得注意的是，高校的竞争优势并不都是有效的，只有符合发展或者管理实践需要的竞争优势才是有效的竞争优势。

（4）改进高校内部价值链

在识别高校的竞争优势的同时，也可以识别高校的竞争劣势，在可以进行改进的条件下，改进高校内部价值链，使之更加有利于高校的发展。

2. **高等教育行业价值链分析**

（1）确定基本活动和辅助活动

高等教育行业价值链分析与高校内部价值链分析不同，其基本活动和辅助活动都体现在行业发展的共性上，可以说是高校内部价值链的整合。除了高校内部价值链分析的基本活动和辅助活动，高等教育行业基本活动还包括国家或地区对高等教育的投入活动、高等教育的成本测算、高等教育发展政策制定、高等教育行业内科研获奖活动、高等教育行业内发明专利申请活动等活动；高等教育行业辅助活动还包括国家或地区对高校内部价值链分析辅助活动的政策引导和规划等活动。

（2）确定各种活动之间的联系

高等教育行业价值链分析的基本活动和辅助活动在遵循高校内部各种价值活动的联系规律的同时，还必须体现出行业性共性活动之间的联系。

（3）识别高等教育的竞争优势

识别高等教育的竞争优势的方法与高校内部价值链分析方法相同。

（4）改进价值链

改进价值链的方法与高校内部价值链分析方法相同。

2.1.5　人际网络分析方法

所谓人际网络,实质上就是为达到特定目的,人与人之间进行信息交流的关系网。它基本上由节点和联系两大部分构成。节点是网络中的人或机构,联系则是交流的方式和内容①。

由于网络是开放的系统,实现教育信息化后的高校内部之间、高校与外部之间的交流频繁,且交流的形式有虚拟化发展趋势,构成了庞大的人际网络。

1. 高校人际网络

(1)高校内部师生之间的人际网络

高校内部师生之间的熟悉程度比较大,由于高校师生在从事教学工作和科学研究工作过程中,相互之间的交流比较多,交流的内容一般以教学和科研中的事务为主,所以既容易因交流而产生感情,也容易因交流而产生摩擦。融洽的交流建立畅通的人际网络,有摩擦的交流建立阻塞的人际网络。

(2)高校内部部门之间的人际网络

一般情况下,高校各职能部门之间的来往多于高校各部门与高校外部之间的来往。高校正常的运作是建立在高校内部各部门之间协调基础上的。如果高校内部各部门之间的人际网络阻塞,信息交流不畅通,就有可能给高校带来一些损失。如高校某部门搜集、整理、分析得到的竞争情报,没有与高校其他部门分享,而其他部门可能也需要这些情报,因而也要花费人力、资金、时间去获取同样的竞争情报。

(3)高校内部员工与其他联系人的人际网络

教育信息化后的企业,建立的人际网络具有虚拟性,即交流的人员可能从未谋面,可以交流的程度却很深。虚拟性使得高校师生不但与高校内部师生交流,还与高校外部的其他联系人进行广泛的信息交流。

(4)高校内部部门与其他联系部门的人际网络

高校内部各职能部门,不但相互之间交流,而且还与其他联系部门交流,因而也建立了人际网络。

(5)高校内部师生与高校内部部门的人际网络

高校内部师生与高校内部部门之间也存在一定程度的交流,如高校教师因为工资待遇、住房等问题,与高校内部的职能部门发生联系。

总之,高校的人际网络是建立在内部师生、内部部门、外部部门、外部联系人之间的,可以表示为图2-2。

---

① 包昌火,谢新洲,申宁:《人际网络分析》,载《情报学报》,2003(3)。

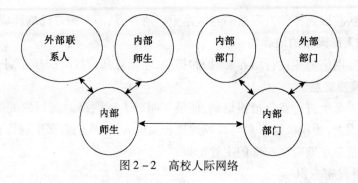

图2-2　高校人际网络

2. 高校人际网络在战略抉择中的应用

（1）信息搜集渠道畅通

高校在搜集人际网络信息的时候，过去采取"谁认识谁"的办法，按月填写电话采访单，明确职工姓名、电话、工作部门、职责范围、讨论摘记、联系日期等事项。教育信息化的高校，不仅要搜集"谁认识谁"的信息，更重要的是要搜集"谁联系谁"的信息，搜集的范围要从电话扩展到网络，从高校内部师生扩展到联系人，从电话内容扩展到聊天内容。如某高校师生通过某种方式认识某教师，该教师可能是高校竞争对手的教师，则高校师生可以从该教师那里获得竞争对手的某些信息，为高校战略选择提供依据。因此，高校应该定时要求师生尽可能提供其联系人和联系事项。

（2）信息交流渠道畅通

教育信息化，使高校内部信息交流渠道畅通，使上下级、各部门之间容易实现信息交流。如搜集到的高校师生和其联系人的信息，经过整理和分析，可以及时传送到部门主管那里，当部门主管需要使用联系人的时候，就可以直接与师生交流。

（3）信息反馈渠道畅通

为了获得高校教学、科研、管理等方面的反馈信息，高校师生在与联系人联系时，可以有意识地征求联系人的意见，将信息反馈到高校部门主管那里，帮助高校进行战略选择。

3. 高校人际网络在反竞争情报中的应用

（1）传播虚假信息

传播虚假信息，是指高校在网络上发布的信息虽然必须是真实的，但是高校可以通过人际传播途径，传播一些虚假信息，迷惑竞争对手，这样一来竞争对手搜集到的信息是虚假的，非高校战略所选，高校的真实意图得以保存，高校还不需要负相关责任。

（2）传播多元信息

传播多元信息，是指高校对于同一信息可以在不同的网站、不同的时间传播不同的内容，如统计数字，起到迷惑对手的作用，防止对手获取自己的真实信息。

（3）传播均衡信息

传播均衡信息，是指高校要传播自己全方位的信息，传播的内容和数量要均衡，使竞争对手无法获取高校的发展战略和战略重点所在,从而保护自己的商业秘密。

4. 高校人际网络的培养和扩展

高校人际网络需要进行培养、维护和扩展,才能对高校战略抉择起到一定作用。

(1)培养搜集意识

高校要对师生进行竞争情报培训,使员工明确人际网络对高校发展的重要性,从而树立一种观念,要积极地联系与高校发展相关的人员,从他们那里获得有效信息,并且把获得的信息定期向高校部门主管汇报。

(2)培养保密意识

高校师生在积极搜集高校内部和竞争对手信息的同时,也要防止竞争对手搜集高校自己的信息,因而高校要对员工进行保密培训,明确规定高校什么信息不能泄露,对泄露秘密的惩罚是什么。

2.1.6 关键成功因素分析方法

1. 关键成功因素

从字面上看,关键成功因素由关键(Key)、成功(Success)、因素(Factors)三个概念构成,可以简称 KSF。其中,“成功”是高等教育追求的目标,“关键”是高等教育行业为了实现这一目标而必须加强或改进的地方,因此 KSF 是为了达到目标而必须正确进行的事项。KSF 一般应用在行业分析上。

KSF 的五个来源主要是环境、行业、组织、公司本身和偶发性因素,理论根据是管理学中的帕累托法则(Pareto's Law),即 80/20 法则。由于高等教育的发展取决于少数人、少数政策、少数高校,因而符合帕累托法则,我们可以应用 KSF 方法来分析高等教育发展的关键因素,从而将主要的资金、政策、设备等资源集中在关键因素上。

2. KSF 分析步骤

KSF 分析方法主要有以下五个步骤。

(1)高等教育定位

高等教育定位的参照因素主要包括本科生、研究生招生数量,就业形势;本科生、研究生各占招生的比例;专业设置;学科建设;资金投入;科研成果、技术转让、宏观管理政策等因素。根据参照因素给高等教育定位,然后进一步分析高等教育定位的成熟度,判别现在定位所处的生长期,进而提出行业是否还需要按照现行定位运转,如果现行定位已经走向衰退期,将来如何定位。

(2)识别 KSF

识别高等教育行业发展的 KSF,可以采取的方法有:一是专家意见法;二是管理人员意见法;三是战略与绩效法;四是结构法,也可以根据因果图示法粗略地识别 KSF。

（3）搜集 KSF 情报

关于 KSF 分析所需要的情报,搜集途径主要是公开文献出版物以及政府部门网站的统计信息,如果无法从公开信息中搜集所需数据,也可以采取问卷调查法和访谈法获取定性数据,然后转化为可以定量分析的定量数据。

（4）比较评估 KSF

根据搜集到的数据建立一个竞争对手的列表,根据列表进行多层面比较,根据多层面比较情况确定一个阈值,高于阈值的部分,即为高等教育发展的 KSF。如果竞争高于阈值的部分,自己没有高于阈值,则可以将该部分确定为发展目标,采取定标比超的方法,超越竞争对手。

（5）制订行动计划

高等教育行业可以按照活动、需要的支持、时间、资源等内容,绘制行动计划矩阵表,从而做到有针对性建立能力、配置资源,逐步保持现有 KSF,增强竞争对手所有而自己没有的 KSF,提高高等教育行业的竞争力。

2.2　分类评价方法

2.2.1　教学水平评价方法

1. 高等院校教学水平评价指标体系

首先,高等院校教学水平评价的对象应该包括教与学两个方面,即教师和学生的情况,高水平的教师才能培养出高水平的学生,才能提高教学水平。

其次,高等院校教学水平评价的对象还应该包括高等学校学科建设情况。一所高等院校如果学科建设水平弱、专业设置老化或者结构不合理、研究生教育薄弱,学科建设水平就比较低,培养出来的学生不但不能适应社会需求,而且学术研究和实际工作能力也比较低。

最后,高等院校教学水平评价的对象还应该包括学术交流情况。作为教育系统的一个子系统,如果不与外界持续地进行能量交换,系统就不是一个开放的系统。高等院校在与其他院校进行学术交流的过程中,能够学习其他高校的优势,弥补自身的劣势。

基于上述对高等院校教学水平评价对象的研究,构建高等院校教学水平评价指标体系如下。

高等院校教学水平评价指标体系的一级指标分为师资力量指标、学生情况指标、学科建设指标、学术交流指标。

师资力量指标的二级指标分为博士生导师指标、院士指标、国务院学位组成员指标。

学生情况指标的二级指标分为博士研究生指标、硕士研究生指标、本科生指标、专科生指标、成人教育学生指标。

学科建设指标的二级指标分为院系设置指标、本科专业指标、硕士专业指标、博士点指标、博士后流动站指标、基地数量指标、重点学科指标。

学术交流指标的二级指标分为受聘讲学指标、合作研究指标、进修学习指标。

由于高等院校教学水平评价指标体系的层次结构比较明显,层次数量也不多,因而采取与结构联系比较紧密的层次分析法测算高校教学水平。

2. 层次结构

层次分析法的第一步是找出研究对象所涉及的主要因素以及各因素之间的关联、隶属关系,构造递阶层次结构①。按照高等院校教学水平评价指标体系构造递阶层次结构如表 2 – 7 所示。

表 2 – 7 高等院校教学水平评价指标体系层次结构

一级指标	二级指标
师资力量指标	博士生导师指标、院士指标、国务院学位组成员指标
学生情况指标	博士研究生指标、硕士研究生指标、本科生指标、专科生指标、成人教育学生指标
学科建设指标	院系设置指标、本科专业指标、硕士专业指标、博士点指标、博士后流动站指标、基地数量指标、重点学科指标
学术交流指标	受聘讲学指标、合作研究指标、进修学习指标

3. 判断矩阵

两两比较,建立判断矩阵。从消费数量、消费质量、消费结构、信息需求、信息服务、消费偏好、消费风险、消费环境八个方面,考察信息消费总体水平。W 表示矩阵 A 对应的特征向量,用 W_1、W_2、W_3、W_4、W_5、W_6、W_7、W_8 表示消费数量、消费质量、消费结构、信息需求、信息服务、消费偏好、消费风险、消费环境的分值,则构建的判断矩阵

$$A = \begin{bmatrix} \dfrac{W_1}{W_1} & \dfrac{W_1}{W_2} & \cdots & \dfrac{W_1}{W_n} \\ \dfrac{W_2}{W_1} & \dfrac{W_2}{W_2} & \cdots & \dfrac{W_2}{W_n} \\ \cdots & \cdots & \cdots & \cdots \\ \dfrac{W_n}{W_1} & \dfrac{W_n}{W_2} & \cdots & \dfrac{W_n}{W_n} \end{bmatrix} = (a_{ij})_{n \times n}$$

W_1、W_2、W_3、W_4、W_5、W_6、W_7、W_8 的值,可以通过问卷调查方式获取,也可以通过专

① 孙建军:《定量分析方法》,南京,南京大学出版社,2002。

家评估方法获取。

4. 计算

利用和积法计算判断矩阵最大特征根及其对应特征向量,计算步骤如下。

(1)将判断矩阵每一列归一化

$$\overline{a_{ij}} = \frac{a_{ij}}{\sum\limits_{j=1}^{n} a_{ij}} \quad (i = 1,2,\cdots,n)$$

(2)每一列经过归一化后的判断矩阵按行相加

$$\overline{W_i} = \sum\limits_{j=1}^{n} \overline{a_{ij}} \quad (i = 1,2,\cdots,n)$$

(3)对向量 $\overline{\boldsymbol{W}} = [\overline{W_1},\overline{W_2},\cdots,\overline{W_n}]^{\mathrm{T}}$ 归一化

$$W_i = \frac{\overline{W_i}}{\sum\limits_{j=1}^{n} \overline{W_j}} \quad (i = 1,2,\cdots,n)$$

所得到的 $\boldsymbol{W} = [W_1,W_2,\cdots,W_n]^{\mathrm{T}}$ 即为所求的特征向量。

(4)计算判断矩阵最大特征根 $\lambda_{\max}$

$$\lambda_{\max} = \sum\limits_{i=1}^{n} \frac{(\boldsymbol{AW})_i}{nW_i}$$

式中 $(\boldsymbol{AW})_i$ 表示 $\boldsymbol{AW}$ 的第 i 个元素。

5. 检验

$$C.I. = \frac{\lambda_{\max} - n}{n - 1}$$

$$C.R. = \frac{C.I.}{R.I.}$$

若 $C.R. < 0.10$,则该判断矩阵具有满意的一致性。

6. 分析

经过层次分析法的测算,对所建立的各个判断矩阵的数据进行处理,处理方法为:统计 $\overline{W_i}$ 的值,然后计算出 $\overline{W_i}/n$,即得各个项目占总信息消费总体水平的比例关系。

2.2.2 科研水平评价方法

1. 集对分析方法

所谓集对,是指具有一定联系的两个集合所组成的对子。集对分析(Set Pair Analysis,SPA),又称同异反理论,就是指在一定的问题背景下,对所论的两个集合所具有特性作同一、差异、对立的分析,建立起该集对在所论问题背景下的同异反系

统联系度表达式,并推广到大于两个集合组成时的情况,从而深入地开展有关问题的研究[①]。

$$\mu = a + bi + cj$$

式中:a,b,c分别简称为同一度、差异度、对立度,且$a + b + c = 1$;μ称为两个集合的联系度;j为对立度系数,规定j恒取值1;i为差异度系数,在$(-1,1)$区间视不同情况取值。

在科研评价工作中,可视为集对的例子较多,例如评价者与被评项目、科研个体与其科研成果等都可在一定条件下被看成是一个集对。若我们把评估标准作为一个集合A,把评估客体的实际情况作为另一个集合B,那么科研成果评估就是将集合B和集合A的特性展开分析。实际情况中的某些方面可能完全符合评估标准,某些方面可能一点都不符合评估标准,另外某些方面可能介于两者之间,这样集合B和集合A一般是有"同异反"的关系。换言之,被评成果现状与评估标准之间有某些确定性的关系(如现状与标准完全符合与完全不符合),某些不确定性的关系(现状与标准既非完全符合也非完全不符合,但存在差距),这是一个确定不确定的关系。因而可以使用集对分析方法评价基础科研成果,既可做定性分析,又可以做定量评价。

2. 模糊数学方法

设$\boldsymbol{R} = (r_{ij})_{n \times m}$是一个模糊矩阵,其中$0 \le r_{ij} \le 1$。$\boldsymbol{X} = (X_1, L, X_n)$和$\boldsymbol{Y} = (Y_1, \Lambda, Y_m)$是两个模糊向量,$0 \le X_i, Y_j \le 1$。若有$\boldsymbol{Y} = \boldsymbol{XR}$,则称上式为一个模糊变换[②]。

对某一评价对象的科研能力进行评价时,可以按以下步骤进行。

(1)建立集合

考核成员集合$T = \{T_1, L, T_r\}$,例如同行专家、考核对象所在的院系部门及考核对象自己等。

评价因素集合$P = \{P_1, L, P_n\}$,例如权威刊物上的论文、核心刊物上的论文及一般刊物上的论文。

评价结果集合$V = \{V_1, L, V_m\}$,例如优、良、中、差等。

(2)确定权重向量

根据所在院校的实际情况,不同的评价因素的权重是不同的,重点高校、权威刊物上的论文应该权重最大。

令$\boldsymbol{X}_1 = (X_{11}, L, X_{1n})$为评价因素集$P$的模糊权重向量,其中$X_{1i}$为评价因素$P_i$的权重,且$\sum_{i=1}^{n} X_{1i} = 1$;还要确定考核成员集$T$的权重向量$\boldsymbol{X}_2 = (X_{21}, \Lambda, X_{2r})$,其中$X_{2k}$为评价成员$T_k$的权重,且$\sum_{k=1}^{r} X_{2k} = 1$。

① 李新荣:《集对分析在科研评价中的应用》,载《科技进步与对策》,2003(7),49。
② 彭丽华:《模糊数学在高校教师科研质量评价中的应用》,载《科技进步与对策》,2003(12),147。

（3）给出评价模糊矩阵

每个考核成员 $T_k, 0 \leqslant T_k \leqslant r$，通过对 P 中每条因素逐一评价，得出模糊矩阵

$$\boldsymbol{R}_k = (V_{ij}^{(k)})_{n \times m}$$

其中 $\sum\limits_{j=1}^{m} V_{ij}^k = 1$，即 $\boldsymbol{R}_k$ 中每行数字和等于1。

（4）给出每个考核成员的考核结果

对 $T_k \in T, T_k$ 对评价对象的评价结果是下面的模糊向量

$$\boldsymbol{Y}_k = \boldsymbol{X}_1 \boldsymbol{R}_k$$

3. 数据包络分析方法

数据包络分析方法（Data Envelopment Analysis, DEA）是非参数的定量评价方法，因其不需要评价对象提供任何价格信息，所以在对非营利性公共机构评价上有独特的优势。近年来，英国、美国、加拿大、澳大利亚等国纷纷用 DEA 方法对高校、科研机构进行了效率评价①。

DEA 是基于数量经济学概念的非参数定量相对效率评价方法。假设有 n 个 DMU_j（决策单元）的投入，产出向量分别为

$$\boldsymbol{X} = (x_{1j}, x_{2j}, \cdots, x_{mj})^T, \boldsymbol{Y} = (y_{1j}, y_{2j}, \cdots, y_{mj})^T$$

对于多投入多产出的目标决策单元 DMU_0 进行相对效率评价，需要把它看做一个总体投入和一个总体产出的生产过程，这样就需要赋予每个投入、产出指标适当的权重。为避免受分析者主观意志的影响，投入权重向量 $\boldsymbol{V} = (v_1, v_2, \cdots, v_m)^T$、产出权重向量 $\boldsymbol{U} = (u_1, u_2, \cdots, u_m)^T$ 被视为变量。

如果想了解 DMU_0 在 n 个 DMU 中相对是不是最优的，可以通过考察尽可能地变化 U 和 V 时，h_0 的最大值为多少。如果 $h_0 = 1$，说明在这 n 个 DMU 中，找不到其他的 DMU 可以用更少的投入达到目前的产出，那么 DMU_0 就是相对最优的。

基于这个思路，第一个 DEA 模型 CCR 比值模型被提出

$$\text{Max } h_0 = \frac{\sum\limits_{r=1}^{s} u_r y_{r0}}{\sum\limits_{i=1}^{m} v_i x_{i0}}$$

$$\text{Subject to：} h_0 = \frac{\sum\limits_{r=1}^{s} u_r y_{r0}}{\sum\limits_{j=1}^{m} v_j x_{j0}} \leqslant 1 \quad (j=1,2,\cdots,n) \tag{1}$$

$$(u_r, v_i \geqslant \varepsilon; i=1,\cdots,m; r=1,\cdots,s)$$

其中，ε 是一个无穷小的数。

---

① 孟溦,刘文斌,李晓轩：《DEA 在定量科研评价中的应用》,载《科学学与科学技术管理》,2005(9),11-12。

效率评价指数 $h_0(0 \leqslant h_0 \leqslant 1)$ 反映了被评估单元的效率。从模型(1)可以看出,被评估单元允许选取对自己最有利的权重 u_r, v_i。如果决策单元在最突出其自身优势的条件下,其效率依旧小于 100%,决策单元就不能指责评价体系没有展示其最优的一面,那么其效率有待进一步提高。从这一点看,DEA 在判定非有效的决策单元上有其独到之处。

在模型(1)的基础上,给出了 CCR 的线性模型和对偶模型。这里因篇幅限制,只给出基于产出的对偶模型

$$\text{Max } \theta$$
$$\text{Subject to}: \sum_{r=1}^{s} x_{rj}\lambda_j \leqslant x_{r0} \quad (2)$$
$$\sum_{r=1}^{s} x_{rj}\lambda_j \geqslant \theta y_{r0}$$
$$(\lambda_j \geqslant 0; i = 1, \cdots, m; r = 1, \cdots, s; j = 1, \cdots, n)$$

模型(2)使用的是 Pareto – Koopmans 的序关系,在这种序关系下,每一个投入、产出的指标都被视作同等重要。另外,此模型采用比例度量,即每个产出指标(或投入指标)要成比例变化,这里称这类模型为标准 DEA 模型。标准 DEA 模型的特点决定了其选取的指标个数相对于决策单元个数来讲不能太多。否则,DEA 模型不能区分有效决策单元,即过多的 DMU 效率评价指数为 1。一般来讲,为保证结果有一定的辨识能力,DMU_s 的数量至少要达到 $2m \times m$,m 与 s 代表选择的投入和产出指标数。

在实际应用中,有相当的数据为指数数据,在这里指数数据是形为 $\frac{y_r}{x_i}(i=1, \cdots, m_i; r=1, \cdots, s)$ 类的数据。

在很多的评估方法(如综合评估方法)中都大量应用了指数指标。

设:$e_{ir}^j = \frac{y_r^j}{x_i^j}(i=1, \cdots, m; r=1, \cdots, s; j=1, \cdots, n)$

一般的综合评价方法是赋予指标不同的权重形成总分,如:$\sum e_{ir}^j w_{ir}$。但是如何决定这些权重却是个令人头痛的问题。DEA 方法的原则是让每一个被评估对象在遵守经济法则的前提下,选择对其最有利的权重,进而评价其最大的效率,如模型(3)所示:

$$\text{Max } \sum e_{ir0}^j w_{ir0}$$
$$\text{Subject to}: \sum e_{ir}^j w_{ir} \leqslant 1 \quad (3)$$
$$(w_{ir} \geqslant 0; i=1, \cdots, m; r=1, \cdots, s; j=1, \cdots, n)$$

这里也可以用另一种观点来看这个模型,即对指数数据,可以认为其投入已经被标准化了,由此导出它的对偶模型

$$\text{Max } \theta$$

$$\text{Subject to} : \sum_{r=1}^{s} y_{rj}\lambda_j \leq \theta y_{r0} \qquad (4)$$

$$\sum_{r=1}^{s} \lambda_j \leq 1$$

$$(\theta \geq 1, \lambda_j \geq 0; i = 1, \cdots, m; r = 1, \cdots, s; j = 1, \cdots, n)$$

注意以上模型和 Lovell and Pastor 无输入的 DEA 模型有一定相似之处。模型(4)采用的依旧是 Pareto - Koopmans 的序关系和比例测量,其潜在的缺陷与模型(3)相同。为此,我们发展了 Index Model 模型(IM 模型)(见模型5)。为了使此模型能测量出指标间不成比例的变化,这里使用 Russell 测度,并不再强调每个单项指标的优势,而强调整体平均水平。

$$\text{Max } \frac{y_r}{x_i} \sum_{r=1}^{m} \theta_r$$

$$\text{Subject to} : \sum_{j=1}^{m} y_{rj}\lambda_j \leq \theta_r y_{r0} \qquad (5)$$

$$\sum_{r=1}^{s} \lambda_j \leq 1$$

$$(\theta_r, \lambda_j \geq 0; i = 1, \cdots, m; r = 1, \cdots, s; j = 1, \cdots, n)$$

2.2.3 人力资源评价方法

高校教师对高等教育发展的贡献是指高校教师所贡献的产出价值,产出价值是由教学和科研共同作用的结果。由于高校教师的整体教学水平是一个无法定量化的东西,含有较强的主观意志,所以用科研成果数量和质量替代教学和科研水平。由于教学和科研是互补的,科研水平高,则教学质量高,教学过程中也可以发现问题,从事科学研究,这就是以教学养科研和以科研养教学的原则。

(1)部分比率法[①]

高校教师贡献份额 = 高校贡献份额 × 高校教师占高校教职工比率

高校教师占高校教职工比率 = 高校教师投入量/高校教职工投入量

高校教职工投入量指当期高校教职工所消耗的直接成本,包括工资、福利费、保险费、培训费、历史教育成本平摊费等。

(2)柯布-道格拉斯法

柯布-道格拉斯生产函数,即 C - D 生产函数,公式为 $Y = AL^{\alpha}C^{\beta}$,其中 Y 代表总产出;A 代表技术水平参数,取决于整体素质;L 代表人力资本投入量;C 代表物力资本投入量;α 和 β 分别为人力资本和物力资本投入的权数,且 $\alpha + \beta = 1$。

---

① 朱红,张洪亮:《信息人力资本及其对信息决策行为的影响分析》,载《情报科学》,2003(11)。

由于教师的教学和科研活动是建立在人力资本和物力资本投入基础上，因此可以使用柯布-道格拉斯生产函数测算教师的水平。其中人力资本是高校发放给教师的各种待遇（如工资、奖金、课时费、津贴等）以及教师从事教学和科研活动获得的各种资助；物力资本是教师从事教学和科学研究所消耗的设备资金。

用柯布-道格拉斯生产函数测算高校的科研水平，是建立在测算科研人员的贡献份额的基础上的。

假设高校定期（3年）单位人力资本投入的产出和物力资本投入的产出率近似不变，高校的技术水平也近似不变，则将3年的数据代入柯布-道格拉斯生产函数公式，得到

$$Y_1 = AL_1^\alpha C_1^\beta, Y_2 = AL_2^\alpha C_2^\beta, Y_3 = AL_3^\alpha C_3^\beta$$

解方程式可求出和的值，则高校教师的贡献份额 $G = L^\alpha / (L^\alpha + C^\beta)$。

（3）生产率法[①]

高校教师的生产率是指高校教师在教学和科研生产中的劳动效率，它以单位时间内生产的数量或生产单位产品所需的劳动时间来表示。

$$高校教师生产率 = 高校教师收入水平 \times 高校教师人数$$

用数学公式描述为

$$Y(t) = W(t) \cdot L(t)$$

由于高校教师的收入和产出有一定差距，高校教学和科研产出也不一定与高校教师数量直接相关，所以可以进一步描述高校教师的生产率。

$$P_s / P_c = \{[(W_s + O_s)Q_s]/N_s\}/\{[(W_c + O_c)Q_c]/N_c\}$$

其中，P 为高校教师生产率，W 为高校教师收入，O 为其他投入成本，Q 为科研成果产出数量，N 为高校教师数量，下标 s 和 c 分别表示教师和科研成果。该方法是用来测算相对于科研成果生产率的高校教师生产率的[②]。

2.2.4 信息资源评价方法

1. 信息资源丰裕系数方法

谢康、肖华的丰裕系数 R[③]，用定量计算信息资源储备与发展能力。丰裕系数法选择数据库资源、专利和商标资源、图书报刊资源和视听资源作为基本要素，基本表达了信息资源的范畴和内容，测度方法为

$$信息资源丰裕系数 \quad R = R_1 + R_2$$
$$R_1 = (P_1 + P_2 + P_3 + P_4)/M$$

---

① 朱红，张洪亮：《信息人力资本及其对信息决策行为的影响分析》，载《情报科学》，2003(11)。
② 黄少军：《服务业与经济增长》，北京，经济科学出版社，2000。
③ 谢康，肖华：《信息经济学》，北京，高等教育出版社，2002。

$$R_2 = S_1 + S_2$$
$$S_1 = (I_1 + I_2 + I_3 + I_4 + I_5 + I_6)/M$$
$$S_2 = (T_1 + T_2 + T_3 + T_4 + T_5)/M$$

式中：R_1——基本信息资源生产能力；

P_1——数据库数量；

P_2——获得专利和商标数量；

P_3——图书报刊出版量；

P_4——视听产品生产数量；

M——测度期测度范围内的人口总数；

R_2——基本信息资源发展潜力；

S_1——信息资源储备潜力；

I_1——计算机拥有量(包括绝对数、普及率、用户数)；

I_2——文化设施拥有量(包括图书馆、信息中心、档案馆、博物馆、文化馆)；

I_3——新闻设施拥有量(包括电台、电视台)；

I_4——娱乐设施拥有量(包括电影院、剧院、体育馆、电视机量)；

I_5——邮电设施拥有量(包括邮电局网点、邮电业务量)；

I_6——通信设施拥有量(包括通信网点、电话机量)；

S_2——信息资源处理潜力；

T_1——测度范围内识字人数或识字率；

T_2——教育机构普及率(在校人数)；

T_3——科研人员机构数；

T_4——政府部门人数；

T_5——咨询机构人数。

信息资源丰裕系数方法的优点在于测算了与信息资源储备与发展相关的各个方面因素；缺点在于不同因素之间进行无量纲化比较，必须经过数据的转化才能参与运算。

2. 信息消费指数

由于信息资源存储的目的是为了信息消费，信息消费的产出结果是科研成果，因此以信息消费指数为标准，测算高校信息资源水平。

资源经济指数是研究资源量与宏观经济总值是否协调发展的产出硬性指标[1]。由于信息资源同土地、水产、矿产、森林等资源一样成为宏观经济发展必不可少的因素，并凌驾于各类资源之上，在知识经济时代成为各类创新和可持续发展的内生动力，成为资源之资源，所以资源经济指数同样可应用于信息资源测算上。

设 R 为文献信息资源指数，G 为信息消费生产指数或经济指数，η 为信息消费指

---

① 李金昌：《资源经济新论》，重庆，重庆大学出版社，1999。

数。则有

$$\eta = R/G$$

假设文献信息资源没有损耗，可以复制，且复制后其经济价值依旧。由于消费文献信息资源时，包含信息消费者在搜集信息的基础上进行整理、加工、分析信息的工作，所以 ΔR 一般不为负。如果消费的信息失真或者有误，又或者分析结论与事实相悖，给信息消费带来损失，则 ΔR 为负。设某一基准年文献信息资源指数为 100，用 R_0 表示，在没有新增消费信息情况下，文献信息资源指数为

$$R = (R_0 + \Delta R)/R_0, R > 1 \text{ 或 } R \leqslant 1$$

设某一基准年信息消费生产指数或经济指数 $G_0 = 100$，生产总值逐年增加，则有 ΔG 为正，反之为负。经济指数为

$$G = (G_0 + \Delta G)/G_0, G > 1 \text{ 或 } G \leqslant 1$$

信息消费指数 $\eta = R/G$ 可能出现的情况如下。

信息消费指数 $\eta = 1$，若 R、G 都为正，文献信息资源与信息消费生产产值同步增长，消费的文献信息资源与消费效益或期望值均衡，协调发展；若 R、G 都为负，消费的文献信息资源减少，与消费者生产产值同步下降，信息消费造成损失，但损失没有扩大。

信息消费指数 $\eta > 1$，若 R、G 都为正，消费的文献信息资源增加快于消费产值增长，信息存量超越消费者所需，消费者发展基础雄厚，后劲大；若 R、G 都为负，表明消费的文献信息资源多，对消费者产值造成损失，但损失没有扩大化。

信息消费指数 $\eta < 1$，若 R、G 都为正，消费的文献信息资源少，经济产值却高，表明文献信息资源质量高，带来的消费效益可观；若 R、G 都为负，文献信息资源的减少小于消费产值的下降，表明信息消费的负增长快[1]。

3. 结构法

信息资源建设指标用高等院校图书馆数据库资源和印刷品资源来描述。数据库资源和印刷品资源中各种类型文献总量、种数、外文书刊、数据库拥有量等所占的比例，可以反映高校信息资源存储的质量和结构水平。

2.2.5 设备资源评估方法

由于设备资源指标用国家重点实验室数量、实验室大型仪器设备数量、实验室经费投入数量等来衡量，指标数量比较少，不利于使用数学公式或者统计方法直接测算。因此，采用间接方法测算设备资源的利用情况。

设备资源配置的最终目的是为了利用设备，创造最大的产出。设备资源利用的产出，是以承担教学任务和科研任务为主，其中教学任务是基础，科研任务是发展，所以

---

[1] 朱红：《决策信息对信息决策行为的贡献份额分析研究方法》，载《情报杂志》，2003(10)。

设备资源利用水平的评价应该集中在所承担的科研任务及科研任务带来的社会效应和经济效应上。

使用投入产出法测算设备资源利用水平,投入是国家重点实验室数量、实验室大型仪器设备数量、实验室经费投入数量等;产出是完成的科研任务数量和水平、科研经费、科研成果。

1. 投入产出法

投入产出分析是建立在各产品(包括劳务)之间或各部门单位之间纵横交错的消费和生产关系或经济往来联系的基础之上的。在建立了描述这种相互关联的模式以后,根据已知的某些产品或部门的需求变化,就可以预测其他产品或部门与之相应的需求变化[①]。

投入产出分析的基础是建立投入产出表(见表2-9),表中的$1,2,\cdots,n$表示所描述的对象包括n个部门。中间产出,又称中间需求,指研究对象内部各部门间相互分配去向和相互投入去向,即研究单位内部次级单位之间的流量。如行向x_{ij}说明i部门的产出成果提供j部门继续加工生产的数量;列向x_{ij}说明投入j部门继续加工的i部门的数量;对角线x_{ij}说明本部门生产又供本部门继续加工的数量。中间产出表称为"部门流量矩阵",其表达式为

$$X_{n \times n} = \begin{bmatrix} x_{11} & x_{12} & \cdots & x_{1n} \\ x_{21} & x_{22} & \cdots & x_{2n} \\ \cdots & \cdots & \cdots & \cdots \\ x_{n1} & x_{n2} & \cdots & x_{nn} \end{bmatrix}$$

表2-9 投入产出表

	中间产出				最终产出	总产出
	1	2	$\cdots$	n		
1	x_{11}	x_{12}	$\cdots$	x_{1n}	Y_1	Q_1
2	x_{21}	x_{22}	$\cdots$	x_{2n}	Y_2	Q_2
$\cdots$	$\cdots$	$\cdots$	$\cdots$	$\cdots$	$\cdots$	$\cdots$
n	x_{n1}	x_{n2}	$\cdots$	x_{nn}	Y_n	Q_n
初始要素	M_1	M_2	$\cdots$	M_n		
总产出	Q_1	Q_2		Q_n		

最终产出,也称最终需求,是指研究对象内部各部门提供研究对象以外的产出数量,如Y_i表示第i部门提供$1\sim n$部门以外的产出数量。最终产出表称之为"最终需求列向量",其表达式为

$$Y_{n \times 1} = (Y_1, Y_2, \cdots, Y_n)^{\mathrm{T}}$$

---

① 谭跃进:《定量分析方法》,北京,中国人民大学出版社,2002。

总产出，也称总需求，是指研究对象所包括的各部门的中间产出和最终产出的总和数量。如 Q_i 表示 i 部门提供给研究对象内部各部门的产出数量之和，加上 i 部门提供研究对象以外的产出数量。总产出称之为"总产出列向量"，其表达式为：

$$Q_{n \times 1} = (Q_1, Q_2, \cdots, Q_n)^T$$

中间需求、最终需求和总产出之间的平衡关系为

$$X_{n \times n} \cdot I_{n \times 1} + Y_{n \times 1} = Q_{n \times 1}$$

$I_{n \times 1}$ 为 n 行的单位列向量，其每个元素均为 1，即

$$\begin{bmatrix} x_{11} & x_{12} & \cdots & x_{1n} \\ x_{21} & x_{22} & \cdots & x_{2n} \\ \cdots & \cdots & \cdots & \cdots \\ x_{n1} & x_{n2} & \cdots & x_{nn} \end{bmatrix} \cdot \begin{bmatrix} 1 \\ 1 \\ \vdots \\ 1 \end{bmatrix} + \begin{bmatrix} Y_1 \\ Y_2 \\ \vdots \\ Y_n \end{bmatrix} = \begin{bmatrix} Q_1 \\ Q_2 \\ \vdots \\ Q_n \end{bmatrix}$$

得

$$\begin{cases} X_{11} + X_{12} + \cdots + X_{1n} + Y_1 = Q_1 \\ X_{21} + X_{22} + \cdots + X_{2n} + Y_2 = Q_2 \\ \vdots \\ X_{n1} + X_{n2} + \cdots + X_{nn} + Y_n = Q_n \end{cases}$$

该方程组中的每个方程都体现了 i 部门产出的分配去向。

初始要素是指研究对象以外所提供的各种投入，包括对外购原材料、固定资产、劳动力的补偿以及利润和税金等得益。列向量体现了 i 部门总产出的价值构成，平衡关系为

$$(X_{n \times n})^T \cdot I_{n \times 1} + (M_{n \times 1})^T = (Q_{n \times 1})^T$$

即

$$\begin{bmatrix} x_{11} & x_{12} & \cdots & x_{1n} \\ x_{21} & x_{22} & \cdots & x_{2n} \\ \cdots & \cdots & \cdots & \cdots \\ x_{n1} & x_{n2} & \cdots & x_{nn} \end{bmatrix} \cdot \begin{bmatrix} 1 \\ 1 \\ \vdots \\ 1 \end{bmatrix} + \begin{bmatrix} M_1 \\ M_2 \\ \vdots \\ M_n \end{bmatrix} = \begin{bmatrix} Q_1 \\ Q_2 \\ \vdots \\ Q_n \end{bmatrix}$$

2. 投入产出法在设备资源评价中的应用

利用投入产出法，进行设备资源利用水平测算，首先必须编制投入产出表。用 1，2，$\cdots$，n 表示所描述的 n 个对象，如图书、期刊、专利、标准、数据库、网络、软件、电脑、移动电话等产业。则编制的投入产出表如表 2 - 10 所示。

表 2-10 设备资源利用投入产出表

	中 间 产 出			最终产出	总产出
	科研任务数量 和水平	科研经费	科研成果		
国家重点实验室数量	x_{11}	x_{12}	x_{13}	Y_1	Q_1
实验室大型仪器设备数量	x_{21}	x_{22}	x_{23}	Y_2	Q_2
实验室经费投入数量	x_{31}	x_{32}	x_{33}	Y_3	Q_3
初始要素	M_1	M_2	M_3		
总产出	Q_1	Q_2	Q_3		

表中初始要素投入为搜寻成本、人力投入、时间投入、精力投入等各项投入之和。最终产出是指实验室内部提供实验室以外的产出数量,如 Y_1 表示实验室设备提供科研任务数量和水平、科研经费、科研成果以外的产出数量。总产出是指实验室所包括的各种中间产出和最终产出的总和数量。中间产出指实验室内部之间相互分配去向和相互投入去向。如行向 x_{12} 说明国家重点实验室数量的产出成果提供科研经费的数量;列向 x_{12} 说明科研经费的数量导致增加的国家重点实验室数量。

在明确了各个因素代表的含义后,可以依据投入产出分析的公式和矩阵,对设备资源利用总体水平进行测算。得

$$\begin{cases} X_{11} + X_{12} + X_{13} + M_1 = Q_1 \\ X_{21} + X_{22} + X_{23} + M_2 = Q_2 \\ X_{31} + X_{32} + X_{33} + M_3 = Q_3 \\ \quad\vdots \end{cases}$$

2.2.6 管理资源评估方法

根据高等教育国际竞争力评价指标体系中的管理资源指标(包括宏观管理制度和微观管理制度),提出教育政策评估方法。

1. 横向比较

横向比较的测算方法,是针对同一时期不同政策进行比较的一种方法。假设教育政策共有 A 和 B 两种,针对这两种政策的评价指标分别有 n 项,分别记为 $a_1, a_2, \cdots, a_n; b_1, b_2, \cdots, b_n$。按各个指标的重要性赋予权重,相应地设为 $k_1, k_2, \cdots, k_n$,并且 $0 \leqslant k_i \leqslant 1$,$\sum_{i=1}^{n} k_i = 1$,则有

$$A = \sum_{i=1}^{n} k_i a_i, B = \sum_{i=1}^{n} k_i b_i$$

如果 $A > B$,则 A 政策优于 B 政策;如果 $A = B$,则两种政策相当;如果 $A < B$,则 A 政策

劣于 B 政策[①]。

2. 纵向比较

纵向比较的测算方法,是针对某一特定政策逐年实施水平进行比较的一种方法。首先将基年各项指标的值定为 100,然后分别将测算年度的同类指标值除以基年指标值,求得测算年度的各项指标值的指数,再将各项指标值指数相加除以项数,就可得到最终的纵向比较数据。

假设信息政策指数为 PI,则有

$$PI = \sum \sum U_{ij} / \sum \sum S_{ij}$$

其中,U 为指标实际数值,S 为相对指数标准(基数)的某项指标值。

3. 收益法

收益法从教育政策收益角度出发,计算教育政策给教育单位带来的收益,从而间接测算社会教育政策的水平。

假设教育政策出台前,教育单位的收益为 X_1,政策出台后,教育单位的收益为 X_2,政策的水平为 X,则有

$$X = (X_2 - X_1) / X_1$$

4. 投入产出法

投入产出法从教育政策制定者的角度出发,计算政策制定的成本与收益的落差或比例关系,从而测算教育政策的水平。该方法成立的基础是:如果投入等于产出($X=1$),则政策无效益;如果投入大于产出($0<X<1$),则政策的制定是得不偿失的;如果投入小于产出($X>1$),则政策能够带来收益。

假设教育政策制定的投入是 Z,执行教育政策带来的收益为 I,政策水平为 X,则有

$$X = I / Z$$

5. 功能法

功能法从教育政策执行的功能角度出发,计算由于功能引起的政策效应,从而测算教育政策的水平。该方法成立的基础是:任何政策的出台和执行,都有一定的功能,判断政策的功能,需要有一定的标准,只要标准确定了,就能够确定政策的功能[②]。

(1)效应量化

在确定教育政策功能的基础上,确定功能引起的政策效应,并将效应量化。具体方法是:正效应取正值,负效应取负值,取值的大小依据效应程度的不同而确定。

(2)效应权重

按政策功能的重要程度确定权重,如果关系到教育活动长远利益,有助于教育发

---

① 刘斌:《政策科学研究:第一卷 政策科学理论》,北京,人民出版社,2000。
② 朱红:《信息消费:理论、方法及水平测度》,北京,社会科学文献出版社,2005。

展,能够发挥教育的功能,则权重大,否则权重小。各权重应该介于 0 和 1 之间,且满足归一化条件。

(3)水平评估

设教育政策各项效应量化值为 $a_1, a_2, \cdots, a_n$,用向量表示为

$$A = (a_1, a_2, \cdots, a_n)$$

相应各项效应的权重为 $b_1, b_2, \cdots, b_n$,用向量表示为

$$B = (b_1, b_2, \cdots, b_n)^T$$

则政策水平

$$C = AB = (a_1, a_2, \cdots, a_n)(b_1, b_2, \cdots, b_n)^T = \sum_{i=1}^{n} a_i b_i$$

如果 $C > 0$,则教育政策水平比较高,积极作用大于消极作用。

如果 $C = 0$,则教育政策水平一般,积极作用等于消极作用。

如果 $C < 0$,则教育政策水平比较低,积极作用小于消极作用。

中国高校教学国际竞争力比较分析

3.1 引 言

1. 中国高校教学国际竞争力比较内容

任何一所高等院校生存与发展的基础都是教学与科研,其中,教学是生存的基础,科研是发展的基础。教学和科研的关系是相互依存、互为帮助的,因此才有"以教学养科研"和"以科研养教学"之说。

对中国高校教学国际竞争力进行比较分析,必须明确几个观点:一是"教学"是由教和学两部分构成的,"教"依靠的是教师,"学"指的是学生;二是"教"与"学"的桥梁是主干课程和教材建设;三是对于工科专业来说,"教"与"学"水平的提高,倚赖于实验室建设水平;四是"教"与"学"的水平是通过教师和学生的科研水平和理论知识应用水平来反映的。这四个方面共同构成高等院校教学的四个层次,可以用图3-1描述四个方面的联系。

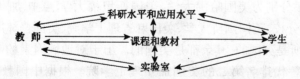

图3-1 高校教学国际竞争力比较层次

对中国高校教学国际竞争力的比较分析,实质就是分析中国高等教育和国外高等教育在上述四个方面的优势和劣势,从而找出差距,确定适合中国国情的高等教育发展战略和策略。但是,由于不同国家的高等教育体系差异巨大,不同利益群体对大学水平的期望也不尽相同,且获得国际可比数据的难度很大,所以我们在进行比较分析时主要对师资力量、生师比、本科生与研究生比、培养特色、学生就业情况、学校国际交流情况等可比性较强的要素进行比较分析。

下面相关数据均来自国内外各大高校网站、教育部网站以及《中国高等学校大全》等统计资料。

2. 中国高校教学国际竞争力比较样本

由于高等教育是一个抽象化的、共性的东西,由各个高等院校这些个性的东西组成,所以在不易对高等教育直接分析的基础上,选择高等院校作为补充和替代。

高校样本选择的标准有如下几点。

① 对中国高校教学国际竞争力进行比较分析,首先必须选择中国的高等院校和国外的高等院校作为分析样本。

② 无论是选择国内的还是国外的高等院校作为样本,都必须代表高校所在国家的最高办学水平。这样,样本选择的目标,就是各个国家最具国际知名度的高等院校。

③ 无论是选择国内的还是国外的高等院校作为样本,必须包括综合性大学和工科院校,这样才能反映一个国家在人文社会科学和自然科学领域的教学水平。

④ 考虑到语言障碍的问题,国外样本的选择范围确定在英国和美国等母语为英语的高等院校。

选择代表中国高等教育发展先进水平的院校作为研究样本。我国比较著名的高等院校是"211"工程前期投资的 9 所院校,其中北京大学、清华大学比其他 7 所院校具有竞争优势,能够进入世界大学 300 强。

① 在确定竞争对手时,首先确定北京大学、清华大学的竞争对手,方法为:尽管竞争对手必须是实力相当的,但是我们可以选择世界超一流大学作为竞争对手,以期北京大学、清华大学能够进入世界超一流大学之列。因此选择世界五百强大学国际排名中排名在 100 以内的院校作为竞争对手,并且竞争对手要兼顾综合性大学和工科大学。最后确定北京大学、清华大学的竞争对手为全球大学百强中的前七所大学,依据排名顺序分别为美国哈佛大学、美国斯坦福大学、美国加州理工学院、美国加州大学伯克利分校、英国剑桥大学、美国麻省理工学院、美国普林斯顿大学[①]。以上七所大学只有一所是英国的,其余都是美国的。出于对地域因素的考虑,以排名第九的英国牛津大学替代排名第二的美国加州理工学院。根据中国教育交流网公布的2005 年世界五百强高校排名状况,2005 年中国内地高校国际排名状况如表 3 - 1[②]所示。

---

① 全球大学百强排行榜,http://iec. cust. edu. cn/article_show1. asp? id = 108.

② 中国教育交流网,http://www. ceduc. net/tese1. htm.

表 3 - 1　2005 年中国内地高校国际排名状况

排　名	大学名称	标准化得分	世界总排名
1	清华大学	16.90	187
2	北京大学	14.83	244
3	浙江大学	12.80	300
4	中国科技大学	12.15	317
5	南京大学	11.48	328
6	上海交通大学	11.47	337
7	复旦大学	11.25	349

②其他 5 所院校也进入世界五百强大学,排名与北京大学、清华大学相比略微落后,在 301~400 之列,因此选择世界五百强中排名 101~202 的大学作为竞争对手,且竞争对手要兼顾综合性大学和工科大学。这些竞争对手代表我国高等教育目前的竞争对手。考虑到语言障碍的问题,最后确定的其他 5 所院校的竞争对手为 5 所美国大学,分别是亚利桑那州立大学、达特茅斯学院、埃默里大学、佐治亚理工学院、北卡罗来纳州立大学,见表 3 - 2①。

表 3 - 2　世界大学 500 强（101~202）

院　校	区域排名	国家排名	校友得分	获奖得分	HiCi得分	N&S得分	SCI得分	规模得分
亚利桑那州立大学	58~77	54~71	0	14.4	20.8	26.3	41.9	17.5
达特茅斯学院	58~77	54~71	24.3	0	20.8	22	33	29.1
埃默里大学	58~77	54~71	0	0	28.3	19	48.4	21.6
佐治亚理工学院	58~77	54~71	16.6	0	23.6	19	43.9	25.
北卡罗来纳州立大学	58~77	54~71	0	0	29.4	17.8	44.3	19

③在选择竞争对手的同时,还需要注意竞争对手的地域分布。竞争对手尽量分布在世界各个国家和地区,而非集中在某一个国家和地区。

④由于我国高等教育除了目前的竞争对手之外,还有远景竞争对手,必须向世界一流大学靠近,因此我们也必须研究世界一流大学的情况。

基于上述标准,最终确定表 3 - 3 所示国外 7 所高等院校作为中国高校教学国际竞争力比较分析的样本。国外这些著名的高校之间是竞争对手的关系。

---

①　http://ed.sjtu.edu.cn/rank/2005/ARWU2005_101-202.htm.

表 3 - 3　中国内地高校国际竞争对手

	院　　　校	网　　　址
1	哈佛大学	http://www.harvard.edu/
2	斯坦福大学	http://www.stanford.edu/
3	加州大学伯克利分校	http://www.berkeley.edu/
4	剑桥大学	http://www.cambridge.ac.uk/
5	麻省理工学院	http://www.mit.edu/
6	普林斯顿大学	http://www.princeton.edu/main/
7	牛津大学	http://www.oxford.ac.uk/

3.2　师资力量比较分析

对师资力量进行比较分析,主要是对样本高校教师的教学水平和科研水平进行比较分析。由于教师的教学水平无法在课堂进行总体评价,因而在两个假设条件下间接进行比较分析。

假设1:教师的职称越高,教学水平越高。

假设2:教师的科研水平越高,教学水平越高。

由于各个学校规模不同,仅对教授数量进行比较显然十分偏颇,所以我们采用教授比的方式对样本高校进行比较。即

教授比 = 教授人数/教师总数

教授比的大小在一定程度上可以反映出高校教师的教学水平与科研水平。表3-4所示是部分样本高校的教授比。

表 3 - 4　中外样本高校教授比列表

院　校　名　称	教　授　比(%)
哈佛大学	41.64
斯坦福大学	63
加州大学伯克利分校	77.94
麻省理工学院	61.82
普林斯顿大学	48
北卡罗纳州立大学	25.71
清华大学	17.45
北京大学	26.38
浙江大学	14.29
中国科技大学	37.83
南京大学	32.7
上海交通大学	24.24
复旦大学	24.22

从以上列表可以看,国外样本高校的教授比重大多在50%左右或更多,如斯坦福大学、加州大学伯克利分校、麻省理工学院等教授比重均超过了50%;而国内高校的教授比重大多在30%左右或更少。按照我们前面的假设,国内高校教师高级职称与国外相比具有较大差距。

由于各校职称评审标准不一,因而我们需要从另外一个角度,即教师荣誉称号的角度来辅助比较。荣誉称号指样本高校教师在国内外获得的、代表行业最高水平的称号。国内外高校教师的荣誉称号,既具有共识,如诺贝尔奖;又具有差异,如我国的长江学者、教学名师等。所以在比较样本高校的荣誉称号时,要区别对待。

由于我国本土高校教师尚无人获诺贝尔奖,所以我们仅对国内样本高校的工程院士人数、中科院院士人数、国家教学名师等进行比较。对国外样本高校,我们也改变了以往统计诺贝尔奖获奖人数的做法,而是调查统计了诺贝尔奖获奖人员在高校执教的人数,旨在以此突出样本高校的教学竞争力。有关数据详见表3-5和表3-6。

表3-5 中国高校教师荣誉称号比较

高　　校	工程院院士	中科院院士	国家教学名师
清华大学	32	35	5
北京大学	8	49	7
浙江大学	12	13	7
中国科技大学	4	22	6
南京大学	4	29	7
上海交通大学	18	15	5
复旦大学	35	4	—

表3-6 国外高校教师诺贝尔奖获奖人员执教人数

院　校　名　称	诺贝尔奖获奖人员执教人数
哈佛大学	76
斯坦福大学	50
加州大学伯克利分校	61
剑桥大学	83
麻省理工学院	63
普林斯顿大学	29
牛津大学	47
亚利桑那州立大学	10

从上面两个表可以看出,我国清华大学、北京大学、复旦大学等高校教师的荣誉称号较多,与其他高校相比冲击诺贝尔奖等国际大奖的基础较为雄厚,但与国外高校相比,还具有较大差距,我国高校进军国际的道路仍然漫长而艰难。但是,我们需要注意

一点,即顶级教师一般更专注科研,而不把主要力量投入教学,因而我国国家级教学名师的评选制度在一定程度上保障了本科教学的质量,这在一定程度上弥补和增强了我国高校的教学力量与竞争力。从表3—5可以看出,我国样本高校均有一定数量的国家教学名师,国家教学名师评选标准之一就是面向本科生授课,这一举措使得高校科研与教学紧密相连,是我国高校教学质量,特别是本科生教学质量的重要保障。

3.3 培养体制比较分析

关于培养体制的比较分析,我们从生师比、本科生与研究生比以及培养特色三个方面进行比较。前两者是对高校培养人才力度的数字反映,而后者则更突出特色。

3.3.1 生师比

生师比一向是学校培养体制与力量投入的重要指标,它在一定程度上反映了教学质量的保障力度。表3-7所示是国内外样本高校的生师比。

表3-7 国内外样本高校生师比

院 校 名 称	生 师 比
哈佛大学	9.26∶1
斯坦福大学	6.4∶1
加州大学伯克利学校	15.1∶1
剑桥大学	11.27∶1
麻省理工学院	5.99∶1
普林斯顿大学	6.29∶1
牛津大学	13.30∶1
亚利桑那州立大学	9.4∶1
达特茅斯学院	8∶1
埃默里大学	10.8∶1
佐治亚理工学院	12.8∶1
北卡罗来纳州立大学	15∶1
清华大学	17∶1
北京大学	14.7∶1
浙江大学	15.7∶1
中国科技大学	14.8∶1
南京大学	14∶1
上海交通大学	13.1∶1
复旦大学	13.9∶1

可以看出,国外高校生师比大多未超过 10∶1,仅有加州大学伯克利分校、牛津大学等少数高校生师比较高,而国内高校生师比多在 15∶1 左右。这与我国近年来高校扩招政策和高等教育大众化进程有关,同时也说明我国高校在扩招过程中需要进一步加大培养力度,或是有效运用现有资源,突出培养特色。

3.3.2 本科生与研究生比

本科生与研究生比在一定程度可以反映高校对教学与科研的偏重方向,也是高校培养体制的重要指标之一。表 3 - 8 所示是国内外样本高校的本科生、研究生数量以及本科生与研究生的比重。

表 3 - 8 国内外样本高校的本科生、研究生数量以及本科生与研究生的比重

院 校 名 称	本 科	研 究 生		本/研比
哈佛大学	6 700	13 600①		0.493
斯坦福大学	6 812	8 328		0.818
加州大学伯克利分校	25 151	10 258		2.452
麻省理工学院②	4 153	6 146		0.676
普林斯顿大学	5 935	2 516		2.359
亚利桑那州立大学	49 472	13 004		3.804
达特茅斯学院	4 100	1 700		2.411
清华大学	14 285	14 090(硕)	6 994(博)	0.678
北京大学	15 182	9 004(硕)	4 759(博)	1.103
浙江大学	22 232	9 801(硕)	6 799(博)	1.34
中国科技大学	7 400	5 800(硕)	2 400(博)	0.902
南京大学	12 655	11 030		1.147
上海交通大学	19 596	9 173(硕)	4 629(博)	1.420
复旦大学	14 816	11 976		1.237

可以看出,我国样本高校在国内均属一流大学,本科生与研究生数量总体来说相差不大,培养目标与方向基本一致。清华大学与中国科技大学研究生数量超过了本科生数量,尤其是清华大学,研究生数量超过本科生数量的幅度较大,注重研究的培养方向比较明显。国外样本高校由于办学性质、经费来源不同,在本科生与研究生比重上差异较大。一般情况下,私立学校研究生规模较大,主要通过科学研究获取经费,而公立学校则更多侧重于本科教育。

① 包括 professional students。
② MIT 和普林斯顿大学数据为 2008—2009 学年数据。

3.3.3 培养特色

提起培养特色,不能不说哈佛大学商学院的案例教学法和斯坦福大学的实用教育理念。

哈佛大学商学院的案例教学法是比较突出的一个特色。哈佛商学院(Harvard Business School,HBS)是美国培养企业管理人才最著名的学府。美国许多大企业家和政治家都在这里学习过。在美国五百家最大公司里担任最高职位的经理中,有五分之一毕业于这所学院。哈佛大学商学院的案例教学法有以下几个特点①。

① 没有固定答案。每个案例都迫使学生去思考,并要求学生拿出自己的行动方案,从而锻炼学生在不对称信息下做决策的能力。案例分析的结果常会留下许多未解决的问题。

② 小组制。案例法成功的一个重要因素在于学生的质量。商学院将新生分成从A 到I 的九个班,每班90 人,有固定的教室,按学生的背景、经历、特长、兴趣配组成班。学生中有美国参议员的子女,有已经获得博士学位的理科生,有奥运会运动员,有西点军校的教官,有税务律师,有会计师,有银行家,有工程师,等等。无论学生过去学的专业是什么,第一年的课全是必修课。内容有会计学、管理经济学、市场营销学、写作讲演课、组织行为学、生产管理、人力资源管理、企业战略、国际政治经济学和管理模拟竞赛。在两年里,学生们要分析800 多个案例。

③ 注重案例质量。制作和设计这些经营案例的,既有哈佛大学的教授,也有该校的毕业生,还有其他有关的研究者。为了保证这些案例的多样性和全面性,所有案例在正式列入课程之前,都要经过反复认真的讨论。

④ 案例教学实施过程重视思考过程。一个案例通常要讲两三节课,每节课80 分钟。每节课开始,任课教授首先指定一个学生起来说明案例,分析问题并提出解决问题的手段,或者指出实现公司目标的方法和途径,所给的时间一般是10 ~20 分钟。然后其他学生从自己的角度来分析同一个案例,阐述自己的看法以及在哪些地方比第一个发言者更好。

斯坦福大学则注重实用与实践,其特色体现在以下几点②。

① 是实用教育理念。斯坦福先生本人在首次开学典礼上说:"请记住,生活归根到底是指向实用的, 你们到此应该是为了为自己谋求一个有用的职业。但也应明白,这必须包含着创新进取的愿望、良好的设计和最终使之实现的努力。"③第一任校长戴维·斯塔尔·乔丹(David Starr Jordan)也明确地指出:"斯坦福不会像旧的教派学院

---

① 《哈佛商学院 MBA 案例教程》,盐城职教网电子课程,http://www. ycve. js. cn/ebook/shkx/ts056067. pdf.

② 高宗泽,蔡亭亭:《斯坦福大学的人才培养模式及其特色》,载《外国教育研究》,2009(3) , 61-65。

③ 郭宇明:《崇尚"实用教育"的斯坦福大学》,中关村,2007(4) ,88-90。

一样使学生与世隔绝,而要使他们为'实际'世界的生活做准备。"[1]

②注重实践。斯坦福大学与工业界非常良好的合作关系为学生提供了许多有效的实习机会和就业机会,职业发展中心、社区中心和汉斯中心为学生提供关于实习场所及企业公司的信息,学生可以在这些组织的帮助下确定实习计划并实施,将所学的知识进行应用,检验自身能力,并使之进一步的发展,同时了解企业的运作机制及技术、人才需求。

③产学研一体化。这是斯坦福大学人才培养模式的最显著的方式特征。斯坦福大学在坚持教学与科研相结合的基本原则的基础上,不断加强同工业界的合作,首创了大学与工业区相结合的大学工业园区——硅谷,逐渐形成产学一体化的开放式人才培养模式。斯坦福大学的前任校长卡斯帕尔(G. Casper)教授认为斯坦福大学的成功经验之一就是"坚持在宽松自由的学术环境中鼓励教学与科研的有机结合"[2]。

与国外相比,国内大学在培养特色方面还未创出世界级的品牌,但是在特色创新方面始终不懈努力。如清华大学注重对学生进行人文关怀和科学素质的培养,特别重视学生的团队精神、心理素质和思想道德品质,同时厚基础,强实践,重创新。其中有三项措施颇具特色[3]。

①新生与名师的对话。新生来到清华以后,由名师给新生开新生研讨课,一个名师或一个比较有名的院士、教授,直接面对十几人,以讨论的形式进行授课。

②实验室探究课的开设。很多国家级实验室是对本科生开放的,学生在实验室里跟教授和高班学生一起利用实验室的设备来探索未知的世界。

③跨学科跨专业的选择。清华大学学生有充分选择自己专业的自由,就学期间有四次选择的机会。一进校和一至三年级结束时都可以跨学科选换专业,这样学生跨学科研究能力大大增强。

3.4 培养结果比较分析

3.4.1 学生就业情况比较

毕业生就业情况是较好反映高校学生质量的一个因素。但就业是一个非常复杂的问题,因而我们在比较时应同时考量其他因素。下面我们主要讨论近两年的就业

---

[1] [美]丽贝卡·S. 洛温:《创建冷战大学——斯坦福大学的转型》,北京,清华大学出版社,2007.

[2] [美]G. 卡斯帕尔,夏洪流,周刚译:《斯坦福大学的成功之道》,载《高等教育研究》,1999(3),1-5.

[3] 顾秉林:《谈清华大学人才培养特色》,人民网,http://bbs1. people. com. cn/postDetail. do? id = 85433591, 2008-4-18.

情况。

首先看美国大学毕业生情况。美国《普林斯顿评论(The Princeton Review)》①美国大学排名主要对全美 290 所商学院和 170 所法学院的录取难度、就业率、师资力量、校园环境进行评定排名。2008 年 10 所就业率最高的商学院分别是斯坦福大学、芝加哥大学、哈佛大学、达特茅斯大学、加州伯克利大学、密歇根大学、宾州大学、纽约大学、佛基尼亚大学、麻省理工大学。10 所就业率最高的法学院则是西北大学、密歇根大学、芝加哥大学、哈佛大学、波士顿学院、波士顿大学、范德堡大学(Vanderbilt University)、宾州大学、佛基尼亚大学和圣母大学(University of Notre Dame)。

2009 年因为金融危机,就业率大大下降。根据美国大学和雇主协会在 2009 年 4 月对 850 所大学的 3.5 万名毕业生所作的抽样调查,在申请工作的应届毕业生中仅有 19.7% 的学生找到了工作;而在 2007 年,这一比例是 51%。同时,美国应届大学生有意愿找工作的人数也大幅降低。在大学应届毕业生中,只有 59% 的学生去找工作,而在 2007 年,这一比例是 64%,2008 年为 66%。选择进入研究生院继续深造的毕业生学生人数比 2008 年有所增多,比例约在 27%,而 2008 年为 24%②。上述情况详见表 3-9。

表 3-9 美国大学生近三年就业情况

	2007 年	2008 年	2009 年
申请工作的应届毕业生就业率	51%	—	19.7%
愿意去找工作的应届大学生	64%	66%	59%
继续深造的毕业生	—	24%	27%

此外,专业差别也比较大。经济类、工程类和会计专业毕业生就业相对容易。如哈佛大学商学院毕业生 2008 年平均起薪为 135 630 美元,毕业后就业率高达 90.1%,毕业 3 个月后就业率可达 94.3%。

以往,如果拥有名校的背景,就容易在华尔街找到一份高薪工作。但 2009 年金融危机使得华尔街的人事经理们取消或推迟了到哈佛、普林斯顿和斯坦福等名校招聘的活动,致使各大名校的就业率并不乐观。

再看我国样本高校毕业生就业情况。麦可思(MyCOS)是我国国内比较专业、全面、具有第三方公正性的教育数据咨询公司,为中国的众多高校、各级政府教育和人力资源主管部门、各企事业单位、各级学术研究机构、大学毕业生和高考生等提供教育咨询服务。2009 年 6 月 5 日,凤凰财经网发布了该公司 2009 年大学就业能力排行榜③,表 3-10 所示是中国样本高校的排名情况。

---

① 普林斯顿评论,www. princetonreview. com.

② 启德教育 2009 年美国大学毕业生就业工资状况调查,http://news. eic. org. cn/News. aspx? id = 4615 2009-09-15.

③ http://finance. ifeng. com/topic/money/2009dxphb/ .

表 3-10　中国样本高校 2009 年就业排名

大学	排名	就业率指数(%)	毕业半年后非失业率(%)	毕业半年后平均月收入(元)	离校时掌握的工作能力(%)	工作能力满意度(%)	工作与专业对口率(%)	平均求职成本(元)	每份工作求职份数	校友愿意推荐母校的比例(%)
清华大学	1	97	95	5 339	56	91	73	814	13	86
上海交通大学	2	93	89	4 808	61	90	63	955	21	87
复旦大学	3	91	90	4 726	57	90	55	1 892	16	93
北京大学	3	91	90	4 620	57	91	64	1 388	14	74
中国科技大学	8	86	80	4 267	60	91	62	1 069	9	53
南京大学	11	85	92	3 717	56	91	68	1 206	13	75
浙江大学	14	83	88	3 444	57	94	73	1 472	18	86

可以看出,我国样本高校毕业生就业情况还是不错的,其中原因有以下五点:

① 我国样本高校在我国国内均属于一流甚至顶级高校,其生源优秀,毕业生就业率历来比较高;

② 就业市场主要在国内,这与国外就业环境相比有较大差距;

③ 我国样本高校均处于我国发达地区,其学生就业区域选择范围较大,且转入欠发达地区的学生与当地学生相比具有较高的素质和较强的竞争力。

在看到乐观一面的同时,我们还注意到平均求职成本大多在上千元,每份工作求职书份数也在十几份,这些都反映出目前就业的艰难。

3.4.2　毕业校友名人情况比较

国外名校大多有众多名人校友。如①哈佛大学共出过 8 位美国总统(约翰·亚当斯、约翰·昆西·亚当斯、拉瑟福德·海斯、西奥多·罗斯福、富兰克林·罗斯福、约翰·肯尼迪、乔治·沃克·布什、贝拉克·侯赛因·奥巴马)、33 名诺贝尔奖获得者和 32 名普利策奖获得者,此外还出了一大批知名的学术创始人、世界级的学术带头人、文学家、思想家。中国近代也有许多科学家、作家和学者曾就读于哈佛大学,如胡刚复、竺可桢、杨杏佛、赵元任、陈寅恪、林语堂、梁实秋、梁思成、江泽涵、李禾禾等。

牛津大学在近 800 年的历史中,培养了至少来自 7 个国家的 11 位国王,6 位英国国王,47 位诺贝尔奖获得者,来自 19 个国家的 53 位总统和首相,包括 25 位英国首相(其中 42 位来自基督教堂学院),12 位圣徒,86 位大主教以及 18 位红衣主教。还有一大批著名科学家,如经济学家亚当·斯密、哲学家培根、诗人雪莱、作家格林、化学家罗伯特·玻意耳、天文学家哈雷等。

---

① 互动百科,www. hudong. com.

我国国内一流大学也大多是名人的摇篮,如前国务院副总理李岚清,国务委员、前外交部部长唐家璇,国务委员、前教育部部长陈至立,联合国副秘书长陈健以及新浪CEO曹国伟均毕业于复旦大学。与国外高校相比,我国高校培养的世界级名人为数很少,大多毕业校友在国内政治、经济、文化领域发挥了重要作用,但国际化程度不高。当然,这与我国在全球范围内的政治经济地位有关,同时也说明我国高等教育国际化进程急需加快步伐。

3.5 国际交流比较分析

在全球化时代,高等教育国际化是经济全球化的必然结果。而高校的国际交流能力则是高等教育国际化进程中重要一环,也是高等教育国际竞争力的一个重要因素。其中留学生数量是一个重要指标。表3-11所示是国内外样本高校的留学生数量及所占比重。

表3-11 国内外样本高校留学生数量及所占比重

院校名称	学生总数	留学生人数	留学生所占比重(%)
哈佛大学	20 029	4 033	20.1
斯坦福大学	6 812	462	6.8
剑桥大学	3 328	203	6.1
麻省理工学院	13 800	3 005	21.7
普林斯顿大学	4 878	487	10
牛津大学	19 000	7 100	37.4
亚利桑那州立大学	49 472	1 197	2.4
达特茅斯学院	5 848	750	12.8
清华大学	14 285	886	6.2
北京大学	28 945	2 015	7
浙江大学	38 832	1 966	5.1
南京大学	27 600	1 847	6.7
上海交通大学	33 398	5 542	16.6
复旦大学	26 792	2 812	10.5

可以看出,哈佛大学、麻省理工学院和牛津大学等世界级名校的留学生所占比重较高,均在20%以上,这与其强大的声望吸引力是分不开的。国外其他样本高校留学

生数量及比重则与我国样本高校基本相当,我国上海交通大学与复旦大学甚至略有胜出。位于上海这个国际大都市的高校显然具有较强的国际吸引力。这也说明高等教育国际化在一定程度上受区域经济发达程度和城市国际化进程制约。

对于我国来说,不仅需要吸引外籍学生来华就读,更需要将我们的学生送到国外名校去,这是在高等教育国际竞争中处于劣势的我国高等教育必经的一个阶段。正如杨振宁先生所说,国内的本科教育是很成功的,但是学生需要进一步开拓国际视野。目前国内一些高校在此方面加大了力度。

如清华大学目前在全球与170多所大学有合作关系,通过双方互助交换协议,输送清华的本科生出国或者出境进行时间长短不同的学习和实习。2009年入学的数学专业学生到2011年,可能有超过30%以上的本科生能够有海外交流和学习的机会①。

再如,北京大学与遍及世界49个国家和地区的200余所大学和研究机构建立了校际交流关系,每年到访的外宾超过20 000人次,1998年以来已有数十位诺贝尔奖得主和21位国家元首访问北大并发表演讲,北京大学每年出访交流的教员和学生超过5 000人次②。

浙江大学与国外60多所著名高校签订了校际交流协议,加入了由斯坦福大学等35所国际名校组成的"环太平洋大学联盟"(Association of Pacific Rim Universities,AP-RU),发起成立了"全球大学创新网亚太地区联盟"(Global University Network Innovation Asia-Pacific union,GUN I-AP),并被选为理事长单位,在有400多所成员学校参加的全球农业高等教育与研究联合会中被选为主席单位。仅2005年,学校聘请外国专家424名,聘请名誉、客座教授50名,其中包括2位诺贝尔奖获得者,共派出教师出国(境)交流1 291人次,学生656人③。

在扩大国际交流合作方面,周祖翼等提出了一些可资借鉴的做法④有:第一,加强高等教育国际化的研究和宣传,通过新闻媒体、学术会议、政策宣传等手段和途径让国际化战略深入每一位行政领导和教师;第二,将国际化战略列入高校发展规划,制订相应的国际交流与合作规划;第三,加强中外合作办学,中外合作办学的优势主要体现在引进国外较为成熟的专业课程体系和专业资格证书体系,这是我国高等教育多元化发展的一种办学形式,使得教育供给的多样化以及选择面扩大,从而使我国更好地融入全球教育系统中去;第四,加强师资队伍建设,建设一支既有留学经历又德才兼备的师资队伍,创造中青年教师出国进修的途径;第五,加强双语教学,把专业外语融入日常教学中去;第六,鼓励使用国外经典教材;第七,大力发展留学生教育;第八,加强与国外学校的学分、学历互认工作。

---

① 孟芊:《清华在人才培养方面的特色》,http://edu.people.com.cn/GB/8216/146328/146750/9054932.html,2009-3-31.

②、③ 李向晟,张永华:《研究型大学学生对外交流与合作模式探究》,载《浙江统计》,2006(12),18-19。

④ 周祖翼:《扩大国际交流与合作增强我国高等教育国际竞争力》,载《中国高等教育》,2003(1),26-27。

3.6 创业教育情况比较

创业教育的目的是创新。通过创新、变革和竞争来提升个体、大学以及国家竞争力。如以斯坦福大学为技术孵化器的硅谷高科技园区和麻省理工学院师生创建的高科技企业等都是在技术创新、管理创新、服务创新和制度创新的基础上实现的。创业教育的兴起是教育领域对社会公众需求的必然回应，是教育与社会其他部门建立广泛联系的必然结果。21世纪的知识经济时代必将是创业的时代。从全球近年就业情况看，中小企业是就业的主要市场。在美国，雇员少于500人的中小企业雇佣了53%的私人劳动力，占有47%的市场销售份额，占美国国内生产总值的51%。另据美国《财富》杂志每年评选的500家美国最大企业，在全国从业人员总数的比重由1970年的20%下降到1996年的10%。中小企业从上世纪末开始已经成为吸收劳动力的生力军。在欧盟国家，中小企业的比重高达99.8%，雇佣人数为7 318万，占欧盟就业人口总数的65.7%。按照2002年统计资料，英国的380万个企业中，仅有7 000家雇员超过250人，34 000家雇员超过50人，68%的企业是一人公司。1998年10月联合国教科文组织召集的世界高等教育大会通过的《21世纪的高等教育：展望和行动》世界宣言第7条中强调高等教育要对社会需求进行分析与预测，以共同利益、相互尊重和相互信任为基础与职业界以及社会其他部门特别是经济部门建立合作伙伴关系，更重要的是要培养学生的创业技能和主动精神，以促进毕业生的受雇就业能力，毕业生不仅是求职者，首先是工作岗位的创造者[①]。

美国2005年已有1 600所大学设置了2 200多种创业教育课程，澳大利亚、印度、马来西亚、新加坡等国家也纷纷开展创业教育项目。牛长松对英国高校创业教育有深入研究，他在其专著《英国高校创业教育研究》中指出以下4点。

① 英国参与创业教育的学生数量近年来长足增长。本科生创业教育参与率为63%，研究生创业教育为33%。

② 英国创业课程主要是提高创业意识和创业理解的内容，约占全部创业课程的27%，培养创业技能和创业行为占14%。

③ 大学生自我雇佣比例逐年增加。英国高等教育统计局核定获得第一学位的大学生将自我雇佣作为第一职业选择的人数在稳步增长：2000—2001年度为3 240人，2001—2002年度为3 434人，2002—2003年度为4 314人。在过去十年内，获得第一学位的自我雇佣者的人数增长了6倍，获得研究生学位自我雇佣者增长了4倍。

④ 创业教育对企业的成长特别是中小企业的成长有较大贡献。

---

① 牛长松：《英国高校创业教育研究》，上海，学林出版社，2009。

再说我国的情况。我国创业教育思想正式提出始于 1989 年 11 月联合国教科文组织在北京召开的"面向 21 世纪教育国际研讨会",该会报告提出了"事业心和开拓心的教育",后译成"创业教育",创业能力被视为未来的人应掌握的"第三本教育护照",要求把创业教育提高到与目前学术性教育、职业性教育同等的地位。1999 年教育部发布了《面向 21 世纪教育振兴计划》,其中第 27 条指出:"加强对教师和学生的创业教育,鼓励他们自主地办高新技术企业。"1999 年 6 月中央发布的《关于深化教育改革,全面推进素质教育的决定》也强调:"高等教育要重视大学生的创新能力、实践能力和创业教育,普遍提高大学生的人文素养和科学素养。"清华大学最早在国内发起了大学生创业活动,在 1997 年组织了首届"创业计划大赛",历时 5 个多月,吸引了来自首都各高校的 320 名学生组成的 98 个竞赛小组,产生了一些颇有价值的项目,吸引了投资企业的关注。2002 年 4 月,教育部正式发文确定清华大学、北京大学、中国人民大学、南京经济学院等 9 所高校为创业教育试点学校。目前全国 95 所 MBA 培养院校有 80% 以上的院校开设了创业教育及相关课程。

与国外相比,我国创业教育还存在较大差距①。

① 教育水平参差不齐,教育质量亟待提高。

② 课程设置的层次和深度都不够,缺乏系统性。有的是在 MBA 课程中开设,有的仅面向研究生,有的在本科生中开设,但大多只开设一门课。

③ 创业教育实力有待提高。虽然成立了一些研究中心,如清华大学中国创业研究中心和南开大学创业管理研究中心等,但还没有系统纳入国家教学体系中。

④ 缺乏既有理论水平又有实战经验的师资队伍。

---

① 牛长松:《英国高校创业教育研究》,上海,学林出版社,2009。

4 中国高校科研国际竞争力评价研究

科研是按照作为主体的人的内在目的和需要,以科学方法来探究作为客体的外在事物及现象的属性、本质和规律的活动。科研价值则是建立在科研活动这种主客体之间主体需要被满足的特殊关系之上的。

科研评价问题已经被一些高等学校认为是影响科技创新能力的一个重要因素。科研评价是目前我国各级科研管理部门为实施有效管理、监督而采取的重要手段之一,往往与资源配置以及用人制度和分配制度的有关政策挂钩,具有很强的导向性。既有对研究机构、基地、研究项目的评价,也有对研究人员、研究群体(团队)的评价。高等学校不仅有年度考核时的教师工作业绩评价,还有招聘或晋升时对教师教学、科研能力的评价,等等。

科研评价是对科研活动及其成果中的价值作出较为全面的评判。科研评价活动虽然可以分为主体和客体两个层面,但这种评价主体与评价客体和科研活动及其成果中的主客体层面,亦即价值主体和价值客体是不同的。正是价值主体和价值客体构成了作为评价客体(对象)的科研活动及其成果中的价值关系,而作为与这种评价客体相对应的评价者,则是评价主体。评价主体和评价客体通过科研评价活动而构成了评价关系。由此可见,评价关系和价值关系在内涵与外延上是不同的。不过,评价主体有可能和价值主体相重合,其表现之一是自评,之二是评价主体会自觉或不自觉地站在与价值主体相同或相近的立场上。但是,价值客体和评价客体只可能部分地重合,因为评价客体在外延上大于价值客体①。

科研作为高等学校实力和水平的标志,其评价和激励政策事关学校长期的发展,若对这些评比和排序没有一个科学的认识,缺少科学的评价标准,盲目追求指标的增长,将极大地误导公众和高等教育,妨碍科学研究的健康发展。目前,教育领域普遍采用师资、论文、经费、获奖等数据来说明高等教育的进展。我们有必要提倡理性地看待大学科研评价,通过评价和比较找到学校的差距,特别是我国高等学校与世界高水平

---

① 金薇吟:《论价值和科研评价原则》,载《江海学刊》,2005(6),201。

大学的差距,制订合理的评价和激励措施,促进我国教育事业和科学研究朝着正确的方向健康发展①。

开展高校科研竞争力评价的目的,主要是通过评价,基本摸清高校科研资源、力量、成果、效益等方面的分布情况,找出各高校科研的比较优势和问题,明确其改进重点和发展方向,为有关政府部门、高等学校和社会投资者的决策和管理的科学化、规范化以及社会各界和广大社会成员了解或选择学校提供依据和参考。

这样的评价体系和成果,首先有利于政府对高等教育的宏观管理,特别是为有关政策的制定和投资决策提供定量依据;其次有利于各高校发挥比较优势、找出问题、明确改革方向,有针对性地提高其科研效率和管理水平,促进高校科学研究的发展;再次,评价体系的建立有利于社会各界(包括企业界)和全体社会成员(包括学生、家长等)深入了解我们的高等院校,从而明确企业或个人的教育投资方向,获得理想的教育投资效果。这是一举多得的社会公益事业。

由于科学研究工作是高等学校的主要职能和任务之一,则高校科研竞争力评价就是大学评价的主要内容和重要组成部分。所以,我们在开展大学综合评价之前,需要参照目前世界各国已有的科学评价体系,从我们的国情出发,对我国高校的科研竞争力进行较为全面、系统的考评、计量,从而得出"中国高校科技创新竞争力评价"的结果报告。

高等院校的科学研究是国家创新体系的重要组成部分,但当今高校科研评价体系存在的种种弊端以及由此引起的科学研究的种种不良现象,已经严重阻碍了高校在国家创新体系中进行知识创新、科学发展的重要职能的发挥。改革现行科研评价体系,改进高校科研评价制度,已成为加强高校科研管理、合理配置高校科研资源、调动高校科研积极性、提高高校科研能力的关键。

高等学校科研评价存在的问题②主要表现在以下几方面。

(1)重数量轻质量

长期以来,高校学术评价及其激励机制一直存在唯数字化倾向,论文和著作的数量及科研经费的多少被当作衡量教师科研水平的尺度、职称评定的硬件、年度考核乃至岗位竞聘的重要条件,甚至细分级别、规定研究时限。这种做法貌似科学,实则与科学研究的精神相悖,因为科学研究是一个厚积薄发、循序渐进的漫长过程,数量和时间的限制是违反创造性劳动规律的,不仅降低了科研成果的质量,还造成智力资源的巨大浪费。其直接结果就是导致学术浮躁和急功近利,许多教师为了数量达标,不得不"为发表而科研",为凑数而粗制滥造,致使许多堂而皇之的科学研究实质不过是低水平重复,制造出大量学术垃圾,也酿成了高校虚假的文化繁荣和虚伪的学术之风,形成"学术泡沫"效应。

---

① 郑永平,党小梅,吴荫方:《浅谈高校的科研评价与激励》,载《科研管理》,2005(5),72。
② 刘恩允:《高校科研评价的问题与对策》,载《高等工程教育研究》,2004(1),39-40。

（2）重形式轻实质

当今高校科研评价不仅重数量而且重形式，即科研成果发表的刊物级别、获奖等级、字数多少、排名先后以及科研课题的申报、论证、结题、鉴定等均有严格的形式要求，近年来还形成了唯"核心"期刊和 SCI、IE 是从的现象。美国国家科学基金会的研究指出：对 SCI 的使用更适合于评价科研机构或大量科学家的集体，而不适合评价研究者个人，更不能将不可比的数据进行比较。而我国高等院校利用 SCI 评价的恰恰是研究者个人，而且在申报职称、博士学位点、重点学科、科研奖励中热衷于追求 SCI 的论文收录数。

对形式的过分追求会导致许多弊端，如大学教师更多地关注形式化的可以量化的指标，忽略学术精神、科学态度、学术品格的养成；为满足形式化的评估需要，一篇文章、一本书、一个实验乃至一个学科的精心包装已成为必要，动辄制造大部头的系列著作，且是"精品著作"，年内或数月完稿。为此，我们不得不去反思科学研究的精神实质问题。真正的科学研究是人们对高深学问不断探究、不断创新，从而不断提高人类实践能力的过程，文章、报告、专著等只是这一过程的体现形式。科学研究的精神实质是在这一探索过程中形成的探究未知世界的能力，严谨求实、不畏权威的科学态度，坚忍不拔、勇于攀登的科学精神，宽松民主、淡泊明志的学术氛围等。所以，科研评价对数量和形式过分追求的直接代价就是科学研究的精神实质的异化甚至沦落，是研究者求真、求善、求美的学术精神的失落及其独立的学术操守的丧失，继而导致急功近利、投机取巧等不良现象的产生。

（3）重经济效益轻社会效益

当前，为解决办学经费的燃眉之急，许多高校把"财源"寄希望于科研经费，大学科研不得不违背科技发展和教育发展的规律在研究方向上作出某些偏斜，重横向课题，轻纵向课题。横向课题一般来说应用性强、见效快、收益高，理论水平和要求相对低于纵向课题，所以即便是某些以基础研究见长的学科专业也跃跃欲试。对研究者个人的经济利益的诱惑也使他们乐意从事"效益科研"。政策上的偏斜更形成了对科研评价的误导，使之重经济效益轻社会效益，进而导致科研资源配置的"马太效应"，使纵向研究所获得的科研经费越来越少，自身造血功能越来越低，处境越来越不利。不注意大学科研的长期目标，没有理论研究做支撑的大学科研，其代价和损失是潜在的却又是难以弥补的。

（4）"杂家评专家"与权威崇拜

当今高校科研评价管理体制还存在条块分割、各自为政的特点，科技管理部门、人事组织部门、院系基层单位等各部门基于各自的评价目的作出相应的评估。这种评估体系所体现的是"一种简单的主管部门对于研究人员或其小组、院系的一对一的关系，但对于研究人员或其小组及院系而言，则是一对多的关系，基层单位往往穷于应付。"多头评价体系，加之人为干扰因素较多、评价活动太多太滥，科研成果往往被评为"四不像",以致无所适从;其次,科研评价往往由行政人员起主导作用,权力的过多介入同其他非学术影响因素一样容易导致科研评价结果的不公正;再次,从评价技术上看,高校科研评价缺乏规范的指标体系和统一的评价专家系统,在学界声望较高、同时又具有评价专业技能的同行专家人数较少。以上因素所导致的"杂家评专家"现象向科研评价体系的公正性和科学性提出严峻的挑战。此外,高校科研评价还存在对"职称"和"权威"的盲目崇拜现象,职称的高低被当作科研课题申报的依据,也被当作遴选评审专家的依据,不利于中青年学术人才脱颖而出。

4.1 高校科研国际竞争力评价原则

高校科研国际竞争力的评价,应遵循下列原则。

(1)重视质量原则

质量原则,即高校科研国际竞争能力评价,应该注重科研质量,而非数量,对科研成果要求都要遵循科学规律,慎重提出数量指标,不能以数量论英雄。科技创新的核心在于创新,尤其在于真正的原始创新,而不是简单规定论文、著作的数量。

美国大学联合会(Association of American Universities, AAU)被公认为是世界一流大学的群体,是世界高水平大学的代表。我们首先比较数量上的差距。据2003年清华大学公共管理学院专题研究组所做的《AAU与世界一流大学专题报告》统计,从院士数量上看,AAU大学的院士数平均超过47人,而我国最好的北京大学和清华大学的院士数量也只有50人左右;在SCI杂志上发表论文数上,AAU大学每年平均发表数量超过1 000篇,最好的超过10 000篇,而我国目前发表论文最多的前20所学校每年在SCI上发表的论文数为670篇左右,最好的也不过约2 000篇。从数量上看,我国最好的大学和AAU大学在院士数上达到了平均水平,在发表论文数上超过了平均水平。

我们再进一步比较质量上的差距。从发表论文的质量看,在反映科学研究热点和前沿的主要杂志Nature、Science上,AAU大学年均发表文章超过20篇,而2002年我国所有的大学和科研机构在这两种刊物上发表文章的总数量只有约15篇,且半数左右是考古类的文章;我国目前每年发表SCI论文的数量已经在世界上处于第6位,但我国缺少重要的原始创新成果;在诺贝尔奖获奖人数上,AAU大学平均获得数超过3人,我国至今尚属空缺;从专利的数量上看,AAU大学每年的授权专利约50项,我国的许多大学近年已经大大超过了这一数量;但是在专利转让方面,AAU大学平均每年得到的转让收入约1 000万美元,而我国最好的学校专利转让收入也不过约100万美元。因此,从质量上看,我国最好的大学比起世界高水平的大学在原始创新和重大成果方面有着非常大的差距①。

（2）重视中国国情原则

在同国外高水平大学进行比较、分析时，我们也应当考虑中国的国情。美国的高水平大学主要从事基础研究，而对于正处于社会主义市场经济发展初级阶段的中国，企业的自主开发能力严重不足，高等学校还需要承担大量的科技开发、科技攻关和成果转化的任务。高校的科研从总体上可以分为基础研究和应用研究两大类，而应用研究中，关键技术攻关和技术集成项目的比重在不断加大。不同类别的研究有不同的特点，基础理论研究与经济市场的联系很弱、很间接。如达尔文的进化论和爱因斯坦的相对论，在当时几乎说不出有什么用途，而后来的科学事实证明，他们的理论带来的是一场科技革命。应用技术研究与经济和市场紧密相连，一项发明进入市场可以带来巨大的经济效益。因而对于不同的评价对象，适宜采用不同的评价方法和评价标准②。

（3）比照前人研究成果原则

由于高等教育国际竞争力的评价对象是国外和国内著名的大学，与一般大学相比，这些大学是科研型院校，教学与科研的比例明显比较小（根据武汉大学"中国高校综合竞争力评价"结果显示，重点大学教学与科研的比例为4∶6，一般大学为6∶4），因而高等教育科研国际竞争力的研究就显得尤为重要。

前人关于科研竞争力的研究包括大学评价和科研评价两部分内容，国内评价单位包括浙江大学、南京大学、武汉大学、中南大学等；国外的评价体系也比较多，如英国的科研评价体系和澳大利亚的科研评价体系，评价的侧重点各有不同。前人的科研评价指标体系和评价方法是后人进行科研评价的依据和准绳。

（4）制定规范原则

为了规范科学技术评价工作，建立健全科学技术评价机制，促进科技资源优化配置，正确引导科技工作健康发展，不断增强我国的科技持续创新能力，科技部、教育部、中国科学院、中国工程院、国家自然科学基金委员会联合下发了《关于改进科学技术评价工作的决定》，科技部发布了《科学技术评价办法》（试行）。有关科技评价部门和科技管理部门应当认真学习贯彻《关于改进科学技术评价工作的决定》和《科学技术评价办法》（试行）精神，对科研评价既要重视和认真探索，又要避免赶潮流和新闻炒作，以科学的态度理性对待科研评价问题，在包括教师招聘、晋升以及教师年度考核等在内的涉及科研评价工作中，坚持正确的评价导向，遵循科学规律，制订科学的评价指标体系，建立健全专家评议制度和专家信誉制度，建立公开透明的运行机制，促进高等学校科技创新能力和科技创新体系的建设，推动高等学校科学研究健康发展③。

---

① 郑永平，党小梅，吴荫方：《浅谈高校的科研评价与激励》，载《科研管理》，2005（5），73 。
② 马杰：《高校科研评价体系改革探讨》，载《潍坊学院学报》，2003（4），99。
③ 雷朝滋，高俊山，王维才：《关于高等学校科研评价问题的几点认识》，载《研究与发展管理》，2005（5），93。

(5)主观与客观相结合原则

在前人的科研评价研究过程中，往往注重对科研成果的客观性评价，如以《科学引文索引》(SCI)为科研评价标准之一，就争议颇多。刘艳阳等分析2001年SCI《期刊引证报告》(JCR)的学科期刊数分布情况，最多的是最少的102倍以上，第二位比第一位的少了三分之一。170个学科期刊数平均值为54，标准偏差为45.5。如此的偏差表明SCI收录的学科期刊分布极度不均衡，平均值以下的学科有108个，占学科总数的64%[①]。学科期刊分布的极度不均衡，必然会导致这样的结果，即SCI收录期刊数较多的学科学者，其论文容易被SCI收录，反之，则不易被SCI收录。

而且，由于我国的科研投入、科研导向和传统思维方式等方面的原因，论文被SCI收录，要远比被《社会科学引文索引》(SSCI)收录容易得多。单纯地以SCI作为高校科研评价、考核、奖励、激励的依据，对于社会科学研究工作者来说，比较不公平。

因此，对高校科研水平进行评价，必须将科研成果放在作者所属研究领域，增加主观性评价，由业内著名的专家学者来评判这些科研成果的水平如何。

4.2 高校科研国际竞争力评价指标体系

4.2.1 澳大利亚科研评价体系

澳大利亚的科研评价指标分为文献计量指标(Bibliometric indicators)和非文献计量指标(Non-bibliometric indicators)两类。文献计量指标以发表的各种文献著作(定期刊物文章、专论、书中的章节、会议文献、专利等)以及这些文献著作所包含的参考文献为基础。非文献计量指标包括所有其他容易计量的指标，比如科研人员数量、外部科研基金额、荣誉和奖励等[②]。

(1)文献计量指标

文献计量指标可以进一步分为三种：出版物指标、引用指标、结构指标。

出版物指标(Publication indicators)计算公式为

$$P = 著作数量 \times a1 + 期刊文章数量 \times a2 + 书籍章节数量 \times a3 + \cdots$$

其中，$a1,a2,a3$为权重系数。

引用指标(Citation performance indicators)体现了科研者的研究成果被其他研究引用的情况，包括引用次数(在特定时间段内，一组文章被引用总次数)、他引次数(一组

① 刘艳阳等：《SCI用作科研评价指标的思考——学科分布对指标公正性的影响》，载《科研管理》，2003(5)，60-61。
② 顾丽娜，陆根书：《澳大利亚科研评价体系介绍》，载《理工高教研究》，2006(1)，49。

文章排除作者自引后的他引次数)、篇均引用次数(每篇文章的平均引用次数)、没有被引用的文章比例(一组给定的出版物中,没有被引用的文章比例)几种形式。

表现科研特色的结构指标(Structural indicators characterising the research)并不是直接的成果指标,属于定性指标,能够给评估者提供许多有关科研特点的额外信息,包括出版物的领域分布(评估跨学科性程度的指标)、合作级别(描述科研团体与其他团体合作的情况)、科研类别(分为应用科技、工程－科技科学、应用研究、基础科学研究)等形式。

(2)非文献计量指标

非文献计量指标可以进一步分为三种:常用非文献计量指标、适用于社会人文科学的非文献计量指标、适用于艺术学科的非文献计量指标。

常用非文献计量指标包括科研人员数量(全职科研人数和总科研人数)、科研时间(T_i = 花费在科研上的时间/总工作时间 × 100)、外部资金(从部门外部吸引的科研资金总额)、研究生数据(科研单位研究生数据)、荣誉和奖励(由领域内同行授予的不同级别的荣誉与奖励)、演讲(被邀请发表演说或者在重要的国家、国际会议上提交的论文总和)、国际访问(访问海外科研机构或者被海外科研人员访问的次数)等指标。

适用于社会人文科学的非文献计量指标包括 11 个,分别为:与校外机构的研究合作产生的方案以及合作发表的出版物、其他没有产生出版物的研究活动、参与大学管理、为社会提供学术服务、以专家意见为基础的学术委员会成员或者顾问、校外评估委员会成员、科研奖励评判委员会成员、学术团体中的行政职能、被邀请在海外大学或者享有声望的大学里讲演、特约稿件、专业组织和公司讲演。

适用于艺术学科的非文献计量指标包括 5 个,分别为:舞蹈家、演员、音乐家、剧作家在公开场合的表演,建筑师和设计师的建筑或者创造,学者、研究人员、创造性作家的书面著作,视觉艺术家、工艺家的展览会,设计家、音乐家、视觉艺术家等的计算机软件。

4.2.2 浙江大学评价参数

浙江大学"大学评价研究课题组"对世界一流大学进行了评价研究,评价参数为历史积累、学科优势、人才优势、教学结构、支持条件。其中,前两个参数为必备参数,后两个参数为附加参数。若附加参数不足,可以用必备参数的双倍来替代。

历史积累指建校历史大于等于 100 年。该参数代表学术积累和文化底蕴,涵盖了学术声誉和累积因素。

学科优势指拥有世界先进水平学科数大于等于 1,或具有世界公认的著名创造性学术成果数大于等于 4。该参数实际上是一流大学具有一流学科的反映,包含了一流学科出一流成果的思想。

人才优势指现任教师中诺贝尔奖获奖者人数大于等于2,或与该校相关的教师中诺贝尔奖获奖者人数大于等于4。该参数实际上体现了一流大学拥有一流人才、培养一流人才的思想,其他世界级学科大奖也可供参考,如数学界菲尔兹奖、沃尔夫奖,计算机科学界的图灵奖,与文科水平相关的普利茨奖等。

教学结构指研本比例大于等于0.4,师生比不小于0.1。这个参数反映了研究型大学的基础结构。

支持条件指年度科研经费大于等于1亿美元,或者年度总经费大于等于10亿美元,图书藏书总量大于等于1万册,现刊数大于等于1万种。这些参数反映了与一流大学研究水平相关的经济支持水平以及信息支持水平。

4.2.3 中南大学"985"工程大学评价方法

中南大学高教研究所研究员蔡言厚对"985"工程大学做了综合排名。在研究过程中,兼收并蓄了深圳网大公司的《中国大学排行榜》、广东管理科学研究院的《中国大学评价》和教育部学位与研究生教育发展中心的"一级学科评估"中的合理内容与方法,摒弃或修正了部分不合理内容与方法,补充了缺憾内容。

蔡言厚研究员采用层次分析方法确定了三级指标体系,其中一级指标三个,分别为学科建设、师资队伍建设与人才培养和科研经费及成果。每个一级指标下设3~4个二级指标[①]。

4.2.4 南京大学信息管理系评价方法

南京大学信息管理系沈固朝教授研究我国高校复旦大学、武汉大学、南京大学、中山大学、吉林大学文科发展状况,并完成《五校文科发展状况报告》。该报告共分两个部分,第一部分是五校文科发展状况述要,第二部分是五校文科实力概况。该报告研究了五校学科建设、科研水平、师资力量、学术交流、学生情况、课题科研经费情况、办刊情况以及各学科领域实力等方面。其中,科研水平评价的下级指标为文科研究所(室)数量及其占研究所(室)总数比例、科研人员比较、社科研究与开发人员、社科研究开发全时人员、文科研究与开发课题。其中,文科研究与开发课题包括课题数量比较以及出版专著、发表论文、获奖情况等。

南京大学信息管理系黄奇教授编写的《世界著名大学研究报告》选择了哈佛大学、斯坦福大学、加州大学伯克利分校、麻省理工学院、剑桥大学、牛津大学、东京大学、

---

① 钱雪梅:《我国大学和科研评价研究成果摘要》,载《中国高校科技与产业化》,2004(10),40。

早稻田大学等美国、英国、日本 8 所著名的大学为研究对象,从各个方面研究了这 8 所大学的竞争力。

4.2.5 武汉大学高校综合竞争力评价方法

武汉大学中国科学评价中心和中国青年报联合开展了"中国高校综合竞争力评价"研究工作,完成了《中国高校综合竞争力评价报告:重点大学 121 所》、《中国高校综合竞争力评价:一般大学 487 所》。其中,重点大学包括三个部分:一是招生中或 2002 年教育部统计资料中原有的重点大学;二是教育部部属高校;三是"211"工程建设大学。

重点大学的评价设立了 4 个一级指标、13 个二级指标和 50 个三级指标,一般大学的评价设立了 3 个一级指标、12 个二级指标和 48 个三级指标。两者的区别在于重点大学的评价增加了"学校声誉"一级指标,"学校声誉"一级指标由"学术声誉"和"社会声誉"构成。

在评价中,兼顾了规模与效应、数量与质量、教学与科研以及社会科学与自然科学的关系,增加了一些反映质量、水平、特色的指标,如特色专业数、标志性精品成果数、学生各类国际性、全国性获奖数等①。

4.2.6 本书提出的高校科研评价指标体系

从国内外科研评价指标体系和评价方法来看,高校科研评价指标体系具有如下特点。

① 国外比较重视文献计量学的研究和应用,因此在科研成果评价中,使用文献计量学指标,不仅将出版物列入文献计量学指标,而且采用引文指标评价科研成果。

② 国内使用的文献计量指标仅仅局限在出版物指标,国内还比较重视常用的非文献计量指标,如科研人员指标、研究所指标、科研课题指标等。

③ 国内的评价开始重视大学声誉指标,但是对大学声誉指标的测算基础是对各个领域专家调查的结果,主观性比较强。而国外的大学声誉指标由科研人员所接受的荣誉和奖励、被邀请发表演说或者在重要的国家、国际会议上提交的论文、国际访问次数等指标替代,将大学声誉指标定量化处理。

依据国内外科研评价指标体系的特点总结经验,提出本书拟用指标体系。本着科研就是什么科研人员、在什么科研条件下、做了什么科研课题、受到什么科研奖励和认可的过程,我们将科研评价指标体系的一级指标确定为 4 个,分别为科研人员指标、科

---

① 丘均平:《从高校科研竞争力评价向综合评价的发展——关于"中国高校综合竞争力评价"的说明》,http://www.94up.com/Article/ShowArticle.asp? ArticleID=181.

研条件指标、科研成果指标、科研认可指标。

（1）科研人员指标

科研人员指标指向科研人员的数量和质量,其二级指标为科技人员数量指标(三级指标为研究与发展全时人员总数和科技活动人员总数)、职称和学历指标(三级指标为高级职称教师占教师总人数的比例和博士学位占教师总人数的比例)、荣誉指标(三级指标为各类院士总数)。

（2）科研条件指标

科研条件指标指向科研必备的研究条件,其二级指标包括国家级重点实验室总数、国家级研究基地总数和研究所总数。所谓国家级重点实验室总数和研究基地,是指国家和教育部重点实验室总数和研究基地。

（3）科研成果指标

一般来说,科研成果是由科研人员所出版的图书、所发表的学术论文和所完成的科研课题构成的。因此,科研成果指标的二级指标为图书指标、论文指标、课题指标。

① 本着重视科研成果质量的原则,我们确定图书指标的三级指标为独著专著或第一作者专著、独著或第一作者完成的具有影响力的国家统编教材。

② 论文指标的三级指标为收录指标和发文指标。其中,收录指标指被 SCI 收录和引用的论文总数、EI 收录的论文总数、ISTP 收录的论文总数;发文指标指科研人员在 Science 和 Nature 杂志上发表论文的总数。

③ 课题指标指科研人员在本国研究的国家级课题总数,如在中国,国家级课题指国家自然基金课题、国家社会科学基金课题、863 课题总数。

（4）科研认可指标

科研认可指标的二级指标为课题获奖指标、课题经费指标、国际合作研究指标、国家合作交流指标。

① 课题获奖指标指由国家或者领域内同行授予的不同级别的科研奖励,如在中国,指国家自然基金课题、国家社会科学基金课题、863 课题的获奖情况。该指标确定的依据是项目获奖代表科研人员的科研成果获得国家或同行认可的程度。

② 课题经费指标指科研人员全年获得的科研总经费。该指标确定的依据是科研经费总量代表科研委托单位对科研人员科研水平的认可程度。

③ 国际合作研究指标指科研人员与其他国家科研人员共同完成科研项目、发表学术论文的总数。该指标确定的依据是科研人员的科研水平得到国际上同行的认可,因此才能获得和其他国家科研人员共同从事科学研究的机会。

④ 国家合作交流指标指科研人员被邀请发表演说或者在重要的国家、国际会议上提交的论文总数。该指标确定的依据是科研人员的科研水平在其研究领域内得到认可,因此才能受邀发表演说或者在国际会议上提交论文。

本书提出的高校科研评价指标体系见表 4－1。

表4-1 本书提出的高校科研评价指标体系

一级指标	二级指标	三级指标	四级指标
科研人员指标	科技人员数量指标	研究与发展全时人员总数	
		科技活动人员总数	
	职称和学历指标	高级职称教师占教师总人数的比例	
		博士学位占教师总人数的比例	
	荣誉指标	各类院士总数	
科研条件指标	国家级重点实验室总数		
	国家级研究基地总数和研究所总数		
科研成果指标	图书指标	独著专著或第一作者专著	
		独著或第一作者完成的具有影响力的国家统编教材	
	论文指标	收录指标	SCI收录和引用的论文总数
			EI收录的论文总数
			ISTP收录的论文总数
		发文指标	在Science杂志上发表论文的总数
			在Nature杂志上发表论文的总数
	课题指标	在本国研究的国家级课题总数	在中国指国家自然基金课题、国家社会科学基金课题、863课题总数
科研认可指标	课题获奖指标	国家或者领域内同行授予的不同级别的科研奖励	在中国指国家自然基金课题、国家社会科学基金课题、863课题获奖数
	课题经费指标	科研人员全年获得的科研总经费	
	国际合作研究指标	科研人员与其他国家科研人员共同完成科研项目总数	
		发表学术论文的总数	
	国家合作交流指标	科研人员被邀请发表演说总数	
		在重要的国家、国际会议上提交论文总数	

4.3 区域科技竞争力评价指标研究

4.3.1 区域科技竞争力评价指标内容

从区域科技竞争力指标体系的构成来看,直接涉及的指标应该是科技投入指标和科技产出指标。因为科技是一种重要的产业,产业必然首先需要投入,然后经过科研生产,产出科技成果。没有投入,就有产出,是不可能的。只有投入,没有产出,科研是失败的。

其次,区域科技竞争力指标体系还应该包括科技贡献指标,因为科研产出或多或少都对区域社会和区域经济发展作出一定贡献,以科技贡献为衡量标准,能够明确科技产出在实现科技转化后,带来的贡献在什么地方。

区域科技竞争力的来源是多方面的,但是科技的发展必然根植于一定的科技基础。科技基础条件建设好的区域,其科技发展水平相应地要高一些。没有一定的科技基础条件,巧妇难为无米之炊,科研人员无法借鉴一定的基础设施和信息资源(前人的研究成果)。因而科技基础指标是区域科技竞争力指标体系构成的基础指标。

区域科技经济的发展还受限于区域的文化环境和政策环境,有什么样的科技环境,就产生什么样的科技发展模式。区域科技环境对区域科技经济发展的影响是长期的,既来源于一定的历史条件,也影响区域科技的未来发展。

区域教育水平、经济水平、研究机构数量的多少和研究水平的高低,都对区域科技发展有相当重要的影响。这些影响不是直接的,而是间接的。这些因素的发展与提高也不是在短时期内能够实现跨越式发展的。它们是测算区域科技竞争力的潜力指标。

区域科技经济的发展,应该本着可持续发展的原则,这样才能深入地发展下去,并为社会所接受。同时,在区域科技发展的过程中,不可避免地要与国内外专家学者进行合作研究。因此,社会协调能力指标和合作交流能力指标反映科技发展的协调能力,是科技协调指标。

基于上述分析,区域科技竞争力初选指标体系的二级指标由科技基础指标、科技环境指标、科技投入指标、科技产出指标、科技潜力指标、科技协调指标和科技贡献指标七个指标构成。

4.3.2 区域科技竞争力评价指标结构

区域科技竞争力初选指标体系中的各个二级指标相互之间是既有联系又有区别的。二级指标之间的关系,揭示了区域科技竞争力初选指标体系的结构。

从科技发展的过程来看,区域科技竞争力初选指标体系的核心指标是投入、产出指标;投入、产出的基础指标或者支撑指标是科技基础指标、科技环境指标和科技潜力指标;投入、产出的结果指标或者目的指标是科技协调指标和科技贡献指标。

由此构建区域科技竞争力指标体系的结构如图 4-1 所示。

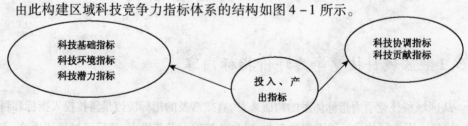

图 4-1　区域科技竞争力指标体系的结构

4.3.3 区域科技竞争力评价假设基础

区域科技竞争力初选指标体系的确定以及随后区域科技竞争力复选指标体系的确定和实证分析方法的确定都是建立在一定的假设基础上的。这些假设建立的基础是大众以及实际生产、生活、实践中基本遵循的规律,有一定的可靠性和真实性,但是还需要经过一定检验,才能佐证假设提出的可行性和可信性。关于假设提出的可行性和可信性,在区域科技竞争力实证分析中将得到检验。

我们从区域科技竞争力初选指标体系的二级指标出发,以表4-2展示区域科技竞争力初选指标体系建立的假设条件。

表4-2 区域科技竞争力初选指标体系建立的假设条件

二级指标	假设条件
科技基础指标	区域信息基础设施建设得越好,则科技基础条件越好 区域计算机数量越多、因特网用户越多,则科技基础条件越好 区域国家级实验室越多、大型设备越多,则科技基础条件越好 区域信息资源储存的数量越多、种类越多,则科技基础条件越好 区域数据库越多、数据库用户越多、利用率越高,则科技基础条件越好
科技环境指标	区域科技管理部门对科技的支持程度越大,则科技环境越好 区域科技政策制定得越多,执行得越好,则科技环境越好 区域学术规范程度越大,科研人员受尊重程度越大,则科技环境越好
科技投入指标	区域科技投入经费越多、人力资源投入越多、设备投入越多,则科技投入越多
科技产出指标	区域机构所拥有的著作越多、出版社越好,则科技产出越多 区域机构所发表的论文越多、档次越高,则科技产出越多 区域机构所申请到的项目越多、经费越多、档次越高,则科技产出越多 区域机构所申请的专利越多、被授权的越多、转让得越多,科技产出越多
科技潜力指标	区域高校总数越多、在校大学生越多,则教育水平越高、科技潜力越大 区域教育经费越多,则教育水平越高、科技潜力越大 区域高校教师中,高学历、高职称的人数越多,则教育水平越高、科技潜力越大 区域经济发展水平越高,则科技潜力越大 区域研究机构越多,科技潜力越大
科技协调指标	区域国际合作交流程度越大,则科技协调程度越大 区域科技发展的可持续性程度越大,则社会协调能力越大、科技协调程度越大
科技贡献指标	国民生活质量越高,则科技对社会发展的贡献越大 区域科技发展越快,则区域经济发展越快

4.3.4 区域科技竞争力评价指标体系

高等院校科技竞争力的发展,依赖于高等院校所在地的科技竞争力。因此,我们在评价高等院校科技竞争力的同时,也要考察高等院校所在地的科技竞争力,即区域科技竞争力。

区域科技竞争力指标体系的二级指标由科技基础指标、科技环境指标、科技投入指标、科技产出指标、科技潜力指标、科技协调指标、科技贡献指标七个指标构成。

其中,科技基础指标揭示一个国家或地区的科技基础条件,科技基础条件越好,则科技竞争力水平越高;科技环境指标揭示一个国家或地区对科技发展的认可程度,认可程度越高,则科技竞争力水平越高;科技投入指标揭示一个国家或地区在资金、设备、人力资源等方面对科技的投入,投入越多,科技竞争力水平越高;科技产出指标揭示一个国家或地区的科研成果及其应用水平,科研成果越多、应用水平越高,则科技竞争力水平越高;科技潜力指标揭示一个国家或地区在科技发展方面的潜力,潜力越大,则科技竞争力水平越高;科技协调指标揭示一个国家或地区科技发展与文化、社会环境的协调能力,即区域科技发展是否是一种可持续发展,协调能力越强,则科技竞争力水平越高;科技贡献指标揭示一个国家或地区科技发展对社会发展和经济发展作出的贡献,贡献越大,则科技竞争力水平越高。

(1)科技基础指标

科技基础指标由信息资源储备指标和基础设施及利用指标两个三级指标构成,信息资源储备指标反映一个国家或地区的信息资源水平,基础设施及利用指标反映一个国家或地区信息基础设施及其利用情况。

信息资源储备指标由人均图书馆总数、图书馆藏书总数、图书册数、期刊种数、数据库总数、文献信息资源整合力度、文献信息资源利用率、信息资源丰裕系数等指标构成。其中,人均图书馆总数指标、图书馆藏书总数指标反映文献服务机构状况;图书册数、期刊种数、数据库总数等指标反映文献信息资源存储结构水平;文献信息资源整合力度指标反映测度区域各个机构、各个类型文献信息资源的整合情况;文献信息资源利用率指标反映测度区域用户对所藏文献信息资源的利用情况;信息资源丰裕系数指标从总体上反映信息资源储备状况及利用水平。

基础设施及利用指标由个人计算机拥有量、每千人计算机拥有量、互联网用户总数、每万人互联网用户数、国家级实验室总数、省级实验室总数、20万以上大型仪器设备总数等指标构成。其中,个人计算机拥有量指标、每千人计算机拥有量指标反映测度区域信息基础设施拥有水平;互联网用户总数指标、每万人互联网用户数指标反映测度区域基础设施应用水平;国家级实验室总数、省级实验室总数、20万以上大型仪器设备总数等指标反映测度区域专业科技设施水平及其利用水平。

(2)科技环境指标

科技环境指标由人文环境指标和政策环境指标两个三级指标构成,人文环境指标反映主观环境状况,即科技人员科学研究所接触相关人员对科技的认可程度;政策环境指标反映客观环境状况,即区域科研管理机构在科研管理政策方面的政策制定、实施、奖励情况。

人文环境指标由学术规范程度、科研人员受尊重程度、学术带头人的地位、党政机关对科技工作的认可度、研究辅助部门的支持程度等指标构成。其中,学术规范程度指标反映区域学术文化氛围状况;科研人员受尊重程度指标、学术带头人的地位指标反映区域内科技人员科研所接触普通人员对科技的认可程度;党政机关对科技工作的认可度指标、研究辅助部门的支持程度指标反映区域内科技人员科研所接触管理人员对科技的认可程度和支持力度。

政策环境指标由科技管理部门的工作情况、科技法规和政策的执行情况、科技人员奖励政策情况等指标构成。其中,科技管理部门的工作情况指标反映科技管理部门管理水平;科技法规和政策的执行情况指标反映科技部门对所制定政策的执行水平;科技人员奖励政策情况指标反映科技部门对科研人员的引导水平和奖励水平。

(3)科技投入指标

科技投入指标由资金投入、人力资源投入、设备投入三个三级指标构成。其中,资金投入指标反映政府部门及各职能部门和企业对区域科技发展的经费投入水平;人力资源投入指标反映区域参与科学研究的人员水平;设备投入指标反映区域投入在科学研究方面的设备资金及相关状况。

资金投入指标由科技经费支出总额、人均科技经费支出、科技活动经费占 GDP 的比重、地方财政科技拨款总额、地方财政科技拨款占财政支出的比重等指标构成。其中,科技经费支出总额、人均科技经费支出、科技活动经费占 GDP 的比重三个指标从不同层面反映区域资金投入状况;地方财政科技拨款总额指标、地方财政科技拨款占财政支出的比重指标反映区域科技资金投入水平。

人力资源投入指标由科研人员总数、科研人员中高级职称总数、研究生总数、科学家和工程师总数、每十万人中科学家和工程师总数、企业科研人员总数、高等院校科研人员总数等指标构成。其中,科研人员总数指标反映区域对科技人力资源投入的总体水平;科研人员中高级职称总数、研究生总数两个指标反映区域科技人力资源职称和学历水平;科学家和工程师总数、每十万人中科学家和工程师总数两个指标反映科学家和工程师参与科学研究状况;企业科研人员总数、高等院校科研人员总数两个指标反映各类型机构科技人力资源投入状况。

设备投入指标由更新改造投资新增固定资产总数及总额两个指标构成,分别从数量和资金两个角度反映区域设备投入状况。

(4)科技产出指标

科技产出指标由著作、论文、项目、专利四个三级指标构成。其中,著作指标反映区域教材和专著出版状况及其理论研究水平;论文指标反映区域学术论文发表状况及其前沿研究学术水平;项目指标反映区域获得科研项目的水平及项目结题、鉴定等状况;专利指标反映区域科学研究的应用水平。

著作指标由出版著作总数指标、专著总数指标构成。其中,出版著作总数指标反映著作出版的整体状况,包括教材和专著;专著总数指标反映除了教材之外的专著出版状况。

论文指标由三大检索刊物收录总数、国内核心期刊发文总数、论文发文总数三个指标构成。其中,三大检索刊物收录总数指标反映区域科学研究国际受认可程度;国内核心期刊发文总数指标反映区域科学研究国内受认可程度;论文发文总数指标反映区域学术论文发表总体水平。

项目指标由科研项目立项数、科研项目经费、鉴定成果数、鉴定结论、国家自然科学奖、国家发明奖、国家科技进步奖、国务院各部门科技进步奖、省市自治区科技进步奖等指标构成。其中,科研项目立项数、科研项目经费两个指标反映区域科研项目立项情况;鉴定成果数、鉴定结论两个指标反映科研项目完成情况;国家自然科学奖、国家发明奖、国家科技进步奖、国务院各部门科技进步奖、省市自治区科技进步奖等指标反映科研项目获奖情况。

专利指标由专利申请数及每十万人平均专利申请量、专利授权数及每十万人平均专利授权量、专利出售情况、技术转让合同数、技术转让合同金额等指标构成。其中,专利申请数及每十万人平均专利申请量两个指标反映区域专利的申请情况;专利授权数及每十万人平均专利授权量两个指标反映区域专利的授权情况;专利出售情况、技术转让合同数、技术转让合同金额等指标反映专利的出售及转让情况。

(5)科技潜力指标

科技潜力指标由教育水平、经济水平、研究机构三个三级指标构成。其中,教育水平指标反映区域高等教育水平;经济水平指标反映区域经济发展水平;研究机构指标反映区域科研机构状况。

教育水平指标由高校总数、在校大学生总数、每万人在校大学生人数、教育经费总额、教育经费总额/GNP、高校高级职称教师人数、高校博士研究生人数、高校科研经费、高校科研项目总数等指标构成。其中,高校总数指标从总体数量上反映区域高等教育水平;在校大学生总数指标、每万人在校大学生人数指标从学生数量上反映区域高等教育水平;教育经费总额指标、教育经费总额/GNP指标从经费上反映区域高等教育水平;高校高级职称教师人数指标反映区域高等教育教师水平;高校博士研究生人数指标反映区域高等教育培养学生质量水平;高校科研项目总数指标、高校科研经费指标从数量和经费上反映区域高等教育科研质量水平。

经济水平指标由人均GDP值、人均可支配收入、产业重点、三产产值占GDP比重等指标构成,各个指标综合反映区域经济发展水平。

研究机构指标由大型厂矿研究所总数、国家级研究室总数、省级研究所总数、高等院校研究所总数等指标构成,各个指标综合反映研究机构的分布状况及质量水平。

(6)科技协调指标

科技协调指标由社会协调能力指标、合作交流能力指标两个三级指标构成。其中,社会协调能力指标反映区域科技发展的可持续性程度;合作交流能力指标反映区域科技发展的合作程度。

社会协调能力指标由生态环境保护指标和资源利用的合理化程度指标两个指标构成。其中,生态环境保护指标反映区域科技发展对生态环境的影响力度,由单位一次能源排放 CO_2 量、空气污染指数、环境保护资金投入、工业废气处理比例、工业废水处理回用比例、工业废水处理排放达标比例、工业废水排放达标比例、工业固体废物综合利用率等指标构成;资源利用的合理化程度指标反映区域科技发展对资源利用的合理化程度,由单位 GDP 的能源消耗指标和信息资源利用率指标构成。

合作交流能力指标由出席国际学术会议人数及交流论文、出席国内召开国际会议人数及交流论文、派遣进修访问学者人数、接受进修访问学者人数、合作研究项目总数等指标构成。

(7)科技贡献指标

科技贡献指标由科技对经济发展的贡献指标和科技对社会发展的贡献指标两个三级指标构成。

科技对经济发展的贡献指标由区域经济实力指标、产品出口指标、技术贸易指标三个指标构成。其中,区域经济实力指标由人均 GDP 增加值、三产增加值、制造业增加值三个指标构成;产品出口指标由高技术产品出口额、高技术产品出口额/制成品出口额、制成品出口额、制成品出口额/商品出口额四个指标构成;技术贸易指标主要指技术出口额。

科技对社会发展的贡献指标由国民生活质量来反映,该指标由平均工资水平、平均物价水平、平均储蓄额、恩格尔系数四个指标构成。

区域科技竞争力评价指标体系结构层次见表 4-3。

表 4-3 区域科技竞争力评价指标体系

一级指标	二级指标	三级指标	四级指标	五级指标
区域科技竞争力初选指标体系	科技基础	信息资源储备	人均图书馆总数	
			图书馆藏书总数	
			图书册数	
			期刊种数	
			数据库总数	
			文献信息资源整合力度	
			文献信息资源利用率	
			信息资源丰裕系数	
		基础设施及利用	个人计算机拥有量	
			每千人计算机拥有量	
			互联网用户总数	
			每万人互联网用户数	
			国家级实验室总数	
			省级实验室总数	
			20 万以上大型仪器设备总数	

一级指标	二级指标	三级指标	四级指标	五级指标
区域科技竞争力初选指标体系	科技环境	人文环境	学术规范程度	
			科研人员受尊重程度	
			学术带头人的地位	
			党政机关对科技工作的认可度	
			研究辅助部门的支持程度	
		政策环境	科技管理部门的工作情况	
			科技法规和政策的执行情况	
			科技人员奖励政策情况	
	科技投入	资金投入	科技经费支出总额	
			人均科技经费支出	
			科技活动经费占 GDP 的比重	
			地方财政科技拨款总额	
			地方财政科技拨款占财政支出的比重	
		人力资源投入	科研人员总数	
			科研人员中高级职称总数	
			研究生总数	
			科学家和工程师总数	
			每十万人中科学家和工程师总数	
			企业科研人员总数	
			高等院校科研人员总数	
		设备投入	更新改造投资新增固定资产总数	
			更新改造投资新增固定资产总额	
	科技产出	著作	出版著作总数	
			专著总数	
		论文	三大检索刊物收录总数	
			国内核心期刊发文总数	
			论文发文总数	
		项目	科研项目立项数	
			科研项目经费	
			鉴定成果数	
			鉴定结论	
			国家自然科学奖	
			国家发明奖	
			国家科技进步奖	

一级指标	二级指标	三级指标	四级指标	五级指标
区域科技竞争力初选指标体系	科技产出	项目	国务院各部门科技进步奖	
			省市自治区科技进步奖	
		专利	专利申请数	
			每十万人平均专利申请量	
			专利授权数	
			每十万人平均专利授权量	
			专利出售情况	
			技术转让合同数	
			技术转让合同金额	
	科技潜力	教育水平	高校总数	
			在校大学生总数	
			每万人在校大学生人数	
			教育经费总额	
			教育经费总额/GNP	
			高校高级职称教师人数	
			高校博士研究生人数	
			高校科研经费	
			高校科研项目总数	
		经济水平	人均 GDP 值	
			人均可支配收入	
			产业重点	
			三产产值占 GDP 比重	
		研究机构	大型厂矿研究所总数	
			国家级研究室总数	
			省级研究所总数	
			高等院校研究所总数	
	科技协调	社会协调能力	生态环境保护	单位一次能源排放 CO_2 量
				空气污染指数
				环境保护资金投入
				工业废气处理比例
				工业废水处理回用比例
				工业废水处理排放达标比例
				工业废水排放达标比例
				工业固体废物综合利用率

一级指标	二级指标	三级指标	四级指标	五级指标
区域科技竞争力初选指标体系	科技协调	社会协调能力	资源利用的合理化程度	单位 GDP 的能源消耗
				信息资源利用率
		合作交流能力	出席国际学术会议人数	
			出席国际学术会议交流论文	
			出席国内召开国际会议人数	
			出席国内召开国际会议交流论文	
			派遣进修访问学者人数	
			接受进修访问学者人数	
			合作研究项目总数	
	科技贡献	科技对经济发展的贡献	区域经济实力	人均 GDP 增加值
				三产增加值
				制造业增加值
			产品出口	高技术产品出口额
				高技术产品出口额/制成品出口额
				制成品出口额
				制成品出口额/商品出口额
			技术贸易	技术出口额
		科技对社会发展的贡献	国民生活质量	平均工资水平
				平均物价水平
				平均储蓄额
				恩格尔系数

4.4 高校科研国际竞争力评价方法

4.4.1 RAE 评价方法

RAE 全称为 Research Assessment Exercise(研究评估办法),是目前英国用于评价大学各系科研质量和分配各系科研经费的主要办法。RAE 评价的基本原则是清楚、一致、连贯、可信、有效、中立、平等和透明[1]。

---

[1] 洪民荣:《英国评价大学各系科研质量和分配科研经费的 RAE 制度》,载《社会科学管理与评论》,2003(1),78。

RAE 的目标是评价大学各系的科研质量,并以此决定公共基金的分配;同时,也是为了促进科研质量的提高,使科研质量高的大学能够得到最大部分资助。目前,每年有 10 亿多英镑的基金资助是通过运用 RAE 的结果进行分配。

英格兰高等教育基金理事会通过一项研究认为,RAE 的作用在于:英国研究的影响和效率大大提高;对研究环境的自觉管理大为提高;使研究活动的增长超过基金的增长。

RAE 的评估方法如下。

① 由涵盖各个学科的资深专家进行考评,评估判断根据专家的职业技能、专门知识和经验作出。所有评估的研究成果都列入某一个评估小组,每个评估小组由 9 ~ 19 个专家组成,这些专家大部分来自学术机构,一部分来自工商界部门。

② 每个申请者提供四项出版物或其他研究成果,包括专著、论文、期刊、音像、讲义等,这些成果都是同等对待;同时,应用、基础和战略研究也是同等对待,主要注重科研质量即可。

③ 每个申请评估的单位必须提供一定相关信息,这些信息包括:成员情况,有全体成员、研究人员和辅助人员;研究成果,每个人员最多四项;主要情况,有研究环境、结构和政策、研究发展战略、成果质量等;相关数据,有受到资金资助的数量和来源、研究生数量等。

④ 为了公平一致地对申请进行评估,每个小组在申请评估前,会说明其工作方法和评估标准。每个小组的工作方法和标准会有所不同。

⑤ 评估小组根据有多少达到国内或国际优秀水平来确定 1 ~ 5 * 分的评判。RAE 评分标准如表 4 – 4 所示。

表 4 – 4　RAE 评分标准表

等　　级	标　　　　准
5 * 分(五星)	一半以上达到国际优秀水平,其余达到国内优秀水平
5 分	一半及以下达到国际优秀水平,其余达到国内优秀水平
4 分	所有研究达到国内优秀水平,一些可能达到国际优秀水平
3a 分	2/3 以上达到国内优秀水平,一些可能达到国际优秀水平
3b 分	一半以上达到国内优秀水平
2 分	一半以下达到国内优秀水平
1 分	没有一项达到国内优秀水平

⑥ 最后公布的评估结果以系为单位,包括三项指标:等级分、申请评估的研究人员占该单位研究人员的比重、得到 5 * 分和 5 分的研究人员占申请的研究人员比重。

⑦ 各个研究基金根据一定的公式计算和分配资助。每个基金的公式不一定相等,但是被评估单位研究质量越高,资助越多。

⑧ 在 RAE 体系下,衡量一个评估单位研究数量的方法是该单位申请 RAE 评估的数量。

利用 RAE 方法评估基础研究成果,需要注意以下几点。

① 根据评估对象的具体情况,确定评估时间间隔。如果评估对象是机构组织,间隔时间可以短一些,加以一年为评估时间间隔。如果评估对象是研究人员个体,评估的时间就比较长,如以 2~3 年为评估时间间隔。

② 根据评估对象和评估客体的具体情况,确定评估等级的划分。英国 RAE 方法将评估等级划分为 7 个等级。在实际评估的过程中,由于所评估机构的科研水平不一致,所评估客体的质量高低不一致,所以必须根据具体情况划分评估等级。评估等级的划分,可以以集中度为依据。

③ 根据评估对象和评估客体的具体情况,确定评估标准。在总体上,评估对象的群体水平和评估客体的群体水平具有非一致性,但是在某个评估区域内两者可能具有一致性。如我国的高等院校,总体上研究水平不一致,但是一类重点院校的研究水平具有一致性,且差异不是很大。

4.4.2　影响力评价方法

从目前对影响力的评价来看,其主要依据是影响因子。加菲尔德从上个世纪 60 年代开始,以影响因子为基础研制了 SCI 系列信息产品,如今尽管部分学者对此持有异议,但是影响因子对科研成果评价的贡献依然比较大,这是不容忽略的事实。由于影响因子是引文指标的一种,所以为了避免影响因子的局限性,采用引文指标表现影响力。引文指标包括影响因子、即年指标、引文率、期刊被引量和期刊引用量。

除了引文指标之外,研究成果的影响力还可以通过被收录指标和获奖指标反映出来。被收录指标反映研究成果被国内外检索刊物收录情况,获奖指标反映研究成果获国家和省级各项奖励情况。

参考国内外学者已经研究过的引文测度指标,针对我国科技期刊发文、载文、引文的实际情况,提出引文测度指标及其辅助性指标[①]。

(1)影响因子

影响因子(Impact Factor),指某期刊前两年发表的论文在第三年的被引次数与该刊前两年发表的论文总数之比,可以用公式描述为

$$影响因子 = \frac{该年引用该刊前两年论文的总次数}{前两年该刊所发表的论文总数}$$

影响因子这一重要引文指标是加菲尔德 1972 年提出的,不仅能够评价期刊质量与水平,而且还可以抵消大刊与小刊、老刊与新刊被引用的不平衡性。

(2)即年指标

即年指标(Immediacy Index),指某期刊当年发表的论文在当年的被引次数与该刊

---

① 朱红,王素荣:《信息资源管理导论》,北京,国防工业出版社,2006。

当年所发表的论文总数之比,可以用公式描述为

$$即年指标 = \frac{该年引用该刊当年论文的总次数}{当年该刊所发表的论文总数}$$

即年指标反映了期刊被引用的速度,其值越大,期刊所载论文的新颖性越好,所涉及的主题也是当年研究的热点。

(3)引文率

引文率,也叫平均引文数,指某年度某期刊中引文数与该年度该刊发表的论文总数之比,可衡量该刊每篇论文平均的引文能力。

(4)期刊被引量

期刊被引量,指某期刊被其他期刊引用的数量。期刊被引用量越高,其价值越高。

(5)期刊引用量

期刊引用量,指某期刊引用其他期刊的次数。

(6)期刊被收录指标

期刊被收录指标,指某期刊被大型检索刊物和数据库收录的情况。如是否是SCI、EI、ISTP、ISR 来源期刊,是否被《中文核心期刊要目总览》第三版收录,被收录的次数越多,表明该期刊的质量越高。假设入选期刊被收录最高次数为 N,则某期刊被收录指标等于该刊被收录次数除以最高收录次数。

(7)期刊出版指标

期刊出版指标,指某期刊的编辑者、出版者、发行者的情况。如果是著名大学和国家级行业协会主办的期刊,一般认为其比普通大学和省级协会主办的期刊质量高,所以给予一定权重。

(8)期刊著者指标

期刊著者指标,指某期刊所载论文的著者的知名度。如果著名大学和著名研究机构的主要学者经常在该刊发表论文,则认为该刊的质量比较高。该指标可以由作者及其机构两个方面构成。作者的知名度用院士作为标准,著名大学为"211"工程前期投资的九所院校,著名研究机构为中科院各研究所。

(9)期刊获奖指标

期刊获奖指标,指某期刊刊载获奖项目成果的情况,获奖的层次越高,获奖的次数越多,则认为该刊的质量越高。国家比较重要的项目奖项主要有发明奖、进步奖和成果奖。

(10)期刊项目指标

期刊项目指标,指某期刊刊载各种科研项目论文成果的情况,刊载的项目论文成果越多,项目的层次越高,则认为该刊的质量越高。国家比较重要的项目主要有火炬项目、863 项目、973 项目和国家自然基金项目。

自然科学引文评价体系如图 4 - 2 所示。

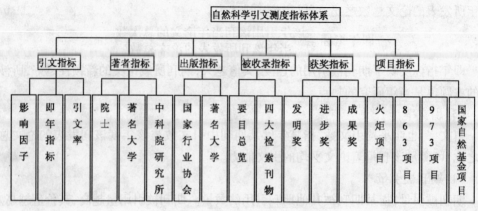

图 4 - 2　自然科学引文评价体系

依据引文测度指标,参照辅助指标,构建引文测度体系。引文测度体系由引文指标、著者指标、出版指标、被收录指标、获奖指标、项目指标共同构成。其中引文指标为主要指标,权重比较大,其他辅助性指标的权重比较小。

关于影响力的研究,国内目前主要集中在基础理论研究评价上。由于不能以经济效益作为衡量标准,所以基础理论研究应该以影响力为评价标准,将影响力量化。不过,影响力的评价有其局限性,有些理论的价值在其问世多年后才逐渐显现出来。因而影响力评价方法的使用,必须针对某一时期的研究成果进行评价。

基础研究成果影响力评价指标体系见表 4 - 5。

表 4 - 5　基础研究成果影响力评价指标体系①

一 级 指 标	二 级 指 标	三 级 指 标
引文指标	影响因子	某刊前两年发表的论文在第三年的被引次数与该刊前两年的发文总数之比
	即年指标	某刊当年发表的论文在当年的被引次数与该刊当年的发文总数之比
	引文率	某年度某期刊中引文数与该年度该刊发文总数之比
	期刊被引量	某期刊被其他期刊引用的数量
	期刊引用量	某期刊引用其他期刊的次数
被收录指标	研究成果被国内外检索刊物收录情况	
获奖指标	研究成果获国家和省级各项奖励情况	

4.4.3　中介方法

任何科研评价都要解决几个问题,即为何评(评价目的)、如何评(评价方法)、谁

---

① 王素荣,朱红,朱敬:《基础理论研究成果评价方法探讨》,载《教育理论与实践》,2007(1),5。

来评(评价主体)、评价谁(评价对象)和评价什么(评价客体)。中介法从基础研究成果评价主体出发,考虑谁来评价的问题,采用该方法的目的是为了避免科研评价中"人情"和"关系"的干扰。

中介法指的是由专业评价人员实施评价工作,因为专业评价人员通常具有很深的资历、丰富的评价经验、一丝不苟的学术态度,他们提供的结论通常能获得行政部门和学术界的认可,并在政府制定政策过程中发挥重要作用。

值得一提的是,专业评价人员由什么样的人员组成。笔者认为,专业评价人员应该由下列人员组成。

① 行业比较著名的专家、学者,类似于学科带头人。这类人员学术水平高,对学科前瞻性把握较好,有着丰富的科研经验和一丝不苟的学术态度。

② 专业从事科研评价的人员。这类人员虽然对行业知识的了解不深,也不一定能够把握学科前瞻性,但是有丰富的评价经验,对国内外高质量、高水平的期刊、出版者了解甚多,能够从总体上把握科研水平。

③ 科研管理部门人员。这类人员长期从事科研管理工作,对评价工作有一定了解。

中介法中的专业评价人员可以分为内部评价人员和外部评价人员。外部评价人员更能够避免"人情"和"关系"的干扰。因此采用"群体 + 外在"的模式进行评价,无疑是一种"准中介"方法。

如英国科技管理部门认为,外部评价人员的评价比内部评价人员的评价更深入、更具有可靠性和公正性,因此大型 R&D 计划的评价一般都委托给外部评价人员。例如,英国国家信息技术计划(Alvey 计划)的实时评价就是由外部评价人员完成的。在开始实施 Alvey 计划时,贸工部(DTI)决定在计划运行过程中开展实时评价,通过把评价结论立即反馈到计划运行过程中,提前发现问题并作出纠正。Alvey 计划的实时评价包括两个部分:由 SPRU 评价计划的适宜性和影响,由 PREST 评价计划的结构和组织。这两部分的科技政策理论研究人员要把评价过程中开发的专业评价知识传授给 DTI 的评估小组和参与评价工作的 DTI 经济学家,使他们掌握最新评价专业知识和经验。

4.4.4 德尔菲方法

1. 德尔菲方法简介

专家评估法是向一组专家征询意见,将专家们对过去历史资料的解释和对未来的分析判断汇总整理,尽可能取得统一意见,从而对经济现象发展变化前景进行预测的方法。

最初国外是召开专家会议面对面进行预测的。后来发现专家会议有以下缺点:

① 会议的人数有限,代表性不够,影响讨论;

② 个别权威不一定正确的意见,在会议上可能左右其他成员意见;

③ 由于自尊心,即使个人意见依据不充分,也不愿意当面修正;

④ 有些专家碍于情面,对自己认为不正确的判断也不愿意发表意见。

因此,后来改为以匿名方式向一组专家轮流分别征询意见,再加以综合整理,逐步取得一致意见而进行预测的方法。

这种专家评估方法也称为德尔菲法。德尔菲(Delphi)是阿波罗神殿所在地的希腊古城之名。传说阿波罗是太阳神和预言神,众神每年到德尔菲聚会以预言未来。因此,专家评估法也称德尔菲法。

这种方法是美国兰德公司在 20 世纪 40 年代末发展起来的,后来成为在经济上广泛采用的一种定性预测方法。20 世纪 90 年代以来开始在我国预测实务中使用。

德尔菲预测法具有以下特点。

(1)匿名性

评估单位的负责人,一般采用通讯方式,背靠背地分头向专家征询意见。参加评估的专家不见面、不通气、姓名保密,只同评估单位负责人保持联系。采取这种背靠背的匿名方式,比召开专家会议面对面的讨论好,使专家打消思想顾虑,能够独立思考判断,既依靠了专家,又克服了专家会议的缺点。

(2)反馈性

同一组专家轮番分头征询意见。每次征询都要把评估单位的要求和专家匿名的各种意见反馈给各位专家。既使专家们了解各种不同意见及其理由,又使各位专家能在掌握全局情况的基础上,开拓思路,提出独立的创新见解。

(3)集中性

专家意见经过多次征询反馈后,意见渐趋一致,用统计的方法加以集中整理,可以得出定量化的预测结果。

2. 德尔菲法实施步骤

这种方法的工作过程中,评估主持单位选定与评估有关的专家组成评估小组,草拟调查提纲,拟定征询题目,提供背景材料,并就一系列关键性问题分头向专家征询意见,汇总答案反馈给各专家参阅,经过反复研究后,汇总整理得出最后评估结果。现将专家评估法的步骤介绍如下。

(1)第一步 准备阶段

① 成立评估领导小组,确定评估课题。领导小组是预测的主持者,应由公司或企业领导人、各业务部门负责人和预测工作人员组成,负责组织领导评估工作。评估课题的目标要明确,应根据决策和计划的要求,选择对业务发展有重要影响的问题作课题。

② 选定专家,准备背景材料。应聘请见多识广、经验丰富、有真才实学、分析判断

能力强以及同评估问题有关的业务内行作专家。专家组成员要根据评估课题的复杂程度而定。我国通常选择 10~50 人,多的可近百人。为了防止有些专家中断工作,专家人选应考虑专家本人是否乐意接受任务和有无足够的时间参加评估工作。为了使选定的专家有代表性,专家的涉及面应适当广泛一些,可以从本部门、本企业内外挑选,既包括技术专家,又包括经营管理人员。

③ 设计征询表。征询表应紧紧围绕评估课题,从各个侧面提出有针对性的问题,内容应简明扼要,问题数目不宜过多,含义要明确;为使专家了解评估的意图,对各项问题应有说明。在征询过程中,为满足实际需要,还应对征询表不断修正调整。

④ 向专家提供有关的背景材料。事前应搜集、整理准备好同评估课题直接有关的国内外的调查统计资料和经济信息资料,以便及时发给专家,供他们参考,使专家胸中有数。

(2)第二步 征询阶段

准备阶段完成后,即可进入征询阶段,轮番向专家征询意见。

第一轮,评估小组将评估课题、征询表和背景材料,提交给专家小组中每一位专家征询意见。要求每一位专家根据自己的依据,提出个人初步评估结果的论据,并进一步研究所需要的资料。在规定时间内专家意见收回后,将把搜集到的专家的不同意见进行汇总整理,并准备下一轮的评估要求。

第二轮,将第一轮汇总整理的意见、评估组的要求和补充的背景材料,再反馈给各位专家进行第二轮征询意见。请他们对别人的评估意见加以评论,对自己的评估意见加以补充说明。专家们接到有关资料后,可以胸怀全局、慎重考虑,或同意其他专家的意见;或根据新的信息,作出新的判断,修改自己原有意见,提出新的看法。在规定时间内收回专家意见,进行汇总整理,并准备第三轮的评估要求。

第三轮,将第二轮汇总整理的意见、补充材料和预测要求,再反馈给各位专家进行第三轮征询意见。要求每位专家根据收到的资料,深入思考,进一步评论别人的意见和修正自己的意见,并在规定时间内收回、整理,准备进行下一轮征询。

第四轮,对专家意见经过反复修正、汇总后,再反馈给各位专家。要求每位专家在前几次预测的基础上,根据预测组提供的全部背景材料,提出个人最后预测结果及其依据。在规定时间内将意见汇总、整理并分析、判断定案。

专家意见以匿名方式经过轮番征询后(国外的经验一般进行三四轮),多数人对评估问题的意见可以渐趋一致,少数人的分歧意见也会明朗化。必要时可以继续征询若干次。评估组将轮番征询的结果用统计方法加以集中整理,最后可以得出比较切合实际的评估方案。

每轮征询意见的时间间隔要从实际出发确定,一般是 10 天或 1 周左右。其中要考虑的条件有:课题大小、问题的复杂性程度、专家人数多少、距预测组路程远近、预测组工作人员人数多少和业务水平、数据处理手段等。

(3)第三步 数据处理阶段

在征询意见过程中或在意见征询终结时,为了归纳出代表性的意见,评估值的典型水平可以用统计方法加以集中整理,常用的有中位数法和加权算术平均法。

预测目标达到的时间可采用中位数法。如1990年录像机家庭普及率为20%,设家庭普及率达到90%为饱和水平。有15名专家对录像机达到饱和的时间进行预测,第四轮专家预测意见顺序和四分位数、中位数如表4-6所示。

表4-6 专家评估法中位数和四分位数表

专家意见序号	预测录像机普及率达到饱和水平的年份	中位数和上、下四分位数	四分位数
1	2000		
2	2000		
3	2001	下四分位数的位置 θ_1	
4	2001	(2001年)	
5	2003		
6	2004		用3个点将数据分成四个部分,中位数就是中间位置的数,处于25%位置上的数为下四分位数,处于75%位置的数为上四分位数
7	2004		
8	2005	中位数的位置 MD	
9	2005	(2005年)	
10	2005		
11	2006		
12	2006	上四位数的位置 θ_3	
13	2006	(2006年)	
14	2007		
15	2008		

上表中确定中位数和上、下四分位数的位置的公式($n = 15$)为

$$中位数的项次(位置) = \frac{n+1}{2} = \frac{15+1}{2} = 8 \text{ 项}$$

$$下四分位数的项次(位置) = \frac{n+1}{4} = \frac{15+1}{4} = 4 \text{ 项}$$

$$上四分位数的项次(位置) = \frac{3(n+1)}{4} = \frac{3(15+1)}{4} = 12 \text{ 项}$$

即 $\quad$ MD $= 2005$ 年 $\qquad \theta_1 = 2001$ 年 $\qquad \theta_3 = 2006$ 年

上表中的中位数代表专家评估意见的典型水平,即录像机家庭普及率2005年可达到饱和水平。

四分位差代表专家评估意见的平均离散程度。

$$\theta \cdot D = \frac{\theta_3 - \theta_1}{2} = \frac{2006 - 2001}{2} = 2.5 \ 年$$

根据上述评估结果,再结合实际情况调整即可定案。

4.5 中国高校科研国际竞争力实证分析

我国高校科研国际竞争力总体来说有以下特点。

(1)我国科研投入与产出与前几年相比有较大增长

科研经费是科研竞争力的重要指标之一。首先看一下国内外样本高校的科研经费情况,如表4-7所示。

表4-7 国内外样本高校科研经费表

院 校 名 称	实验或科研经费
哈佛大学	630 100 000 美元
斯坦福大学	785 000 000 美元
加州大学伯克利分校	606 600 000 美元
麻省理工学院	321 800 000 美元
清华大学	35.91 亿元(人民币)①
北京大学	24.08 亿元
浙江大学	18.74 亿元
中国科技大学	5.59 亿元
南京大学	10.46 亿元
上海交通大学	14.61 亿元
复旦大学	13.12 亿元

从上表可以看出,我国样本高校科研经费在绝对数量上是低于国外样本高校的,这与我国整体经济实力有一定关系。但是,我国科技投入产出总量却处于高位、高速增长期,科技投入产出总量呈现高位、高速增长态势。浙江大学学报(英文版)执行主编、国际 SCI 期刊 Learned Publish 国际编委、《中国科技期刊研究》编委张月红编审2008 年10 月6 日在四川大学华西口腔医学院做的题为《Prospect——了解国内外科技产出的最新动态》的报告②,在这方面提供了较为详实的数据和图表信息(见图4-3和图4-4)。

---

① http://bbs. werdoc. com/read. php? tid = 47368.

② 浙江大学学报编辑部主任张月红编审在四川大学华西口腔医学院讲学,四川大学华西口腔医学院网站,http://www. hxkq. org/news081014-01. asp .

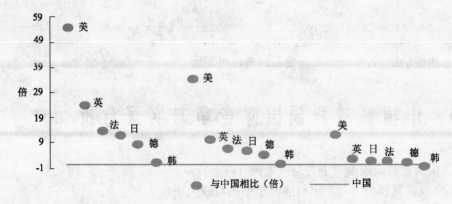

图4-3　六国 R&D 经费比较(按美元汇率计算,单位:亿美元)

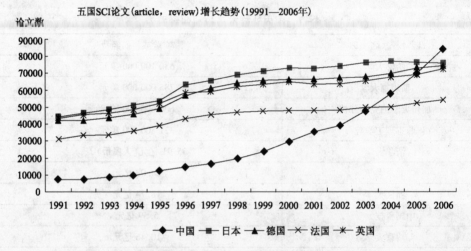

图4-4　五国论文增长趋势图

据汤姆森路透科技信息集团2008年6月公布的《期刊引证报告》称,从1998年1月起截至2008年2月29日,在科学界(包括社会科学)的22个主要学科领域内,科学引文索引的期刊论文数排名前十的国家见表4-8。

表4-8　1998—2008年科研论文数国家排名(前十位)

排名	国家	论文数量
1	美国	2 798 448
2	日本	757 586
3	德国	723 804
4	英国	641 768
5	法国	517 096
6	中国	511 216

排名	国家	论文数量
7	加拿大	388 471
8	意大利	370 053
9	西班牙	271 753
10	俄罗斯	262 982

2006 年,我国科技人力资源总量约为 3 800 万人,居世界第一位;研发人员 150 万人,其中科学家和工程师 122 万人,均居世界第二位。按当年汇率计算,2006 年我国研发投入(3 003 亿元)低于美、日、德、法、英,居世界第六位;2007 年达到 3 664 亿元。2007 年,国家知识产权局受理专利申请 69.4 万件,授予专利权 35.1 万件,都处于世界前几位。2006 年,我国的 SCI、EI 和 ISTP 论文总数达到 17.2 万篇,仅次于美国,居第二位。我国科技发展的总量大、速度也快,近年来主要投入产出指标增幅都大大超过 GDP 增幅,也大大高于主要发达国家增长率。近 5 年中,我国研发投入的年均增速在 20%以上;2007 年专利申请量增长 20%以上,专利授权量增长 30%以上,受理百万专利的间距时间仅一年半。但从增长速度上看,我国则一直处于前列。据美国科学委员会(NSB)2008 年最新统计显示,2005 年美国科研投入约为 3 245 亿,日本 1 307 亿,中国为 1 150 亿美元。在过去的 12 年中,美国、欧盟、日本等国投入的科研经费年均增长率为 4%~5%;在中国,这个数字是 17%,而且还在加速增长之中,过去 5 年内,中国的科研投入年均增长率达到 24%。中国的科研投入与国民生产总值(GDP)的比率,从 0.6%增至 1.4%,该数据反映了科技在中国经济快速发展中的显著地位;相比之下,欧盟 15 国该数字为 1.8%,美国为 2.6%。此外,短短十多年来,中国的科研人员数量从 1991 年仅占美国科研人员总数的 16%增长至 2003 年的 42%[1]。这些都说明,我国科技投入产出总量已经与一些发达国家(除美国、日本外)相当,有的甚至高于某些发达国家。

总而言之,我国科研经费投入与发达国家的差距正在逐年缩小,科研产出则呈大幅增长趋势。

(2)国内外样本高校科研竞争力最新排名情况及态势分析

2009 年 3 月,武汉大学中国科学评价研究中心第三次利用 ESI 和 DII 这两种权威工具作为数据来源,集中科研力量对世界大学与科研机构学科竞争力评价进行了较为系统和深入的研究,并且研发了《2009 年世界大学科研竞争力排行榜》、《2009 年世界大学与科研机构(包括大学和研究院所)分 22 个学科专业科研竞争力排行榜》和《2009 年世界大学科研竞争力分 7 个基本指标排行榜》。样本高校排名情况如

---

① 张月红:《Prospect——了解国内外科技产出的最新动态》,2008 年报告。

表4-9所示。

表4-9 国内外样本高校科研竞争力2009年世界排名情况

院校名称	科研竞争力排名	论文数排名	论文总被引次数排名	高被引论文数排名	进入 ESI 学科数排名	热门论文数排名	专利数排名
哈佛大学	1	1	1	1	1	1	29
斯坦福大学	3	11	4	2	21	2	
加州大学伯克利分校	8	12	7	3	1	5	
剑桥大学	14	17	17	14		10	
麻省理工学院	9	35	16	5	21	4	5
普林斯顿大学	43			24		29	
牛津大学	20	23	19	18	1	15	
亚利桑那州立大学	142						
达特茅斯学院	171						
埃默里大学	60			46		37	
北卡罗纳州立大学	25			26	21	16	23
清华大学	156	84	267	202	373	241	24
北京大学	155	89	223	162	230	212	138
浙江大学	165	82	296	272	262	140	16
中国科技大学	268	168	286	206	520	241	
南京大学	266	155	312	327	417	292	90
上海交通大学	267	156	417	287	520	292	22
复旦大学	282	186	333	293	373	360	73

经过调查分析,邱均平教授总结了我国科研国际竞争力态势,主要有以下几点①。

① 中国整体科研实力有显著提升。在前30强的国家和地区中,中国内地位居第12位,与2007年评价结果相比,前进8位,进步非常大,也是前30强国家中进步最大的国家;中国内地进入 ESI 排名的高校数量由2007年的49所增加到2009年的70所,增加了21所高校。

② 中国大学离世界一流大学仍然有较大差距。美国、英国、德国、日本、法国这五个国家囊括了近3/4的排名前100的世界顶尖大学,65.5%的排名前200和64%的排名前300的世界高水平著名大学。中国内地仍然没有进入前100名的顶尖大学;前200名中国有3所,分别是北京大学(155)、清华大学(156)和浙江大学(165),占总量的1.5%;前400名中国有7所,除去前三所外,还有南京大学(266)、上海交通大学

---

① 邱均平:《2009年世界一流大学与科研机构学科竞争力评价的做法、特色与结果分析》,载《评价与管理》,2009(6),19-28。

（267）、中国科技大学（268）和复旦大学（282），占总量的 1.75%。在高校排名的大致分布中，位居前 300 名的中国高校少之又少，多数高校的排名都在 600 名之后，甚至 800 名之后，也就是说我国的整体科研水平在世界范围内仍然处于中等偏下水平。

③ 我国高质量的论文数量与世界科研强国相比，差距仍然较大。中国内地在高被引论文指标位居第 11 位，热门论文位居第 11 位，其中高被引论文排名比 2007 年提升了 5 位，比 2006 年提升了 11 位，热门论文比 2007 年相比没有变化，但比 2006 年提升了 11 位，说明我国的科研影响力正在持续增大。但是，尽管排名上升，但绝对数量仍然有较大的差距。

④ 我国创新型研究成果离世界科研强国还有很大距离。一个国家的专利水平和热门论文数量都是反映该国在世界上的科研创新能力的指标。从世界各国的发明型专利所占比例可以看出，我国的发明型专利仅占所有授权专利的 11%，而其他科研强国的发明型专利所占比例接近 90%，说明我国在创新型科研活动方面的研究还很匮乏。我国在专利总量上的排名位居第三，但是绝对数量仍然只是位居第一的美国的 1/5，位居第二的日本的 1/3。

⑤ 世界一流学科的建设仍需大力加强。中国内地的高校在学科建设上仍然表现较弱。除去在物理、化学、工程学、材料学等少数几个学科表现较好外，有些学科甚至没有一所中国大学进入排名。

⑥ 世界一流大学的特征和评价标准值得我们重新审视。排名前 10 位的大学的学科都很齐全，并且每个学科影响力都很大。

总体来看，我国高校科研竞争力近年增长较快，但与世界一流大学相比，差距依然明显，特别是在前沿学科的高水平研究成果和国际竞争力、影响力方面存在着较大的差距，尚需继续努力。

中国高校人力资源国际竞争力评价研究

知识经济时代,人力资源作为知识的载体在知识工程和科技创新中起着决定性的作用。因此,对人力资源的分析和评价成为知识产业人士日益关注的问题。

据 IMD 和 WEF 测评的结果,我国国际竞争力和科技竞争力都排在较后的位置,但是我国科技人力资源总量却排在世界前列。与科技人力资源总量发展速度相比,我国研发效率极其低下,每万人产出专利数低于发达国家的 1/150。我国一些高科技企业,如巨龙集团、西安大唐、中兴通讯等,科技人力资源的拥有量和质量与微软相当,但是研发水平却不能与微软相比[①]。因此,对人力资源进行分析和评估有着比较深刻的现实意义。

人力资源是体现在劳动者身上的文化、技术状态、创造性能力。从经济学的角度看,人力资源又称为人力资本,它是无形的。人力资源具有提供未来经济利益或服务的潜力,并能以货币计算,因而具有资产的属性;同时又是体现在人身上的文化、技术状态、创造性能力,因而又是无形的。因此,人力资源作为无形资产,其评估的对象是人力资源的价值[②]。

高校人力资源主要是指高校的教师,包括教学型教师、教学和科研型教师、科研型教师。教学型教师是高校从事基础课教学的教师;教学和科研型教师是高校从事普通专业课教学的教师;科研型教师是高校主要从事科学研究的教师,教学任务比较少。

高等教育出版社每年出版教育部科技司编辑的《高等学校科技统计资料汇编》,将高校人力资源划分为:科技活动人员、研究与发展人员、研究与发展全时人员。

高校教师既是教育者,又是研究者,根据"评价 = 行为方式的描述 + 行为方式的价值判定"这一公式,高校教师评价应是在对高校教师一定的教育活动和科研活动的行为方式进行客观描述的基础上,进一步对其作出价值评判的技术活动。

师资队伍的建设关系到一个学校的生存和发展,如何对教师进行正确评价,又关

---

① 陈婧,韩伯棠,于丽娟:《多层次灰色评价法在高科技企业科技人力资源评价中的应用》,载《科技管理研究》,2004(3),100。

② 李春林,杜进,柴丽滨:《作为无形资产的人力资源评估方法应用研究》,载《商业研究》,2003(12),69。

系到教师的发展。因此,建立科学合理的高校教师评价体系,对教师工作进行综合评价是十分必要的。科学的教师评价体系对广大教师而言具有导向功能、激励功能和反馈调控功能;对学校决策者而言,教师评价工作有利于学校领导不断加强对教师队伍的管理与建设,最终达到提高教育教学质量的目的。

我国教师评价的历史并不长。1904 年,美国教育心理学家桑代克(Edward. Thorndike)发表了《智力测验法》一书,系统地介绍了统计方法及编制测量的基本原理,并提出了"凡是存在的东西都有数量,凡有数量的东西都可测量"的著名论断,为教育测量和教师工作测量的客观化、标准化奠定了理论基础。1991 年 5 月,我国第一次教育督导工作会议在北京召开,这标志着我国教师评价工作的全面开始。与此同时,有关教育评价、教师工作评价的理论研究也应运而生。近年来,在市场经济的冲击影响下,高校为适应社会发展的需要,都在逐步进行各项改革,作为内部调控的重要措施,他们正在努力完善教师的岗位聘任和等级工资制度,而这种制度实施的主要依据将是教师评价的结果。

由于教师工作的复杂性和多变性、可比因素的易变性、教育效果的滞后性及教育成果的集体性等原因,使得教师评价工作具有很强的难操作性。在高等院校教学国际竞争力评价过程中,也涉及高校教师的评价问题。在教学国际竞争力中对师资力量进行评价,主要是评价教师的职称和学历。在高校人力资源国际竞争力评价过程中,主要是评价高校教师的科研水平以及高校教师在国际学术界的声誉和得到的认可程度。

5.1 高校人力资源国际竞争力评价原则

对高校人力资源国际竞争力进行评价,必须具备下列原则。

(1)全面性原则

全面性原则,指高校人力资源国际竞争力的评价中,指标必须涉及高校人力资源的各个影响因素,从而能够从各个方面评价高校人力资源国际竞争力。

(2)科学性原则

科学性原则,指高校人力资源国际竞争力的评价中,所设计指标体系中的指标,层次结构之间应该具有一定的相关性,并且能够用一定的层次关系描述出来。

(3)可比性原则

可比性原则,指高校人力资源国际竞争力的评价中,所设计指标体系中的指标必须是适用于世界各国的,能够在各个国家之间进行比较分析。

(4)可操作性原则

可操作性原则,指高校人力资源国际竞争力的评价中,所设计指标体系中的指标必须能够获得统计数据,可以参与统计运算,从而得出结果。

（5）可行性原则

由于在高校人力资源国际竞争力评价过程中，主要是评价高校教师在国际学术界的声誉和得到的认可程度。因此，可行性原则指国际学术界的声誉和得到的认可程度必须是能够用具体指标来描述的。

5.2　高校人力资源国际竞争力评价指标体系

5.2.1　高校人力资源评价的指标体系

高校人力资源评价指标体系包括以下几方面。

（1）高校教师评价体系

朱惠平，宋玉华[①]建立了学生对老师的教学工作评价体系，分为三个部分：学生对老师教学工作的评价；同事对教师教案、考卷、评卷等工作的评价；教师本人填写的科研情况、发表论文情况、双语教学情况等定量信息的补充。评价表如表5-1、表5-2、表5-3所示。

表5-1　学生对老师教学工作的评价表

课程名称：　　任课教师：　　表中：A＝90分　B＝80分　C＝70分　D＝60分

指标	权重	标　　准	评分			
			A	B	C	D
教学态度	0.2	遵时守纪，教态得体，上课精神饱满，富有教学激情 治学严谨，耐心解答问题 及时布置作业/测试等，并作有价值的批阅或讲评 常常征求学生对教学的意见或看法，并适当进行教学调整 注意言传身教，既严格要求与管理又关心爱护学生				
教学内容	0.3	内容充实，重点、难点突出，说理透彻，逻辑性强 理论联系实际，举例有助理解内容 能结合教学内容进行科学思维方法培养和恰当的思想教育 能及时把教学改革、科研成果或学科最新发展成果引入教学 选用优秀教材，使用效果好 推荐的参考资料对学习帮助很大 本课程内容的广度与深度处理得当				
教学方法	0.3	讲课声音洪亮，语言清晰，语速适中，板书规范，条例清楚 运用启发式教学、讨论式教学、案例教学等先进教学方法 鼓励学生独立思考，激发主动性，培养创新意识 合理、适时、有效地采用现代技术教育手段，提高教学效率				

---

① 朱惠平，宋玉华：《高校教师评价体系探析》，载《经济师》，2005（1），117-118。

续表

指标与标准			评分			
指标	权重	标　　准	A	B	C	D
教学效果	0.2	课堂气氛活跃,学生参与程度高,师生互动效果明显 通过教学活动,学生提高了对该课程的学习兴趣,较好地掌握了课程内容 通过老师的教学,学生自学、分析与解决问题等能力得到了提高 老师的教育,对学生养成积极的人生态度有很大的帮助作用				

表 5 - 2　同事对教师工作的评价表

指标与标准			评分			
指标	权重	标　　准	A	B	C	D
教案或讲稿	0.3	备课认真,教案或讲稿完整,并能用学科前沿新知识、新信息充实教学内容				
教学总结	0.2	授课课程的教学工作总结认真,在总结中有改进教学工作中存在的不足的措施				
试卷与考试评分	0.4	考试内容基本覆盖教学内容,试卷规范,有参考答案,评分公平、公正,无误改、记分错误 课程考核成绩报告表填写规范,考试成绩基本呈正态分布分析客观并有提高教学效果的建议				
教学辅助材料	0.1	教学辅助材料较丰富,对提高教学效果有帮助				

表 5 - 3　教师科研、论文自评材料

发表论文情况		科研、教学成果奖	备注(获得的奖励)
篇数		级别	
级别		等级	
		科研经费总额	
		科研成果应用情况	
关于双语教学课程			
加分合计			

(2)高科技企业科技人力资源评价指标体系

陈婧,韩伯棠,于丽娟[1]认为,我国科技人力资源应该分为三个层次:专业技术人员、科技活动人员和研究与发展人员。企业高科技人力资源的评估,应该从科技人力资源总体状况、管理人员、研发人员、企业内部鼓励机制、企业外部环境等多角度入手。因此,高科技企业科技人力资源评价指标体系如表 5 - 4 所示。

---

[1]　陈婧,韩伯棠,于丽娟:《多层次灰色评价法在高科技企业科技人力资源评价中的应用》,载《科技管理研究》,2004(3),101。

表 5 - 4　高科技企业科技人力资源评价指标体系

一级指标	二级指标	三级指标
科技人力资源总体状况	每百名职工中科技人员数	创新成果现值收益
	科技人员平均年龄	每百名职工中申请专利数
	每百名职工高中级职称人员	新产品销售收入占全部产品销售收入的比重
	研发人员与管理人员比例	用于研发的经费支出占产品销售收入比重
	科技人员流进流出总数与科技人员总数比例	每百名职工中用于人力资源开发的总成本
管理人员	观念更新的快慢程度	组织协调能力
	综合决策能力	投融资能力
研发人员	持续的创新能力	敬业精神和较高的道德水准
	团队协作精神	主观判断对工作总体情况的满意程度
企业内部鼓励机制	企业文化氛围	竞争机制的完善性
	薪酬体系的合理性	参与管理的民主制度健全性
	绩效考核的公平、公正性	职工生活保险制度的健全性
	培养、培训体系的健全性	管理制度的有效性
企业外部环境	国际政策法规的激励力度	所在地区科技人才的聚集度
	产业竞争的激烈程度	所在地区科技院所的聚集度

(3)高校党政管理干部素质综合评价指标体系

童泽望,左继宏,王培根[1]认为,综合评价高校党政处级管理干部素质,按照树立科学的发展观、人才观和正确的政绩观要求,建立以德、能、绩为导向,工作实绩、群众公认为重点,公开、公正、科学合理的人才评价指标体系、评价机制。其考核指标包括"德"、"能"、"勤"、"绩"、"廉",如表 5 - 5 所示。

表 5 - 5　干部素质综合评价指标

一级指标	二级指标	指标功能
德	政治品质	反映干部的政治态度、思想素质、为人品德、奉献精神、事业心、责任感、公平公正性
	政策水平	反映干部对政策理解、执行能力、创造性运用,为领导参谋咨询水平
	组织纪律	反映干部的遵纪守法、政治纪律、服从大局
	团队精神	反映干部的合作共事、民主作风与团结协调、群众观念、服务意识
能	业务水平	反映干部胜任本职工作的业务素质、工作才能及分析解决实际问题的能力
	管理能力	反映干部工作发展目标、工作思路、管理水平及开拓创新能力与工作魄力
	协调能力	反映干部的全局观念、协调配合能力及调动员工积极性能力
	知识更新	反映干部注重理论研究、不断吸收新知识、善于开拓创新能力

---

[1]　童泽望,左继宏,王培根:《基于多元统计理论的干部评价模型与实证分析》,载《武汉理工大学学报》,2004(8),97。

一级指标	二级指标	指 标 功 能
勤	精神面貌	反映干部工作态度积极、认真负责
	工作效率	反映干部工作负荷量饱满、工作效率高、工作完成的时效性强
	主动性	反映干部勤于学习与思考、完成工作预见性强
	出勤率	反映干部勤政情况、是否把主要精力投入本单位管理工作
绩	目标业绩	反映干部岗位目标责任、任务的完成及目标业绩情况
	群众公认	反映干部工作实效、可持续发展及德、能、绩群众满意率情况
廉	廉洁奉公	反映干部廉政建设责任制完成情况及接受监督情况

5.2.2 高校人力资源国际竞争力评价的指标体系

根据目前高校人力资源评价指标体系的研究现状和高校人力资源国际竞争力评价原则,建立高校人力资源国际竞争力评价指标体系。

(1)一级指标

高校人力资源涉及的内容主要是教师。教师评价涉及的内容,从办学条件来看,主要包括教师的职称和学历;从办学质量来看,主要包括教学效果和科研成果;从教师声誉来看,主要包括获奖情况和承担学会职务的情况。因此,高校人力资源国际竞争力评价指标体系的建立,一级指标分为:办学条件指标、办学质量指标和教师声誉指标。

由于评价的是高校人力资源的国际竞争力,因此在设计二级指标时,应该从国际化、国际水平、国际交流的角度出发,拔高指标的质量,减少指标的数量。

由于教师的职称和学历指标、教学效果和科研成果指标,分别在教学评价和科研评价中有所体现,因此在高校人力资源国际竞争力的评价中,以声誉指标为主,其他指标仅仅涉及各项指标中与国际水平相关的指标。这样一来,高校人力资源国际竞争力评价的部分指标,与其他评价指标具有一定的交叉性,同时也有一定的差异性。

(2)二级指标

办学条件指标的二级指标,包括职称和学历。其中,职称指标指向教师以学术水平为基础的技术职务,学历指标指向教师受教育的程度和达到的水平。

办学质量指标的二级指标,包括教学效果和科研成果。其中,教学效果指标指向教师上课的效果和课后学生的收益,科研成果指向教师从事科学研究的能力和结果。

教师声誉指标的二级指标,包括获奖情况和承担学会职务的情况。其中,获奖情况指标指向教师在学术研究方面获得的各种奖励,承担学会职务的情况指标指向教师在学术界得到的认可程度和受到的尊重程度。

(3)三级指标

职称指标主要指教授数量以及教授人数占全校教师人数的比例。

学历指标主要指获得世界著名大学博士学位的教师总数以及这些教师总数占全校教师总数的比例。

教学效果指标指学生考上世界著名大学研究生的总数以及这些学生总数占应届毕业生总数的比例。

科研成果指标指教师的科研成果达到国际水平的数量,目前比较通用的指标是SCI、EI、ISTP 三大检索刊物收录的总数。

获奖情况指标指教师在国际上获得奖励的总数,目前比较通用的指标是获诺贝尔奖总数。

承担学会职务的情况指标指教师在国际各种学会上承担学术职务的总数。

(4)指标体系

根据对一级指标、二级指标、三级指标的分析,高等教育人力资源国际竞争力评价指标体系如表 5 - 6 所示。

表 5 - 6 高等教育人力资源国际竞争力评价指标体系

一级指标	二级指标	三级指标
办学条件指标	职称指标	教授数量
		教授人数占全校教师人数的比例
	学历指标	获得世界著名大学博士学位的教师总数
		这些教师总数占全校教师总数的比例
办学质量指标	教学效果指标	学生考上世界著名大学研究生的总数
		这些学生总数占应届毕业生总数的比例
	科研成果指标	SCI 收录的总数
		EI 收录的总数
		ISTP 收录的总数
教师声誉指标	获奖情况指标	获诺贝尔奖总数
	承担学会职务的情况指标	教师在国际各种学会上承担学术职务的总数

5.3 高校人力资源国际竞争力评价方法

5.3.1 多层次灰色评价法

陈婧,韩伯棠,于丽娟曾经使用多层次灰色评价法,对高科技企业科技人力资源进行过评价[①]。

---

① 陈婧,韩伯棠,于丽娟:《多层次灰色评价法在高科技企业科技人力资源评价中的应用》,载《科技管理研究》,2004(3),101。

灰色评价是指基于灰色系统的理论和方法,针对预定的目标,对评价对象在某一阶段所处的状态作出评价,它具有以下特征[1]。

①灰色评价可以多层次处理。在灰色评价中,评价过程可以循环进行,前一过程的评价结果可以作为后一过程评价的输入数据。因此,通过进行多层次的灰色评价,可以满足复杂系统的评价要求。

②灰色聚类可以推广到区间上,适用于评价指标分级标准为区间数据的安全评价。

5.3.2　系统聚类方法

童泽望,左继宏,王培根[2]曾经使用系统聚类方法,综合评价高校党政管理干部素质。

系统聚类分析是聚类分析应用最广泛的一种方法。凡是具有数值特征的变量和样本都可采用系统聚类法。它是根据样本和变量之间的亲疏程度来进行合并,衡量亲疏程度的指标是距离和相似系数。距离是将每个样本看成是 m 个变量对应的 m 维空间中的一个点;然后在该空间中定义,距离越近,则亲密程度越高。相似系数接近于 1 或 -1 时,认为样本或变量之间的性质比较接近;相似系数接近于 0 时,认为样本或变量之间是无关的。

系统聚类法是把个体逐个地合成一些子集,直至整个总体都在一个集合内为止。其分析步骤如下:

① 聚类前先对数据进行变换处理;

② 聚类分析处理的开始是各样本自成一类,计算各样本之间的距离后,将距离最近的两个样本合并为一类;

③ 选择计算类与类之间的距离,并将距离最近的两类合并,直到所有样本归为一类为止;

④ 绘制系统聚类图。

1. 数据处理

数据处理是为了使不同量纲、不同数量级的数据能够具有可比性而进行的数据变换。即将原始数据矩阵中的每个元素,按照某种特定的运算变为一个新的数值,而且数值的变化不依赖于原始数据集中其他数据的新值。下面介绍常用的两种数据处理方法。

(1)中心化变换

先求出每个变量的样本平均值 $\bar{x}_j = \dfrac{1}{n} \sum\limits_{i=1}^{n} x_{ij}(j = 1, 2, \cdots, m)$,再从原始数据中减

① 灰色评价方法,http://www.powersafety.com.cn/content/content.asp? Id = 24569。
② 童泽望,左继宏,王培根:《基于多元统计理论的干部评价模型与实证分析》,载《武汉理工大学学报》,2004(8),97。

去该变量的平均值,就得到中心化后的数据。

设原始观测数据矩阵为 $X = (x_{ij})_{n \times m}$,且 n 为样本数,m 为变量数。

设中心化后的数据为 x_{ij},则有

$$x'_{ij} = x_{ij} - \bar{x}_j \quad (i = 1, 2, \cdots, n; j = 1, 2, \cdots, m)$$

中心化处理的结果使每列分数之和均为零,且每列分数的平方和 $\sum_{i=1}^{n} (x_{ij} - \bar{x}_j)^2$ 是该分数方差的 $(n-1)$ 倍,任何不同两列分数的交叉积 $\sum_{i=1}^{n} (x_{ij} - \bar{x}_j)(x_{ik} - \bar{x}_k)$ 是这两列分数协方差的 $(n-1)$ 倍。

利用此种方法可容易地计算矩阵的协方差阵。

(2)标准化变换

这种变换方法主要是对变量的属性进行变换处理。首先对列中心化,然后用标准差进行标准化。即

$$x'_{ij} = \frac{x_{ij} - \bar{x}_j}{S_j} \quad (i = 1, 2, \cdots, n; j = 1, 2, \cdots, m)$$

其中, $\bar{x}_j = \frac{1}{n} \sum_{i=1}^{n} x_{ij}, S_j = \left[\frac{1}{n} \sum_{i=1}^{n} (x_{ij} - \bar{x}_j)^2 \right]^{\frac{1}{2}} (j = 1, 2, \cdots, m)$ 。

经过变换处理后,每列数据的平均值为0,方差为1。

2. 距离和相似系数

(1)最常用的距离

1)绝对值距离

$$d_{ij}(1) = \sum_{k=1}^{m} |x_{ik} - x_{jk}| \quad (i, j = 1, 2, \cdots, n) \tag{5-1}$$

2)欧氏距离

$$d_{ij}(2) = \left[\sum_{k=1}^{m} (x_{ik} - x_{jk})^2 \right]^{\frac{1}{2}} \quad (i, j = 1, 2, \cdots, n) \tag{5-2}$$

3)切比雪夫距离

$$d_{ij}(\infty) = \max |x_{ik} - x_{jk}| \quad (i, j = 1, 2, \cdots, n) \tag{5-3}$$

4)明科夫斯基距离

$$d_{ij}(q) = \left[\sum_{k=1}^{m} (x_{ik} - x_{jk})^q \right]^{\frac{1}{q}} \quad (i, j = 1, 2, \cdots, n) \tag{5-4}$$

上述前三种距离是 $q = 1, q = 2, q = \infty$ 的特殊情形。$d_{ij}(q)$ 在实际中用得很多,但是有一些不足,例如它与各指标的量纲有关,有一定的人为性,但它没有考虑指标间的相关性。

(2)常用的相似系数

1)夹角余弦

$$c_{ij} = \frac{\sum\limits_{k=1}^{n} x_{ki} - x_{kj}}{\sqrt{\sum\limits_{k=1}^{n} x_{ki}^2 \sum\limits_{k=1}^{n} x_{kj}^2}} \quad (i,j = 1,2,\cdots,m) \tag{5-5}$$

它是 i 和 j 两个指标向量之间的夹角余弦。

2)相关系数

$$r_{ij} = \frac{\sum\limits_{k=1}^{n} (x_{ki} - \bar{x}_{ki})(x_{kj} - \bar{x}_{kj})}{\sqrt{\sum\limits_{k=1}^{n} (x_{ki} - \bar{x}_{ki})^2} \sqrt{\sum\limits_{k=1}^{n} (x_{kj} - \bar{x}_{kj})^2}} \quad (i,j = 1,2,\cdots,m) \tag{5-6}$$

在 i 和 j 两个指标向量经标准化变换后,其夹角余弦与相关系数相等。

(3)常用的聚类法

设 d_{ij} 表示样本 x_i 与 x_j 之间的距离,D_{ij} 表示类 G_i 与 G_j 之间的距离。

1)最短距离法

该聚类法是将两个类之间的距离定义为一个类的所有个体与另一个类的所有个体之间的距离的最小值,即

$$D_{pq} = \min d_{ij} \quad (x_i \epsilon G_p, x_j \epsilon G_p) \tag{5-7}$$

2)最长距离法

与最短距离法的聚合策略相反,该方法将类与类之间的距离定义为它们之间两个最远个体之间的距离,即

$$D_{pq} = \max d_{ij} \quad (x_i \epsilon G_p, x_j \epsilon G_q) \tag{5-8}$$

3)中间距离法

如果类与类之间的距离,既不采用两类之间最近的距离,也不采用两类之间最远的距离,而是采用介于两者之间的距离,则称为中间距离法。当两类 G_p 和 G_q 合并成新类 $G_r = \{G_p, G_q\}$ 时,G_r 与任一类 G_k 的距离如何决定呢?

以 D_{kp}、D_{kq}、D_{pq} 为边作三角形,如图 5-1 所示。

可设 $D_{kq} > D_{kP}$,按最短距离法 $D_{kr} = D_{kP}$,按最长距离法 $D_{kr} = D_{kq}$。取其中线,由初等几何知这个中线的平方等于任一类 G_k 与 G_r 间的距离,可用下式计算

$$D_{kr}^2 = \frac{1}{2} D_{kp}^2 + \frac{1}{2} D_{kq}^2 - \frac{1}{4} D_{pq}^2 \tag{5-9}$$

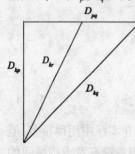

图 5-1 三角形示意图

4)重心法

以上三种方法在定义类与类之间的距离时,都没有考

虑各类样本数目。在欧氏空间中,如果将两类之间的距离定义为两类重心之间的距离,这种聚类法称为重心法。对样本分类来说,每一类重心就是属于该类样本的均值。

重心法的聚类步骤和上述方法相同,不同的是每合并一次要重新计算该类的重心以及各类与新类的距离。

设 G_p 和 G_q 合并成新类 $G_r = \{G_p, G_q\}$,它们各会有 n_p、n_q 和 $n_r(n_r = n_p + n_q)$ 个样本,其重心分别为 $\bar{x}_p$、$\bar{x}_q$ 和 $\bar{x}_r$,显然有 $\bar{x}_r = (n_p\bar{x}_p + n_q\bar{x}_q)/n_r$。

设某类 q_k 的重心为 $\bar{x}_k$,它与新类的距离为

$$D_{kr}^2 = \frac{n_p}{n_r}D_{kp}^2 + \frac{n_q}{n_r}D_{kq}^2 - \frac{n_p n_q}{n_r^2}D_{pq}^2 \tag{5-10}$$

5)类平均法

重心法虽有较好的代表性,但并未充分地利用各样本的信息。类平均法将两类之间的距离平方定义为这两类元素两两之间的平均平方距离,即

$$D_{pq}^2 = \frac{1}{n_p n_q}\sum d_{ij}^2 \quad (x_i \in G_p, x_j \in G_q)$$

类平均法是空间守恒,又有单调性质,因而是一种使用比较广泛,聚类效果较好的方法。

6)离差平方和法

离差平方和法也称 Ward 法,其思想来源于方差分析。如果类分得合理,则同类样本之间离差平方和应当较小,类与类之间的离差平方和应当较大。

设 D_{pq} 表示类 G_p 和 G_q 之间的距离,类 G_p 和 G_q 合并成新类 $G_r = \{G_p, G_q\}$,则任一类 G_k 与 G_r 的距离递推公式为

$$D_{kr}^2 = \frac{n_k + n_p}{n_r + n_k}D_{kp}^2 + \frac{n_k + n_q}{n_r + n_k}D_{kq}^2 - \frac{n_k}{n_r + n_k}D_{pq}^2 \tag{5-11}$$

其中,n_p, n_q, n_r, n_k 分别为 G_p, G_q, G_r, G_k 中所含样本点的个数。

离差平方和法是单调的空间扩张,且能得到局部最优解。在实用中,离差平方和法应用比较广泛,分类效果较好,但样本之间的距离必须是欧氏距离。

（4）系统聚类法的统一公式

上述六种聚类方法,合并类原则步骤完全一致,所不同的是类与类之间的距离有不同的定义,从而得到不同的递推公式。

20 世纪 60 年代末 Wishart 给出了统一公式,这样为编制统一的计算程序提供了很大的方便。

设 G_p 与 G_q 合并为类 $G_r = \{G_p, G_q\}$,则 G_r 与任一类 G_k 的距离为

$$D_{kr}^2 = \alpha_p D_{kp}^2 + \alpha_q D_{kq}^2 + \beta D_{kq}^2 + \gamma |D_{pq}^2 - D_{kp}^2|$$

其中,系数 $\alpha_p, \alpha_q, \beta, \gamma$ 对于不同的聚类方法,取值参见表 5-7。

表 5-7　系统聚类法统一公式参数表

方法	α_p	α_q	β	γ	空间性质	单调性
最短距离法	$\dfrac{1}{2}$	$\dfrac{1}{2}$	0	$-\dfrac{1}{2}$	压缩	单调
最长距离法	$\dfrac{1}{2}$	$\dfrac{1}{2}$	0	$\dfrac{1}{2}$	扩张	单调
中间距离法	$\dfrac{1}{2}$	$\dfrac{1}{2}$	$-\dfrac{1}{4}$	0	守恒	非单调
重心法	$\dfrac{n_p}{n_r}$	$\dfrac{n_q}{n_r}$	$-\alpha_p\alpha_q$	0	守恒	非单调
类平均法	$\dfrac{n_p}{n_r}$	$\dfrac{n_q}{n_r}$	0	0	守恒	单调
离差平方和法	$\dfrac{n_r+n_p}{n_k+n_r}$	$\dfrac{n_r+n_q}{n_k+n_r}$	$-\dfrac{n_k}{n_k+n_r}$	0	扩张	单调

聚类分析法是一种提出假设的方法和手段,不能盲目地肯定聚类分析所得的结果就是确定无疑的客观规律。样本或变量的分类以及由此提出的假设的合理性,只有通过实践的检验才能得到证实。

对于最短距离法和最长距离法,只需注意到

$$\min\{d_1,d_2\}=\frac{1}{2}(d_1+d_2-|d_1-d_2|)$$

$$\max\{d_1,d_2\}=\frac{1}{2}(d_1+d_2-|d_1-d_2|)$$

5.3.3　教师评价的数学模型

教师评价数学模型的建立,主要是根据学校的特点,对教师的教学能力、班级管理、科研成果重点考察,并以此作为评价优秀教师的准则,以达到促进教师对这几个方面关注的目的。如何制订一个合理的评价方案,才能较为公平地对教师进行评价呢?

该模型在解决问题中涉及以下 3 个问题:

① 体现出学校领导对教师教学能力、班级管理、科研成果的不同重视程度;

② 将与主观因素有关的定性问题转化为定量问题;

③ 从实际角度分析,本问题对教师的排序要求较高,但是对数据的精确度无明确要求,只需给出一个较为公平的排序即可[①]。

(1)符号说明

G:优秀教师的评价(总目标层)

G_1:教学能力(准则层)

---

① 黄焕福,黄月兰:《教师评价中的一个数学模型》,载《南宁师范高等专科学校学报》,2005(3),72-73。

G_2:班级管理(准则层)

G_3:科研成果(准则层)

$A_i(i=1,2,\cdots,n)$:待评教师(方案层)

N_i:准则 G_i 支配的教师人数$(i=1,2,3)$

G_{ij}:G_i 和 G_j 对 G 影响之比$(i,j=1,2,3)$

$\boldsymbol{G}=(G_{ij})_{3\times3}$:$G_1$、$G_2$、$G_3$ 关于 G 的成对比较矩阵

$a_{ij}^{(k)}$:A_i 和 A_j 关于 G_k 的重要性之比$(i,j=1,2,\cdots,n;k=1,2,3)$

$\boldsymbol{A}^{(k)}=(a_{ij}^{(k)})_{n\times n}$:$A_1,A_2,A_3,\cdots A_n$ 关于 G_k 的成对比较矩阵$(k=1,2,3)$

$W^{(1)}=(W_1^{(1)},W_2^{(1)},W_3^{(1)})^T$:$G_1$、$G_2$、$G_3$ 关于 G 的权重(或 G 的权重)

$W_k^{(2)}=(W_{K1}^{(2)},W_{K2}^{(2)},\cdots,W_{Kn}^{(2)})^T$:$A_1,A_2,\cdots,A_n$ 关于 G_i 的权重(或矩阵的权重)$(k=1,2,3)$

$W^{(2)}=(W_1^{(2)},W_2^{(2)},W_3^{(2)})$:以 $i=1,2,3$ 为列向量的矩阵

$W^{(1)}$:$W^{(i)}$ 的修正向量

(2)模型的建立

① 由问题的提出,构建了教师评价(G)的层次结构模型,对此问题的决策涉及教学能力(G_1)、班级管理(G_2)、科研成果(G_3)三个准则,与这三个准则相关的就是待评教师(A_i)。评价优秀教师就是综合上述三个目标,确定各个教师的相对优劣次序。为此,建立了优秀教师评价的层次结构模型,如图 5-2 所示。模型从上到下,分为三个层次,层次之间的关联情况均以作用线标明。

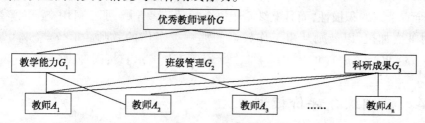

图 5-2 优秀教师评价结构图

② 通过相互比较确定各准则层对于目标的权重及各方案对于每一准则的权重。在层次分析(AHP)中,把这些在人的思维过程中定性的权重转化为定量的权重。

③ 将方案层对准则层的权重及准则层对目标层的权重进行综合,最终确定方案层对目标层的权重,从而作出决策。

(3)模型的求解

由模型与问题的特征,采用 AHP 方法解决问题;在进行定性的成对比较时,用 1~9 尺度,含义如下。

G_i 比 G_j	相同	稍重要	重要	很重要	绝对重要
a_{ij}	1	3	5	7	9

在两个相邻等级之间有一个中间状态,a_{ij} 分别取值 2、4、6、8,倒数(如 1/3)的意义是把 G_i 比 G_j 换成 G_j 比 G_i,其他的意义不变。

① 通过对专家的多次咨询,整理得到 G_1、G_2、G_3 关于 G 的成对比较矩阵 G_0,其中 G_{ij} 表示 G_i 和 G_j 对 G 的影响之比。

② 对 G 采用幂法,在计算机用 Mathematic 编程,G_0 的权重为 $W^{(1)} = (W_1^{(1)}, W_2^{(1)}, W_3^{(1)})^T$。

③ 同上过程,$A_1, A_2, A_3, \cdots, A_n$ 分别为关于 G_1、G_2、G_3 的两两比较矩阵。同样采用幂法,计算 A 的权重为 $W_k^{(2)} = (W_1^{(2)}, W_2^{(2)}, W_3^{(2)})^T$。以列向量构成的矩阵为 $W_1^{(2)} = (W_1^{(2)}, W_2^{(2)}, W_3^{(2)})$。

按一般的 AHP 法则,第三层对第一层的组合权向量为 $W_k^{(3)} = W_1^{(2)} W_2^{(1)}$,从而再比较权重,得出评价教师的相对优秀次序。但是针对此问题的特点,需要对权重 $W^{(1)}$ 进行相对调整。

④ 对 $W^{(1)}$ 的调整。

调整的原因为:在待评教师中并不是每个教师都同时从事教学、班级管理、科研工作。这样相应准则 G_1、G_2、G_3 支配的人数各不同,需要在合成 $W^{(3)}$ 中考虑人数 $n_i (i = 1, 2, 3)$ 对它的影响。

调整的方案:如果教师从事教学或班级管理或科研,完全由上级安排,则用支配人数的数目对权重 $W^{(1)}$ 进行加权,修正为 $W^{(1)} = (n_1 W_1^{(2)} + n_2 W_2^{(2)} + n_3 W_3^{(2)})(n_1 W_1^{(2)} + n_1 W_2^{(2)} + n_3 W_3^{(2)})^{-1}$,则 $W_k^{(3)} = W_1^{(2)} W_2^{(1)}$。如果教师从事教学或班级管理或科研,完全看个人的积极性,而且上级希望每个教师三者兼顾,那么可用支配因素数目的倒数对 $W^{(1)}$ 加权,以鼓励从事工作较多的那一类工作的教师。$W^{(1)} = (W_1^{(2)} / n_1 + W_2^{(2)} / n_2 + W_3^{(2)} / n_3)(W_1^{(2)} / n_1 + W_2^{(2)} / n_1 + W_3^{(2)} / n_3)^{-1}$,则 $W_k^{(3)} = W_1^{(2)} W_2^{(1)}$。

5.3.4 模糊综合评价模型

教师评价是一项多因素且包含模糊现象的评价工作,这里讨论用模糊数学的方法进行综合评价,即介绍模糊评价模型[1]。

(1)用层次分析法(AHP)决定权向量

设 $U = \{u_1, u_2, \cdots, u_n\}$ 为评价因素集,各因素在评价中的重要程度不同,所以它们的权重也不相同,设其相应的权向量为 $W = (W_1, W_2, \cdots, W_n)$,且 $\sum n_i = 1$, $\sum w_i = 1$。现在讨论用层次分析法决定权向量。

层次分析法是由美国运筹学教授 T. L. Saaty 提出来的。Saaty 建议对各评价因素进行两两比较,将它们对总体的重要程度进行量化,并引入函数 $f(x, y)$。当 $f(x, y) >$

---

[1] 冯梅:《模糊综合评价模型在教师评价中的应用》,载《数学的实践与认识》,2004(11):36-37。

1 时,说明 x 比 y 重要;当 $f(x,y)<1$ 时,说明 y 比 x 重要;当 x 和 y 同等重要时, $f(x,y)$ = 1,且约定 $f(x,y)=1/f(y,x)$。关于 $f(x,y)$ 的取值见表 5 – 8。

表 5 – 8　$f(x,y)$ 的取值

因素 x,y 相比较	$f(x,y)$	$f(y,x)$	因素 x,y 相比较	$f(x,y)$	$f(y,x)$
x 与 y 同等重要	1	1	x 比 y 十分重要	7	1/7
x 比 y 稍微重要	3	1/3	x 比 y 极其重要	9	1/9
x 比 y 明显重要	5	1/5	x 与 y 处于上述两判断之间	2,4,6,8	1/2,1/4,1/6,1/8

令 $a_{ij}=f(u_i,u_j)$,称矩阵 $A=(a_{ij})_{n\times n}$ 为判断矩阵。

根据判断矩阵,可以分别用特征向量法、和法及根法求出权向量 $(W_1,W_2,\cdots,W_n)$,这里使用和法,即

$$W_i = \frac{1}{n}\sum_{j=1}^{n}\frac{a_{ij}}{\sum_{k=1}^{n}a_{kj}} \quad (i=1,2,\cdots,n) \tag{5-13}$$

(2)用模糊矩阵的合成运算求综合评价的标准化模糊子向量

设 $U=\{u_1,u_2,\cdots,u_n\}$ 为评价因素集,对每个因素的评价分为 m 个等级,则这 m 个等级构成评价集。设共有若干个参评人员,且将因素 $u_i(i=1,2,\cdots,n)$ 评为第 $k(k=1,2,\cdots,m)$ 等的人数占总人数的 t_{ik},这样就得到评价集上的一个模糊子集 $T_i=\{t_{i1},t_{i2},\cdots,t_{im}\}(i=1,2,\cdots,n)$,由这 n 个模糊子集构成了模糊矩阵。

$$T = \begin{bmatrix} t_{11} & t_{12}\cdots & t_{1m} \\ t_{21} & t_{22}\cdots & t_{2m} \\ \cdots & \cdots & \cdots \\ t_{n1} & t_{n2}\cdots & t_{nm} \end{bmatrix}$$

设根据层次分析法得到 U 对应的权向量为 $W=(W_1,W_2,\cdots,W_n)$,则综合评价子向量为

$$Q = W\cdot T = (W_1,W_2,\cdots,W_n)\cdot\begin{bmatrix} t_{11} & t_{12}\cdots & t_{1m} \\ t_{21} & t_{22}\cdots & t_{2m} \\ \cdots & \cdots & \cdots \\ t_{n1} & t_{n2}\cdots & t_{nm} \end{bmatrix}$$

$$= [\vee_i(W_i\wedge T_{i1}),\cdots,\vee_i(W_i\wedge T_{im})]$$

$$= [q_1,q_2,\cdots,q_m] \tag{5-14}$$

Q 是评价集上的一个模糊子集,即 Q 为综合评价模糊子向量。其中,"·"为模糊矩阵的合成运算,符号"∧"为取小运算,"∨"为取大运算,即 $\vee_i(W_i\wedge T_{ik})=\max(i)$

$\min\{W_i, T_{ik}\}$，$\bigwedge_i(W_i \bigvee T_{ik}) = \min(i)\max\{W_i, T_{ik}\}$。再对 Q 进行归一化处理,得到标准化综合评价模糊子向量

$$P = \frac{Q}{\sum\limits_{j=1}^{n} q_j} = \left[\frac{q_1}{\sum\limits_{j=1}^{n} q_j}, \frac{q_2}{\sum\limits_{j=1}^{n} q_j}, \cdots, \frac{q_m}{\sum\limits_{j=1}^{n} q_j}\right][p_1, p_2, \cdots, p_m] \qquad (5-15)$$

根据式(5-14)、式(5-15)所得结果,分别可以得到评价的定性和定量结论。

中国高校信息资源国际竞争力比较分析

　　狭义的信息资源指向高校图书馆收藏的信息资源,其实际上是指文献信息资源,包括印刷版文献信息资源和非印刷版文献信息资源。印刷版文献信息资源,指图书、报纸、档案、期刊、学位论文、科技报告、会议文献、标准文献、专利文献、产品目录、政府出版物、古籍等纸质文献。非印刷版文献信息资源,指缩微版、光盘版、联机版和网络版等经常使用的光介质和磁介质版本文献。

　　广义的信息资源,除了包括狭义的信息资源之外,还包括与信息资源利用相关的硬件与软件等内容。这就与教育信息化进程息息相关。对中国高校信息资源国际竞争力进行分析,应该从广义的信息资源角度进行分析,因为信息资源利用的成效,远远大于信息资源存储的成效。存储是利用的基础,利用是存储的目的,二者是相辅相成的。

　　对于高校来说,我们主要从以下4方面对信息资源进行比较分析。

　　① 教育信息化总体情况的比较。包括政府的支持、政策的制定、设备的完善等方面。教育信息化能突破教育环境的时空限制,培养学生的高级思维,大大推动教育的变革。

　　② 图书馆资源的比较。高校图书馆资源是师生教学与科研的主要来源,其丰富程度决定着师生的教学能力和科研能力。

　　③ 课程资源的比较。随着教育信息化进程的推进,数字化课程资源建设成为高校教学的重要组成部分,其中尤以各级精品课程为主要表现形式。

　　④ 人际资源的比较。指师生之间、生生之间的交流,既包括实体交往,也包括虚拟交往(如校内网,facebook 等);既包括本校的交往,也包括跨校的交流。在此主要拟对人际交往平台进行比较,因平台的功能与推广范围在很大程度上决定着人际资源的流畅度。

6.1 教育信息化总体情况比较分析

各国教育信息化发展均呈现从基础教育信息化到高等教育信息化的过程,即首先着眼于基础教育,之后再基础教育和高等教育全面开花。由于教育信息化涉及的范围广泛,我们在讨论时没有对基础教育和高等教育进行严格区分。

美国是最早正式提出发展教育信息化的国家。克林顿总统自 1992 年上任后,一直十分重视发展信息技术的教育应用。他说:"为了将信息时代的威力带进我们的全部学校,要求到 2000 年使每间教室和图书馆连通国际互联网(Internet);确保每一儿童能够用上现代多媒体计算机;给所有教师培训,要求他们能够像使用黑板那样自如地使用计算机且增加高质量教育的内容。1993 年 9 月,克林顿政府正式提出建设"国家信息基础设施"计划。1996 年,美国教育部发布了《让美国学生为 21 世纪做好准备,迎接技术素养的挑战》,提出教育信息技术发展计划:要在 2000 年以前把每一间教室和每个图书馆都连通互联网,要让每一个青少年 8 岁能阅读,12 岁能上网,18 岁上大学,让每一位成年人都有进行终身学习的机会。

之后,美国在学校信息技术物质基础设施及推广应用方面做了大量工作。在政策规划方面,相继出台一些计划,如 2000 年美国国际教育技术协会发表了重要报告《电子化学习:将世界级的教育置于儿童的指尖》。此外,美国政府还组织了几项规模较大的教育信息化工程,例如由教育部发起的"明星学校"计划,使 6 000 多所学校连通信息高速公路,并开发了 30 多门完整的信息化课程;由美国科学基金会资助的"全国学校网络试点项目"(National School Network Testbed,NSNT)涉及 153 所学校和 95 个其他组织,联合进行多方面的教育改革试验。2003 年 10 月,美国教育部发布了《美国教育技术 20 年回顾》,为设计和发展新的国家教育技术计划做准备。2005 年 1 月,美国教育部正式颁布了《美国国家教育技术计划——迈向美国教育的黄金时代》。该报告主要包括五部分,提出今后发展的七个主要步骤和建议:加强领导、考虑改革预算、促进教师培训、支持 Elearning 和虚拟学校、鼓励使用宽带、走进数字知识、建立信息整合系统①。

随着政策的推行,美国政府投入了大量的资金。据统计,1998 年为了实施教育技术行动计划,美国投入了 510 亿美元的巨额资金,用于设备购置、技术支持、程序软件、数字教材、在线服务、保管、更新和维修等方面稳定的、可预见的资金支持。2000 年美国全国学校和图书馆的联网计划在 5 年中的投入是 20 亿美元;美国地方学区在新技术方面的投入每年大约是 40 亿美元;联邦通信部门在帮助学校和图书馆联网方面的

---

① 杨雷:《教育信息化价值及其测评技术》,北京,科学出版社,2008,40-41。

投入大约是每年22.5亿美元;2001财政年度,仅联邦教育部用于中小学教育技术应用的财政拨款就已达8.72亿美元,2002财政年度达到9.58亿美元①。

此外,还有很多企业或非营利性组织的教育信息化措施。如太平洋Telesis公司于1994年发起一项名为"一流教育"的计划,目标是到2000年使加州的9 000所学校和图书馆全部联网,以半价收费提供上网服务;IBM向10个学区的中小学免费提供硬软件和教师培训;AT&T公司投入1.5亿美元建立了1个学习网,为100所学校提供5个月的免费上网服务及后续的折价上网服务。

在政府与各界的努力下,1995、2000、2002年,美国中小学学校联网率分别为50%、98%、99%,教室联网率分别为8%、77%、92%。从2001年开始,美国中小学学校允许学生在课余时间使用计算机和网络。2001年,小学和中学的比例分别为42%、78%;2002年,分别为47%、73%。2003年,美国公立学校接入因特网达到100%②。

我国教育信息化进程虽然起步稍晚,但发展迅速。1993年,我国在《中国教育改革和发展纲要》中明确提出积极发展广播电视教育和学校电化教育。1998年12月24日,教育部颁布《面向21世纪教育振兴行动计划》,提出实施"现代远程教育工程",形成开放式教育网络。之后,我国相继出台多项政策发展教育信息化。

目前,我国在继续加大基础教育信息化的同时,对高等教育信息化日益重视。2007年2月17日,教育部印发《关于进一步深化本科教学改革全面提高教育质量的若干意见》,提到把信息技术作为提高教学质量的重要手段。高等学校要在教学活动中广泛采用信息技术,不断推进教学资源的共建共享,逐步实现教学及管理的网络化和数字化。要进一步培养和提高教师制作和使用多媒体课件、运用技术开展教学活动的能力培养和提高本科生通过计算机和多媒体课件学习的能力以及利用网络资源进行学习的能力。

我国高等教育信息化建设主要表现在两方面,一是硬件建设,即信息化网络和配套基础设施建设;二是软件建设,即应用层面,包括高校化的队伍建设、教育信息产品的开发和运用、网络规范化等方面。在硬件资源方面,从20世纪90年代国家开始加大投入,截至2007年高等教育硬件设施和电子图书资源的建设取得较大进展。我国普通高校教学用计算机有3 959 740台,语言实验室座位数有1 216 610个,多媒体教室座位有10 853 960个,在网上开展的教学课程48 401种;电子图书资源的开发方面,目前拥有电子图书共计45 566片③。

在制度建议方面,国家和各省市出台了各种政策和措施,来指导和配合实际工作。如教育部《教育管理信息化标准》《教育网站和网校暂行管理办法》。大多数高校都有专门的网络信息中心。在网络建设方面,1989年国家计委和世界银行支持组建中国科学院网络、清华大学校园网络和北京大学校园网络,1993年这三个校园网络分别建

---

①、② 周敦:《美国教育信息化的发展及对中国的启示》,载,《社科纵横》,2009(25)。
③ 杨雷:《教育信息化价值及其测评技术》,北京,科学出版社,2008,31-32

成,1994 年正式接入国家互联网。1996 年中国教育科研网(CERNET)建成,成为中国最大也是最早的教育网络。目前,全国大部分大学建立了自己的校园网并已接入CERNET,同时完成了多媒体教室和数字校园建设。2001 年开始对毕业生的学历证书进行电子注册、认证和网上咨询等。2002 年开始,全国普遍实施网上高考录取工作,建议依托 CERNET 的网上图书馆(CALIS)和公共信息资源,如国外高校镜像、国外重点学科镜像及专门学科资源库。同时,国内高校都开设了相关的信息技术课程,要求教育掌握现代教育技术,在授课中使用信息技术。在高校信息化建设方面,抽样调查显示高达 75.6% 的学生经常利用网络搜索引擎查找各种学习资料;39.5% 的学生经常利用电子教师或同学进行交流;12.8% 的学生经常利用在 BBS 上发帖的方式来向其他同学请教疑难问题;还有 4.8% 的学生在学习过程中遇到一些重大难题时,会通过电子邮件向校外的专家请教①。

我国的高等教育信息化网络建设和应用还包括"国家现代远程教育工程"项目。教育部于 1998 年 9 月批准清华大学、湖南大学、浙江大学、北京邮电大学为现代远程教育首批试点高校,开始了我国的网络远程教育。至 2007 年已有 67 所高校获准网络教育试点,范围涉及全国 31 个省自治区直辖市。

将我国和美国的教育信息化进行对比,至少可以看出以下两点。

① 我国教育信息化进程虽然起步稍晚,但后续步伐较快。我国教育信息化存在区域的不平衡,与美国相比,我国东部发达地区在信息技术基础设施、软件建设、资源建设以及推广应用方面还存在一定差距,但差距不大;西部边远地区则有待进一步加强。

② 教育信息化重点在于应用和推广,关键在于人的信息素养。我国学习者的信息素养还有待提高。

6.2　图书馆资源比较分析

国外样本高校,特别是名校的图书馆资源,与其所属高校一样享有盛名。如哈佛大学的图书馆藏书数量达 16 200 000 册,是世界第四大百万图书馆,前三名是国会图书馆、大英图书馆、法国 Bibliothèque Nationale,纽约公共图书馆则排名第五。牛津大学的博德利图书馆是英国第二大图书馆(仅次于大不列颠图书馆),藏书 600 万册。伯克利分校的图书馆共有藏书 1 000 万册,是北美地区第五大图书馆,排名仅次于美国国会图书馆、哈佛大学图书馆、耶鲁大学图书馆和伊利诺伊大学厄巴纳香槟分校图书馆。剑桥大学图书馆也是世界上最大的图书馆之一,建馆 600 余年,藏书 600 余万

①　杨雷:《教育信息化价值及其测评技术》,北京,科学出版社,2008,31-32。

册,中文藏书约 10 万种。其中文部所藏图书包括商代甲骨、宋元明及清代各类版刻书籍、各种抄本、绘画、拓本以及其他文物,其中颇多珍品。表 6-1 是国外样本高校的图书馆藏书总数,均为 100 万册以上图书馆,从中可以看出国外样本高校图书馆资源的竞争力。

表 6-1　国外样本高校图书馆资源

院校名称	藏书总数 (万)	图书 (万)	缩微制品 (万)	期刊 (万)	手稿 (万)	报告 (万)	图 (万)
哈佛大学	1 620	1 500	550		650		750
斯坦福大学	650						
加州大学伯克利分校	1 000		500	9	41.6	10.9	
剑桥大学	600						
麻省理工学院	500						
普林斯顿大学	450						
牛津大学	600			5	16		117
亚利桑那州立大学	290	290	590	3.2			
达特茅斯学院	190						
埃默里大学	310						
佐治亚理工学院	100						
北卡罗来纳州立大学	310						

国外样本高校图书馆有以下特点:一是资源呈分布式,分馆众多;二是图书馆与博物馆相辅相成,互成系列。

哈佛大学图书馆设有 100 多个分馆。不仅学校的每个学院都有自己的图书馆,而且还有各类专业图书馆。分馆大部分设在哈佛大学校园内,有的远在美国首都华盛顿市甚至意大利的佛罗伦萨。其中,燕京图书馆收藏有中国的珍贵图书;拉蒙特图书馆是世界上第一个供大学本科学生专用的图书馆;魏德勒图书馆是哈佛大学藏书最多的社会科学和人文科学的研究图书馆。

剑桥大学图书馆系统纷繁复杂,有 90 个分馆、5 个校级图书馆、55 个系图书馆、31 个院图书馆。不过最有名望的还属藏书丰富的大学图书馆(University Library),据说英国每出版一部新书,都会送一册到这里收藏。

普林斯顿大学图书馆主要的馆址燧石图书馆(Firestone Library)拥有超过 600 万册藏书。在燧石图书馆之外,许多独立的学科(包括建筑学、美术历史、东亚研究、工程、地质学、国际关系和公共政策以及近东研究)也都有自己的图书馆。传统上,每个有历史的学科都在图书馆有自己单独的研究室,可供本系学生各自参考专业书籍和研究资料。

亚利桑那州立大学图书馆馆藏图书超过 290 万册,还有 590 万册缩微读物和32 000 多册期刊。校内还有大学艺术博物馆、美国艺术收藏馆、固体状态科学研究中心、美国国家航空和航天局设立的行星地质实验室等。

加州大学伯克利分校有三个主要图书馆,即 Doe、Moffitt 和 Bancroft 图书馆,其中 Bancroft 图书馆收藏有世界上最多的马克·吐温手稿、照片、信件等。同时,该校图书馆还有 18 个主题馆(subject-specialty libraries)和 11 个专属馆(affiliated libraries),收藏特殊收藏品。这些共同构成伯克利图书馆系统。此外,还有伯克利自然历史博物馆(Berkeley Natural History Museums),包括菲比答赫斯特人类学博物馆(Phoebe Hearst Museum of Anthropology)、加州大学植物园(UC Botanical Garden)、西格昆虫馆(Essig Museum of Entomology)、杰普森大学植物标本馆(University and Jepson Herbaria)、古生物博物馆(Museum of Paleontology)、动物学博物馆(Museum of Vertebrate Zoology)和人类进化研究中心(Human Evolution Research Center)。2008 年,图书馆研究协会(the Association of Research Libraries)把 UC Berkeley 图书馆列为北美地区第一大公共研究型大学图书馆(public research university library)。

表 6 - 2 给出了我国样本高校图书馆资源情况的一些数据。

表 6 - 2　我国样本高校图书馆资源

院校名称	藏书总数（万）	学位论文总数	图书总数	期刊总数	会议文献总数	电子期刊	电子图书	报告总数	古籍及善本总数（万）
清华大学	401	30 392	300	380 000		46 500	1 957 900		30
北京大学	530								150
浙江大学	626	10 576	553						
中国科技大学	214		80	1 730 000					
南京大学	429								30
上海交通大学	260			28 000	1 555				
复旦大学	459	10 000		29 000					40

在上述图书馆中,北京大学图书馆最为著名。百年来,经过几代北大图书馆人的辛勤努力,北京大学图书馆馆藏图书现已达 530 余万册,居国内高校图书馆之首,现收藏中文现刊 4 045 种,外文现刊 3 167 种,中外文全文电子期刊 14 000 余种,光盘及网络数据库 260 个。在北京大学图书馆馆藏中,古籍善本占有重要的地位,现有古籍 150 万册,其中善本书 17 万册,珍稀品种和版本数千种。所收藏古籍善本不仅对于保存和研究传统文化具有重大的学术价值,而且其本身具有很高的文物价值和艺术价值。北京大学图书馆现藏金石拓片约 24 000 种、56 000 份,绝大部分是石刻文字拓片,其数量居全国前列,全国高校之首。这些拓片反映了古代社会生活的各个方面,对于古文字、古代书法、绘画的研究以及补充正史之不足都有很高的价值。

作为"211 工程"两个公共服务项目之一的"中国高等教育文献保障系统"(CA-LIS)的管理中心以及"文理中心"设在北京大学图书馆,为我国高等教育的资源共享和数字化建设作出了重要贡献。

1998 年 5 月 4 日北京大学百年校庆之际,由香港著名实业家李嘉诚博士捐资兴建的北京大学图书馆新馆落成。新馆于 1998 年底投入使用,新旧馆总面积超过 51 000平方米,阅览座位 4 000 多个,藏书容量可达 650 万册,在规模上成为亚洲高校第一大馆。

2000 年北京大学与北京医科大学合并。原北京医科大学图书馆改称北京大学医学图书馆,拥有馆舍面积 10 200 平方米,阅览座位 1 000 余个;现有藏书 34 万余册,以生物学、医学、卫生学和医药类为主;中外文期刊 4 000 种。

清华大学图书馆也是十分著名的图书馆,利用率相当高。2008 年,读者访问图书馆网站 686 万次,馆藏查询 946.86 万次,通过学术资源门户访问电子资源 152.9 万次,登录校外访问系统使用电子资源 35.73 万人次。专业图书馆在全校图书文献保障体系中起着越来越大的作用。2008 年,人文、经管、法律、美术、建筑、医学六个专业图书馆投入的文献经费约为该校总馆文献经费的三分之一,入藏图书 2.86 万册,订阅报刊 2 020 种,借出图书 11.06 万册次。2008 年,全部专业图书馆都以不同方式开放了对该校读者的借阅服务,为推进文献共建共享保障体系建设迈出了坚实的一步。

我们将中外样本高校图书馆进行比较,可以发现,我国样本高校图书馆资源与国外相比虽然有一定差距,但具有自身特色且利用率高,反映出我国科研的旺盛势头。

6.3　课程资源比较分析

在日益强调学习者主体地位的知识经济时代,学校所能提供的课程资源直接决定和反映教学水平与质量,成为衡量一个学校竞争力的重要因素。

我国高校课程资源建设主要以各级精品课程为主要表现形式,特别是国家级精品课程是优质课程资源的集中展示。表 6-3 给出了我国样本高校的国家级精品课程数量。

表 6-3　国内样本高校国家级精品课程数量

学校	国家精品课程数量①
清华大学	71
北京大学	72
浙江大学	55
中国科技大学	12
南京大学	42
上海交通大学	33
复旦大学	28

① 国家精品课程导航,http://www.core.org.cn/cn/jpkc/index_lei.html.

　　由于国家级精品课程对网上资源呈现要求较高,因而以精品课程的形式整合和开放课程资源已成为我国课程资源建设的主要途径,并为我国高校教学提供了较好的资源支持。同时,YOUKU等各大视频网站也对课程资源建设有所参与。

　　说起国外的课程资源,不能不说麻省理工学院(MIT)。2001年MIT率先启动开放课程项目,至今为止已在网上免费开放课程1 800多门。而后,其他高校,如赖斯大学、犹他州立大学、塔夫茨大学、斯坦福大学、东京大学等知名高校先后推出了自己的开放课程计划。这些项目有很多得到基金会的资助。据Hewlett基金会2006年《OER Overview》报告,自2001年以来,Hewlett基金会已经为数十个开放教育资源项目提供了高达4 000多万美元的资助。

　　2005年MIT牵头,全世界100多家领先的教育机构参与组成开放课程资源联盟(Open Course Ware Consortium,OCW),旨在促进全球教育资源共享。OCW联盟现有2 700门开放课程,涉及9种语言①。

　　MIT开放课程有以下特征②。

　　① 开放的理念与适度的定位。免费公开全部课程的核心资源是一个大胆的想法,但具体运作起来却涉及版权、教师工作量等诸多问题。所以MIT的定位是慎重和适度的。MIT OCW明确表示,它不是远程教育项目,不为MIT OCW资源的使用者提供学分认证和学位授予。但在全球共享潮流的冲击下,MIT已开始考虑新的定位。

　　② 以学习者为中心的设计原则。MIT奉行以学习者为中心的原则,提供的课程资源可分为两类,即指定的文本教材和辅助阅读材料。辅助阅读材料极其丰富,有参考书目、杂志期刊、网络资源、数字图书馆、视频材料,并且MIT提供了这些资源的详细操作说明,比如在什么时间以何种方式,学习者在使用的时候不会因信息过多而迷失方向。MIT OCW的学习平台还为每位同学提供空间来制作自己的档案袋,记录学习过程,学生可以及时进行反思和总结。

　　③ 开放的技术架构与良好的交互设计。MIT OCW采用了分布式网络发布资源,利用分布在世界各地的物理服务器共同提供访问服务,并通过在不同地区建立镜像服务器的方式提高访问速度,解决资源获取的瓶颈。同时MIT OCW采用OKI(Open Knowledge Initiative,全称是开放知识行动)提供的基础架构。OKI是由MIT牵头和斯坦福大学等机构合作的一个研究项目,目的在于开发一个开放的、可拓展的学习管理系统的框架,为传统和新型教育应用软件提供模块化和可拓展的开放平台。

　　④ 权威学术的科研支撑和共建共享的研究机制。从MIT OCW2005年公布的评估报告中可以看出,电子工程、计算机科学、数学、物理、机械工程等理工类课程占了

---

　　① 王爱华:《国外高校开放课程资源的原因》,载《教育部高等学校教学指导委员会通讯之理工科通讯》,2008(5),http://www.edu.cn/crct_660/。

　　② 孙爱萍:《对我国远程教育课程资源建设的若干思考——来自麻省理工学院开放课件项目的启示》,载《浙江教育学院学报》,2007(5)。

MIT OCW 的课程总数的 35% ,但却吸引了 65% 的访问总量。这与一流的师资队伍和雄厚的科研力量是分不开的。

我国课程资源建设依托项目研究在特定范围内已经有一定成绩。如 2002 年 12 月,作为"研究生教育创新计划"的重大子项目,北京大学"研究生精品课程资源共享网络"获得国务院学位委员会办公室和教育部学位管理与研究生教育司的立项资助。2003 年完成了"应用数学与科学计算"、"粒子物理与场论"、"世界历史"三个研究生精品课程系列。2004 年,在总结前期工作经验的基础上,又完成了"应用数学与科学计算"、"定量遥感"、"高分子前沿专题"、"中国现当代文学研究"、"全国化学研究生暑期学校"五个研究生精品课程系列[①]。

与 MIT 相比,我国课程资源建设还存在以下不足。

① 网上资源呈现有余,但学生参与不够持久。精品课程网站大多成为各种形式的资源展览,如文字资料、主讲老师讲课视频、相关参考资源汇总等,但是师生的网上交流远远不够。从这个意义上讲,网上的学生依然没有发生。尽管国外开放资源也存在同样问题,但国外已意识到这一点,并有所改善。《Hewlett OER Report》指出,开放资源运动的下一个发展阶段将是通过将智力资本(intellectual capital)和人力资本(human capital)结合起来,构建一种学习型文化。而 OER 要实现这个目标,显然还有很长的一段路要走。在这方面,著名的英国开放大学作出了表率。其"openlearn"项目免费公开了一部分课程,并在平台上提供了很多学习支持环境,学习者可以很方便地组建自己的学习小组,或者发起一个视频会议[②]。我国则大多在申报精品课程时重视课程参与,申报之后则不尽如人意。

② 维护与更新不够及时,特别是精品课程申报之后,精品网站更多成为一种荣誉而非实体,维护与更新成为功利所需,而非师生自发行为。

③ 除精品课程外,大量草根资源长期闲置,没有加以好好利用。由于精品课程申报并非易事,所以大量有价值的普通教师课程资源被闲置。如教师博客、网上社区、工作站等各种形式的资源闲散于网络,这些不带功利性的资源有相当一部分颇有价值,但却仅为特定的学生群所知。

6.4 人际资源比较分析

在数字化时代,网络人际交往成为高校最为重要的交往方式之一,因此我们在此主要讨论基于虚拟交往平台的人际资源。虚拟交往主要通过 SNS(Social Networking Service)来实现。SNS 又称社会化网络软件,是一种基于六度分隔理论运作、强调开

---

① http://www.ige.edu.cn/newsdetail.jsp?news_id=810.
② 王爱华:《国外高校开放课程资源的原因》,载《教育部高等学校教学指导委员会通讯之理工科通讯》,2008(5)。

发和培养用户社会关系网络的 Web2.0 应用。在 SNS 平台上，每个用户都可以拥有自己的 Blog、自己维护的 Wiki、社会化书签或者 Podcast。用户通过 Tag、RSS 或者 IM、邮件等方式连接到一起，按照六度分隔理论，每个个体的社交圈都不断放大，最后成为一个大型网络，这就是社会化网络（SNS）。

我们首先来看国外高校虚拟人际交往。其中最为广泛的交往平台首推 Facebook。facebook.com 是美国知名 SNS（社会性网络服务）网站，主要面向美国高校，用户需用大学的邮箱才可以注册账号。根据 TechCrunch——一个专门研究新的互联网产品的博客网站的调查，目前 85% 的美国大学生都在 Facebook 上有自己的网页介绍，其中 60% 的人每天都会登录，85% 的用户至少每周登录一次，93% 的人至少每月登录一次。Facebook 的发言人公布的数据是"用户平均每天在 Facebook 上花 19 分钟"。在该网站，用户通过加入四种圈子来联系朋友，分别是所在地、大学、工作单位和高中。用户找到相关的圈子，再找到"朋友"。看到朋友的照片或名字，可以请求他的接受。一旦被接受，就能上到朋友的介绍网页，深入了解朋友的过去、现在，等等。还可以通过"朋友"去认识"朋友"的"朋友"。在某个"圈子"中，兴趣类似的用户还可组成"小组"。

Mark Zuckerberg 是 Facebook 的第一创始人。2004 年 2 月，Zuckerberg 在室友 Andrew McCollum、Edurado Saverin 的帮助下，创立了 Facebook。到当年 2 月底，即有超过半数的哈佛本科生注册了 Facebook。Facebook 又推广到了其他的常春藤高校。到 2004 年底，Facebook 注册用户达到了 100 万。2005 年，Facebook 花费 20 万美元买下 Facebook 域名，这使得几乎所有的美国高校学生都能够注册了。2005 年 9 月，Facebook 对美国的高中生开放；10 月扩张到美国以外的大学；到 12 月，Facebook 的注册用户已达 1 100 万，涵盖美国、加拿大、英国、澳大利亚等国的 2 000 多所大学、25 000 多所中学。2006 年 7 月，Facebook 和苹果公司展开合作；9 月，Facebook 决定对所有有邮箱地址的用户开放。2007 年，Facebook 推出了免费的分类广告服务。它还推出了一个应用开发平台，鼓励其他软件开发商在上面开发新的功能。后者对其吸引用户作用巨大。广受欢迎的应用包括"我喜欢（iLike）"、"体育竞猜（PicksPal）"等。"我喜欢"软件能自动识别用户所在地和自我介绍中所提到喜欢的音乐，进而向用户推荐当地的音乐会和歌曲。而使用"体育竞猜"，朋友之间可以竞猜体育比赛的输赢，猜对的可以得分。目前，Facebook 每天都有超过 12 种新应用软件上线。到 2007 年 7 月为止，已有超过 1 700 种应用。

TechCrunch 网站给予 Facebook 很高的评价，认为它是继谷歌之后又一个爆炸性的产品，是代表 Web2.0 时代的新门户网站。第一代门户网站以雅虎为代表，主要是浏览信息，被动地接收信息。通过第二代网站谷歌的搜索引擎，用户能在成千上万的网页中主动地发现需要的信息。不过搜索还是有些麻烦，用户至少知道需要什么，然后输入字符。用户为此付出了努力，但却不能和人分享。Facebook 提供了分享功能，用户可以和"朋友"分享信息——他们的新闻、照片、所属的兴趣小组，还有音乐、录像、书籍、电影、政治诉求等。这样,用户基本上可以不花什么力气就能获得更多、更个人的信息①。

Facebook 刚刚开放中国市场,清华、北大等 10 所中国高校的学生已经可以注册。

我们再来看看国内情况。2005 年,中国互联网的 SNS 力量也已经开始崛起。从 2005 年 12 月王兴创办校内网开始到现在,中国陆陆续续出现了近 100 家(数量惊人)FACEBOOK 模式的 SNS 网站,但是发展到 2007 年底,中国的校园社区网站比较有影响的主要是以下几家:校内网、亿聚网、占座网、Chinay、Chinaren 校内、优点网。

这几家网站提供的功能主要有个人区域(个人介绍、相册、日志等)、交际区域(好友、团体等)、服务区域(音乐、视频、搜索、新闻等)。

国内的这些社区网站也并非全是简单模仿,有些也提供了较有特色的功能。比如说 Chinay 的职业培训功能就很有特色,也符合目前大学生就业难的实际情况,切合了大学生的需求,具有很大的发展空间。再比如优点网的生活化特质也很有特色,通过网络紧密联系大学周边实体,与校园周边的地方(包括各景点、商铺、运动场所等)互联,从而使许多生活行为可通过网络和实际的交互更经济实惠、更有效率地完成②。

校内网是最为突出的一个平台。校内网(xiaonei.com)是面向在校大学生的互动空间。由易寻在线(北京)科技有限公司在 2005 年 12 月 8 日成功发布。所谓校内网,顾名思义,就是一个针对在校大学生做的网络空间。校内网最大的特色就是它仅向在校大学生开放,是一个专门针对大学生的网络空间。为了保证用户质量,校内网把注册门槛设到一定的域值,一定要确定用户是在校大学生。

2005 年 12 月 8 日,校内网向清华、北大、人大三所高校开放;2006 年 1 月 13 日,向北航开放;2006 年 2 月 13 日,向复旦、上海交大、北邮、北师大、北语、传媒大学开放;2006 年 3 月 8 日,向南京大学、武汉大学、浙江大学等其他 20 所大学开放;2006 年 4 月 1 日,向北京工业大学、成都电子科大、东北大学、东南大学、对外经贸大学、兰州大学、南京理工、南京师范、山东大学、厦门大学、中国政法大学等 21 所大学开放……。目前,校内网已经向全国 111 所重点大学开放。

截至 2006 年 6 月 21 日凌晨 2 点,校内网拥有激活用户数 200 674 名,其中清华大学 13 568 人,北京大学 6 747 人,人大 5 470 人,北航 8 495 人,上海交大 2 831 人,哈工大 10 515 人,吉林大学 15 936 人,大连理工 9 872 人,西安交大 6 094 人,华南理工 4 465 人,山东大学 13 697 人,厦门大学 6 808 人……。

2006 年 10 月,千橡公司收购校内网,同年底完成了千橡公司 5Q 校园网与校内网的合并,并正式命名为校内网,域名为 www.xiaonei.com。至此,校内网成为中国大学生市场具有垄断地位的校园网站。

---

① 《第一财经日报分析:Facebook 成长及 80 亿市值狂想》,http://news.ciw.com.cn/Print.asp? ArticleID = 44892 2007 85.

② http://youth.nenu.edu.cn/ReadNews.asp? NewsID = 3397.

校内网主要从以下 3 个方面为在校大学生提供服务：

① 展示个人风采；

② 与周围的同学交流，分享共同的兴趣和爱好；

③ 了解校园信息和社会信息。

校内网的主要功能如下。

① 我的首页：反映用户与周围同学互动的情况。

② 我的页面：展示个人风采。

③ 我的课程：分享课程信息。

④ 我的好友：好友列表，了解朋友情况。

⑤ 我的日志：记录心情日志。

⑥ 我的活动：了解校园活动信息。

⑦ 我的群：加入感兴趣的群体，分享共同爱好。

⑧ 站内信件：与站内好友交流沟通。

⑨ 账号信息：修改隐私设置。

⑩ 发布布告：和周围同学分享。

2007 年 3 月，校内网首家开通港澳台所有大学，共计 55 所。加大了内地与港澳台学子之间的文化交流。通过校内网的信息分享平台，内地与港澳台的大学生将可以共享资讯，就彼此关心的话题进行热烈的讨论。2007 年 7 月，校内网作为国内首家开放海外大学的大学生互动社区，开通了包括美国、英国、加拿大、新加坡等国家的 500 余所大学，很多海外的大学生都在校内网找到了国内的同学。2007 年 12 月 20 日，2007 中国商业网站排行榜暨中国互联网企业 CEO 峰会在北京隆重举行。校内网进入中国商业网站百强之列，并在 2007 中国商业网站综合社区类网站中排名第 7。

目前，校内网更名为人人网。2009 年，人人网推出了微客服务。可以通过即时信息服务和个性化人人网网站接收和发送信息。人人网是一个可让你播报短消息给你的朋友或"followers（跟随者）"的一个在线服务，它也同样可允许你指定你想跟随的人人网用户，这样你可以在一个页面上就能读取他们发布的信息。人人网最初计划是在手机上使用，并且与电脑一样方便。所有的人人网消息都被限制在 140 个字符之内，因此每一条消息都可以作为一条 SMS 短消息发送。

从上述情况可以得出以下结论。

① 我国高校在利用社会性软件进行人际交往方面跟随、模仿美国的步伐较快，同时也有本土创新，在很大程度上满足了我国高校用户的需求，取得了一定的成功。

② 在持续发展与更新变革方面，我国尚需冷静思考，采取更加适合本土的措施和模式。

③ 如何在满足国内需求的同时，加大与国外的交流，也是我国应该思考的重要问题。

7 中国高等教育国际竞争力总体分析

前文从教学、科研、人力资源、信息资源等角度,对中国高等教育国际竞争力进行了研究,本章则是对中国高等教育国际竞争力的总体分析。在此,拟采用 SWOT 分析方法进行分析。

7.1 SWOT 分析方法与思路

SWOT 是英文单词 strengths(优势)、weaknesses(劣势)、opportunities(机会)、threats(威胁)的首字母缩写。此方法是指通过对竞争主体具有的优势和劣势以及面临的机遇和威胁进行综合平衡,探寻决策之道的方法。它可以帮助竞争主体构建竞争优势,并为各种不同的决策研究做好有效的准备。

SWOT 分析主要探讨以下问题:一是我们想要拥有什么资源和能力;二是我们应关注什么;三是我们面临什么机会;四是我们如何与其他股东共享目标。SWOT 分析模型意在通过对有关的四个基本因素进行仔细分析,为研究人员描画出主体运行环境的完整框架,使研究者能够把企业战略的制订形式化为对关键问题的讨论,促使研究人员关注那些对主体最为重要的影响因素,以构建竞争优势为目的,理清有关的管理思路。研究和管理人员作出各类重要决策的前提是对主体整体情况有清醒认识,状况的分析是战略研究和战略制订过程中非常重要的一环,SWOT 方法就是这一步的核心。在 SWOT 分析过程中,研究人员通过对机会和威胁因素的分析,了解主体的外部宏观环境;通过对优势和劣势的分析,了解主体的内部微观环境。

SWOT 分析的过程首先是对影响因素进行调研。即利用各种调查方法,发现和整理有关主体或研究对象的优势、劣势、机会和威胁以及其他一些影响因素。所谓优势,就是指那些使主体比其他竞争对手更具竞争力的因素。从本质上看,优势应当是主体的能力或资源的组合,优势因素使得主体能够有效地完成其绩效目标。所谓劣势,是指主体的约束、缺陷或失误等。劣势因素使得主体表现出管理效能低下,在能力和资源方面处于不利的竞争地位。所谓机会,是指任何现在或将来可以被主体利用的事件或状况。机会包括某种趋势、某个变化或某一被忽视的需求等,由于这种机会可以引发对产品或服务的需求,可以被企业用来提升其竞争地位。所谓威胁,是指现在或将来可能削弱企业竞争能力的事物。主体具有的优势和劣势是由内部环境所决定的,有关因素相对来说有一定的可控性,如组织文化、资源、管理系统、管理价值理念等,都是主体竞争地位的内部决定因素。主体面临的机会和威胁则是由主体的外部环境所决定的,有关因素一般不以某个主体的意志为转移,如政府政策、经济、社会文化、道德、技术发展变化等,这些都是组织外部决定因素。

我们可以从三个层面对影响因素进行调研[①]。

第一层是关于主体内部资源和能力的因素。这部分可以通过调查访谈的方式来完成,可以通过表格对各影响要素的程度进行列举。

第二层是关于行业环境影响因素的调查。这部分可以使用波特的五种力模型。波特五力分析模型(Michael Porter's Five Forces Model)又称波特竞争力模型,是迈克尔·波特(Michael Porter)于20世纪80年代初提出,对企业战略制订产生了全球性的深远影响,用于竞争战略的分析,可以有效地分析客户的竞争环境。这五力分别是:供应商的讨价还价能力、购买者的讨价还价能力、潜在竞争者进入的能力、替代品的替代能力、行业内竞争者现在的竞争能力。五种力的不同组合变化最终影响行业利润潜力变化。五种力模型将大量不同的因素汇集在一个简便的模型中,以此分析一个行业的基本竞争态势。五种力模型确定了竞争的五种主要来源,即供应商和购买者的讨价还价能力,潜在进入者的威胁,替代品的威胁以及来自目前在同一行业的公司间的竞争。一种可行战略的提出首先应该包括确认并评价这五种力,不同力的特性和重要性因行业和公司的不同而变化。

第三层可以用STEEP方法。该方法的本质是对企业的宏观环境进行分类分析,STEEP是英文单词social(社会)、technology(技术)、economic(经济)、ecological(生态)、political(政治)的首字母缩写,四维或五维分析方法。就是通过五个方面环境的分析和扫描,判断企业所处的大环境,从这些环境的发展变化来预见和判断市场发展带给企业的机会和威胁,为企业进一步的战略发展提供有力的依据。

7.2 中国高等教育国际竞争力内部要素分析

此部分的要素抽取与评价均来自前文中国高等教育教学、科研与信息资源方面的国际竞争力分析。表7-1所示为中国高等教育国际竞争力内部要表分析表。

---

① 王延飞:《竞争情报方法》,北京,北京大学出版社,2007,66-68。

表7-1　中国高等教育国际竞争力内部要素表

分　析　项　目		优	好	一般	差
教学	教授数量		√		
	教师名誉称号			√	
	生师比			√	
	本研比		√		
	培养特色			√	
	就业情况			√	
	毕业校友		√		
	国际交流			√	
	创业教育				√
科研	科研经费			√	
	科研论文数量		√		
	科研竞争力				√
	学术职业竞争力				√
信息	图书馆资源		√		
	课程资源		√		
	人际资源			√	

　　根据上表,从内部要素分解评价来看,中国高等教育国际竞争力处于中下位,其中教授数量、本研比、科研论文数量等要素情况较好,充分显示了我国人口大国的优势,但同时也说明相关质量需要大幅度提升。此外,我国在信息资源建设方面总体投入较大,与国外相比,差别不大,特别是我国精品课程资源建设工作,颇具特色与成效。

7.3　中国高等教育行业环境分析

　　此部分采用波特的5种力模型思路进行分析。
　　(1)新入行者的威胁、竞争对手与替代产品
　　近年来,国外教育机构凭借优质的教育资源吸引了大量的中国留学生。美国国际教育协会2009年11月公布的一份年度调查报告显示,2008年中国内地去美留学人数激增21%,约98 000人。这份报告指出,2008至2009学年,在美国大学就读的国际学生人数比上一学年增加8%,达671 616人,创历史最高纪录。其中,中国留学生总数达98 510人,位居第二,印度第一,韩国、加拿大、日本分列第三至第五位。这一学年,去美国就读本科的留学生较上一学年增加11%,其增幅大大高于研究生增幅。该

报告称,本科生人数增加主要得益于来自中国的生源大幅增加①。

另据英国广播公司的一项研究显示,在英国高校的外国留学生中,中国留学生人数居首,中国仍是英国高等教育"最重要"的生源国家。根据这项研究,2007 至 2008 学年,在英国攻读本科的中国学生为 19 385 人次,攻读研究生的中国学生为 21 990 人次。该学年中,非欧盟国家的在英留学生人数达到 229 640 人次,几乎是 9 年前的两倍。据加拿大联邦移民部统计数据显示,过去 10 年间,在加拿大的中国留学生数量,已由 1999 年新抵达的 4 339 人增至 2008 年新抵达的 13 668 人,已占加拿大外国学生人数的第二位,仅次于来自韩国的留学生。每年新抵达加拿大的外国学生人数由 1999 年的 58 425 人增至 79 509 人,尤以来自中、韩两国的留学生数量最多。不过,韩国留学生人数已由 2006 年、2007 年的高位回落;相反,中国留学生数量在近两年急起直追,在 2008 年达 13 668 人,较 2007 年有三成增幅,创下了 10 年来的新高②。

(2)供应商的议价能力

我国是人口大国,且高等教育正趋向普及,因而在生源及入学率等方面不存在太大问题。但是,入世后国外教育力量的进入,对国内高素质生源有较强的吸引力。所以,从长远来看,我国高等教育如何有效保证国内高素质生源不流失,并同时持续吸引国外生源,是一个需要考虑应对措施的问题。

(3)购买者的议价能力

美国国际教育协会 2009 年 11 月公布的一份年度调查报告显示,中国已成为美国学生留学的热门目的地。报告显示,2007 至 2008 学年,前来中国留学的美国学生达 13 165 人,较前一学年增长 19%。中国继英国、意大利、西班牙、法国之后,在美国最受欢迎留学目的国中排第 5 位③。

但同时也应看到,全球就业情势严峻,我国高校毕业生的就业始终是一个难题。对此,国家采取了多种措施进行调控,在一定程度上缓解了就业压力,但大学生就业难的问题并未得到根本性解决。

7.4　中国高等教育宏观环境分析

近年来,我国政治局势稳定,经济发展速度突飞猛进,对外经贸的规模迅速扩大,已成为全球第一制造业大国、第三大贸易进出口国,中国在世界经济中的地位和作用

---

①、③ 《赴美中国留学生人数增两成》,中国成留学新热门地,2009 – 11 – 20,http://www.edutime.net/News/ViewInfo.aspx? NewsID = 12287.

② 《中国留学生人数在英居榜首》,2009-10-12,http://cjmp.cnhan.com/whcb/html/2009 – 10/12/content_2054724.

明显提高。可以预见,未来中国的对外经贸还会保持较强的发展势头,"中国制造"的竞争力会进一步提高,中国在国际经贸格局中的地位还会进一步巩固。在 2008 年世界各国 GDP 排名中,我国位居第三,仅次美国与日本。

但是,竞争是全方位、多层次、宽领域的,其中有技术、资金、产品的竞争,而更深层次的是人才竞争。在国际领域,与大的跨国公司在国际上争夺人才时,中国处于劣势。有资料显示,美国硅谷科学家中约有 70% 是中国和印度的,而在其 20 万的工程技术人员中就有 6 万是中国人。另有资料显示,2006 年硅谷缺少 67 万专业人才,其中需9.5 万 IT 精英,而这类人才多数来自发展中国家,大部分来自中国。国内情况也不乐观,随着市场准入和开放程度的进一步提高,越来越多的外国企业涌入中国。许多跨国公司、国外猎头机构等,凭借它们在技术、资金及经营上的优势,抢占了中国国内人才市场的大量份额。国内企业中有许多高素质人才因此正悄然向跨国公司驻华机构流动。据最新资料统计,全球 500 强企业中已有 400 多家企业及研发机构在我国落户生根,这些企业纷纷实施人才本土化战略。例如,摩托罗拉中国公司 1998 年雇员有1.5 万人,其中中方雇员 1.47 万人,外方雇员仅 300 人,但高级管理和技术人员多是外国人。为此,摩托罗拉加快了高级管理和技术人员本土化的过程,2002 年后,中方人员所占的比重由 57% 提高到 80%。另有资料显示,另一著名跨国公司诺基亚,在中国已拥有员工 3 500 人,其中本地员工占 90% 以上。跨国公司除了在中国投资设厂外,也开始在中国开设研发机构。例如,微软在华设立了"微软中国研究院",直接从中国本土聚集了众多 IT 界的精英和新锐,为其从事高新技术产品的研发。外国公司的这种人才本土化的战略,实际上与我国企业展开了更加直接、更加激烈的人才竞争。这就使得我国企业优秀人才在本土大量流失,进而失去产品市场。据北京市经委对工业系统 150 户大中型企业人才资源现状的调查,国有企业 1982 年以来引进的本科以上人员流失率高达 64%,大多数流入外资和合资企业①。

7.5 中国高等教育 SWOT 模型分析

首先分析中国高等教育的机会、威胁、优势与劣势。

机会:

① 政治稳定,经济实力提升,整体社会环境处于一种良性发展态势;

② 正成为国外留学生的重要目的国;

③ 高等教育改革日趋深入。

威胁:

---

① 梅晓柏,李德民:《WTO 背景下我国的人事制度改革与高等教育改革》,载《长春工业大学学报(社会科学版)》,2009(2),45-47。

① 国外教育力量对中国学生,特别是高中毕业生具有强大的吸引力;

② 外资企业、跨国公司对中国人才的强大吸引力导致我国人才流失情况严重;

③ 全球金融危机导致就业形势更加严峻。

优势:

① 正从人口大国向人力资源大国转变,具有强大的后备储力;

② 高等教育改革具有重大进展,高等教育实力稳步提升;

③ 经济实力不断提升,社会稳定,具有良好的发展环境。

劣势:

① 虽然高等教育改革已经取得很大进展,但我国起步晚,底子薄,高等教育质量仍待提升;

② 大学毕业生就业难的问题使得高等教育面临巨大挑战;

③ 人才流失严重。

我们将以上机会、威胁、优势、劣势纳入 SWOT 分析矩阵,并据此分析策略(见表 7 - 2)。

表 7 - 2 SWOT 分析矩阵

内部资源和能力 可选择的对策 外部环境力量	机会(O) O1 政治稳定,经济实力提升,整体社会环境处于一种良性发展态势 O2 正成为国外留学生的重要目的国 O3 高等教育改革日趋深入	威胁(T) T1 国外教育力量对中国学生,特别是高中毕业生具有强大的吸引力 T2 外资企业、跨国公司对中国人才的强大吸引力导致我国人才流失情况严重 T3 全球金融危机导致就业形势更加严峻
优势 (S)	S1 正从人口大国向人力资源大国转变,具有强大的后备储力 S2 高等教育改革具有重大进展,高等教育实力稳步提升 S3 经济实力不断提升,社会稳定,具有良好的发展环境	SO 策略 　继续深化高等教育改革,注重高等教育质量建设 　继续扩大国际影响力,吸引外国留学生	WO 策略 　不断提升我国整体国力,加大吸引人才回国或为我国服务的力度 　继续深化高等教育改革
劣势 (W)	W1 虽然高等教育改革已经取得很大进展,但我国起步晚、底子薄,高等教育质量仍待提升 W2 大学毕业生就业难的问题使得高等教育面临巨大挑战 W3 人才流失严重	ST 策略 　加大教育投入,深化高等教育改革 　加强经济建设,创造就业机会	WT 策略 　加强经济建设,提升我国整体实力 　加大教育投入,重视教育发展

经过分析,我们对中国高等教育国际竞争力有一个初步的整体把握。上述策略分析结果具有一定的共性,且大多处于宏观层面,我们将在后续章节进行具体细化。

8

提升我国高等教育国际竞争力的战略与策略

前几章主要是理论的探讨与现状的剖析,本章则主要解决"如何做"以及"做什么"的问题。

8.1 提升我国高等教育国际竞争力的战略

8.1.1 坚持科教兴国和人才强国战略

2006年8月29日下午,中共中央政治局进行第34次集体学习,胡锦涛总书记主持学习,就教育问题发表了重要讲话。2007年8月31日上午,胡锦涛总书记在全国优秀教师代表座谈会上发表了重要讲话,对教育工作和教师队伍建设提出了新的要求。胡锦涛总书记指出:"必须坚定不移地实施科教兴国战略和人才强国战略,切实把教育摆在优先发展的战略地位,推动我国教育事业全面协调可持续发展,努力把我国建设成为人力资源强国,为全面建设小康社会、实现中华民族的伟大复兴提供强有力的人才和人力资源保证。"

党的十七大报告又指出要"优先发展教育,建设人力资源强国……教育是民族振兴的基石,教育公平是社会公平的重要基础。要全面贯彻党的教育方针,坚持育人为本、德育为先,实施素质教育,提高教育现代化水平,培养德智体美全面发展的社会主义建设者和接班人,办好人民满意的教育。优化教育结构……更新教育观念,深化教学内容方式、考试招生制度、质量评价制度等改革……鼓励和规范社会力量兴办教育。发展远程教育和继续教育,建设全民学习、终身学习的学习型社会。"党的十七大报告不仅在社会建设部分把教育问题摆在首位,而且在经济建设、政治建设、文化建设、党的建设等其他部分也对教育相关的使命和任务进行了多方面阐述,形成了许多新的战略思路和方针政策。比如,优先发展教育,建设人力资源强国,是全面建设小康社会、实现国家现代化的长期战略选择;全面贯彻党的教育方针,实施素质教育,提高教育现代化水平,是新的发展阶段教育工作始终坚持的主题;促进教育公平,办好人民满意的教育,是着力保障和改善民生、构建社会主义和谐社会的一项带有全局性的任务,等等。胡锦涛总书记多次指出:"当今世界,知识越来越成为提高综合国力和国际竞争力的决定性因素,人力资源越来越成为推动经济社会发展的战略性资源。教育的基础性、先导性、全局性地位和作用更加突出。中国的未来发展,中华民族的伟大复兴,归根结底靠人才,人才培养的基础在教育。"

高等教育是人才强国战略的重要一环。温总理在《政府工作报告》中也指出 2008年主要任务之一是"坚持优先发展教育,提高高等教育质量。优化学科专业结构,推进高水平大学和重点学科建设。普通高校招生增量继续向中西部地区倾斜。"

国家教育事业发展"十一五"规划纲要中也明确提出要"着力提高高等教育质量",并做到:切实提高人才培养质量;优化人才培养结构;造就和凝聚一支高层次创新人才队伍;进一步推进高水平大学和重点学科建设;提高高校科技创新与服务能力;繁荣发展高校哲学社会科学。同时,也明确了"十一五"时期教育发展总体目标:教育事业持续发展,体系结构不断优化;区域发展趋于协调,城乡差距逐步缩小;教育质量稳步提高,创新能力明显增强;国民受教育水平提升,人民群众更加满意。

在政策的指导与支持下,我国高等教育需要加大改革力度,在跨越式发展过程中不断提升国际竞争力,并更好地为国家与社会输送强国人才。

8.1.2 在实践科学发展观的指导下发展高等教育

"十一五"教育规划纲要指出要落实科学发展观,以科学发展观统领教育发展与改革的全局。实践科学发展观就是按规律办学:第一,教育要符合自身发展规律的要求;第二,教育要符合时代发展的要求;第三,教育要符合建设中国特色社会主义对人才的要求;第四,教育要符合以人为本的要求。学校要坚持"以人为本"的办学理念,坚持"巩固、发展、提高"的方针,坚持教育工作的"四个统筹"(统筹教育的规模、结构、质量和效益协调发展,统筹各级各类教育协调发展,统筹城乡和区域教育协调发展,统筹教育的发展、改革与稳定),坚持教育为现代化建设服务、为人民服务,努力办让人民满意的教育。要以"依靠人、为了人、服务人"为基本出发点,尊重学生、关爱学生、服务学生,发现和培养学生的兴趣和特长,塑造学生大爱、和谐的心灵。以科学发展观审视我国高等教育,还有部分大学并没有真正建立以人为本、尤其是以生为本的办学理念,缺乏科学管理的意识,缺乏成本效益的意识,缺乏质量保障的意识,说到底就是缺乏对国家、对民族、对社会以及对学生的长远发展认真负责的精神。人类社会进入知识经济时代之后,作为国家实力的重要象征,大学对国家强盛、社会发展和人民幸福的重大影响力与推动力更加不可替代。为此,大学应当比其他组织负有更多的社会使命和责任,如同政府、军队等国家机器一样,大学是最不能只代表自己利益和满足自己需要的一类组织,坚持和谋求国家、社会和人民的根本利益并为之服务,必须成为大学不能动摇的思想意识和价值选择。关注大学责任与使命,既是中国大学精神的基本内涵,也是建立现代大学制度的思想基础①。

8.1.3 坚持高等教育的大众化与普及化战略

自 1998 年国务院作出高等教育"扩招"决策之后,中国高等教育规模逐年增大,规模总量一跃位居世界第一,高等教育整体跨入了大众化发展阶段,少数地区甚至进入普及发展阶段,我国正由人口大国向人力资源大国转变。2006 年,我国高等教育招生规模达到 540 万,是 1998 年的 5 倍,在学总人数超过 2 500 万人。目前我国高等教育毛入学率已达到 25%,超过中等收入国家的平均水平。"十五"期间,高等学校向社会输送了 1 000 余万毕业生。

踏着创新型国家建设的步伐,伴随小康社会的建设进程,在经济危机需要加快人才培养和储备的教育机遇面前,在适龄人口将持续下降的自然条件下,中国高等教育必将在未来十多年的时间里稳步走向普及(指适龄人口的 50% 接受各种形式、类型的高等教育)。2020 我国高等教育适龄人口(18~22 岁)在 8 375 万,18 岁人口在 1 600 左右。如果我国高校招生数每年增长 4% 以下,大体增加 20 万左右,届时高校招生数将达到 850 万左右,如果同时另外 800 万人接受中等职业教育(现在的中等职业教育计划规模)后直接进入劳动力市场就业,我国普通高中毕业生应该可以全部进入高等学校②。

不论三级办学还是二级办学,只要以省级政府统筹为主的体制格局不变,高等职业院校的设置及计划审批权切实交给地方,国家充分尊重省级政府意见不作过多行政干预,未来我国高等教育必将在省级政府统筹为主的格局中,更加均衡地走向普及化发展阶段。

高等教育由大众化走向普及,是现代社会发展的历史必然,目前中国经济社会发展的良好形势,就是未来高等教育发展的根本动力。为此,应该本着积极心态和发展思维,做好相关研究和制度准备,特别是思想准备③。

8.1.4 坚持并继续深化高等教育改革,把高等教育质量建设和高素质人才开发提升到国家战略目标的地位

我国高等教育在实现大众化——"做大"之后,目前进入"做强"阶段,即提高质量。为了完成建设人力资源强国的战略目标,我国高等教育必须在理念更新、体制改

---

①、②、③ 叶之红:《建设高等教育强国的历史任务与主要挑战》,教学信息化及教学方法改革经验交流会,2009。

革、制度创新和质量保障体系建设等方面继续深化改革。质量内涵的提升永远比数量规模的扩张要艰难得多。高等教育的战略选择已经明确,改革的任务因此更为艰巨。正如温总理所说:"应该清醒地看到,我们的教育还不适应经济社会发展的要求,不适应国家对人才培养的要求。"①

为了满足国家对高等人才的需求,进一步提高高等教育质量,我们要把发展高等教育质量建设提升到国家战略的地位。目前国外发达国家均把人才开发作为国家战略之一。如美国把这种战略安排作为推行其独霸全球战略的重要举措。美国联邦政府逐渐改变原先不直接干预各州教育的分权状态,不断通过颁布国家级战略文本引导高等教育的发展,近年来先后颁布了《美国 2000 年教育目标法》、1998—2002 战略规划、2001—2005 战略规划、2002—2007 战略规划。2006 年,美国国家科学院、国家工程院等机构发表了联合报告《迎接风暴振兴美国经济,创造就业机会,建设美好未来》,该报告强调要直面竞争危机、反思教育问题,提出美国政府应当在基础教育、科学研究、高等教育和经济政策方面采取相应措施,增强美国的竞争力。2006 年 11 月,美国未来创新委员会发表了《对现状的估计创新、国家安全与经济竞争力》报告。这份报告列举美国创新优势受到削弱的一系列主要指标,高度重视近年来中国在知识创新、研究发展和人才培养方面的巨大变化。可见美国具有强烈的危机感,力图以危机凝聚共识,加强联邦政府控制力度,形成实施国家战略管理的强大合力②。

作为发展中国家之一,我国更应加大高等教育改革力度。一是要满足社会对异质型人力资本的多样性需求。具有异质型人力资本的创新型人力是创新型社会建设过程中的主要力量。二是要建立多层次的高等教育体系,建立多层次的教育投资体系。高等教育的多样性要求转换我国现行的教育体制,改变由国家独立支撑教育投资的局面,鼓励各种社会力量参与高等教育,从而形成多样化的教育供给机制,以满足市场的需求。三是建立以市场机制为主与以政府管理为辅的高等教育管理体制。高等教育具有其独特的组织属性,只有保证其运作的相对独立性,高等院校才能在培育人才方面充分发挥自主性,形成多样化的异质型人力资本③。

8.1.5 树立国际意识与全球化战略

在全球化时代,高等教育也要向国际化和全球化方向迈进。江泽民同志在庆祝北京师范大学建校一百周年大会上说:"要密切关注世界教育发展的大趋势,在继承中华民族优秀传统的基础上,积极吸收人类文明的一切优秀成果,借鉴世界上先进的办学经验和管理经验,提高我国教育的国际竞争力。"所谓高等教育国际化,就是把握世

---

① 叶之红:《建设高等教育强国的历史任务与主要挑战》,教学信息化及教学方法改革经验交流会,2009。
② 沈健:《当前国际高等教育改革发展的新趋势》,载《江苏高教》,2009(2),1-4。
③ 张日新:《我国高等教育改革的目标模式及其路径选择》,载《教育理论与实践》,2009(9),3-5。

界高等教育发展的趋势和规律,加强同国际高等教育机构的交流与合作。其核心是人才培养质量、学术水平和管理水平的国际化,在教育内容、教育方法上要适应国际交往和发展的需要,培养有国际视野、国际交往能力、国际竞争能力的人才[1]。

目前全球高等教育呈现相互依存、共促发展态势。在国际化进程和全球化战略实施过程中,需要特别注意引进与输出并重,互惠互利双赢,而不是一味"美国化"。目前我国仍然引进得多,走出去得少,忽视与中国社会发展水平相近、文化渊源类同的广大发展中国家,忽视我们自身的成功经验和潜在优势。由此助长了国际交流中的单边主义倾向,抑制了合作的互利性质。因而,我们需要在引进来的同时,加大走出去的力度,把本土化的东西拿出去放在全球化背景下检验,提高理性化层次,从而融入人类教育知识体系[2]。

总而言之,在国际化、信息化、大众化、多样化等时代趋势下及未来发展前景的挑战面前,中国高等教育承担着建设创新国家、和谐社会,实现科学发展,体现以人为本的责任与使命。我们必须了解高等教育的形势任务、未来挑战、发展方向,了解高等教育体制改革、机制探索及制度建设的关键问题,并形成正确的价值判断,进而作出科学对策的选择。

8.2 提升我国高等教育国际竞争力的策略

8.2.1 更新思想观念

我国高等教育正进入大众化发展阶段,少数地区甚至进入普及发展阶段,但是由于我国高等教育大众化发展速度过快,许多思想认识有可能仍停留在精英高等教育发展阶段,继而制约我们对改革任务要求的理解和把握,甚至可能背道而驰,所以思想观念更新迫在眉睫。

(1)强化为社会服务的观念

我国高等教育,必须走出象牙之塔,由社会边缘走向社会中心。封闭办学、忽视学生参与等问题,亟待反思。大众化高等教育要求现代大学制度建设能充分体现"大学的责任与使命"、体现"办人民满意的教育"、体现"以学生发展为本"等现代教育理念。在部分研究型大学继续承担精英教育责任的同时,如何让应用型本科院校继续办出行业或地方特色,如何让大批高等职业院校坚持实用技术技能培养的方向,都要在规划、体制、机制、制度的设计中系统地体现出来。不能沿用精英阶段高等教育的学术取向

---

① 周祖翼:《扩大国际交流与合作 增强我国高等教育国际竞争力》,载《中国高等教育》,2003(1),26-27。
② 张铁道:《增强我国教育科学的国际竞争力》,载《教育研究》,2003(1),23-27。

和质量标准来规范大众化高等教育,大学目标定位不同,保障措施及过程监控方式的要求也不尽相同,国际领域推进个性化评估认证的实践,不仅促进大学自身办学特色的形成和保持,而且促进全社会对质量标准多样化趋势的认识①。

(2)确立多元化教育观

美国一流大学大多有上百年的历史,中间的几次转型也经历了漫长的岁月。而我国大学的创立、研究型大学的转型和高等教育平民化进程均处于一种加速增长。这使得我国高等教育在很大程度上不能满足社会经济发展需要。因而在高等教育大众化进程中,必然出现教育类型结构、教育质量标准、招生准入制度等多元化趋势。应用型甚至技能培养型高等学校获得了较快发展。多样性是高等教育体系的活力所在,也是高等学校竞争力的所在,要注意服务对象多元化、需求多元化、课程多元化。

(3)树立信息环境下的技术竞争理念

在新的历史阶段,教育竞争在很大程度上演变为教育技术的竞争,主要原因有以下3点。

① 技术特别是信息技术环境,已经成为教育竞争的基础性环境。自从人类历史开始,技术就以各种各样的形态支持着人与社会的发展。进入21世纪,技术社会的特征更为明显。技术特别是信息技术,已经成为当今人类与社会共生共长的基础性软环境,人类的日常生活、社会的各个领域如今均离不开信息技术的支持。对教育而言亦然,传统教育方式、学习方式、资源建设方式在信息技术的冲击下都发生了巨大变化。教室从封闭的实体走向网络的虚拟,课件从传统纸质单一传输走向多媒体高效率呈现,教师从孤独的单兵作战走向博客的合作与共同发展,精品课程借助网络在全国开花,日常管理与沟通在技术环境中更趋于便捷高效……不可否认,技术不仅成为当今各级教育机构正常开展工作所不可缺少的工具与手段,更成为教育发展与社会发展的必然环境。

② 通过技术优化教育的意识、方法与能力成为教育竞争的主要方面。对于各级教育组织与机构而言,技术设备与设施的配套已成为必备的硬件环境,如何利用技术以优化教育、提高教育绩效乃至提高组织竞争力已成为竞争的主要方面。竞争主体首先需要树立技术竞争的意识,认识到技术对个人与组织的颠覆性作用;其次需要培养技术竞争的能力,掌握技术竞争的方法。只有抓住了技术竞争这个关键点,在各项工作中有效利用技术提高工作效率,才能在未来竞争中处于不败之地。

③ 伴随着教师教育技术能力标准的进一步完善,技术之于教育将走向制度化。自从2004年我国实施教师教育技术能力标准以来,技术之于教育的制度化走向越来越清晰。课程建设、资源建设、教学管理、科研课题申报与管理、教学质量评估等各项工作均有了明确的技术要求与规定,如国家精品课程评估指标对课程资源的制作、网

---

① 叶之红:《建设高等教育强国的历史任务与主要挑战》,教学信息化及教学方法改革经验交流会,2009。

上呈现与互动作出了明确要求。技术之于教育必将在不久的将来有制度的保障与呈现。

(4)树立终身学习的理念

1998年,UNESCO世界高等教育大会宣言指出,大学要培养高素质的毕业生和负责的公民,他们能够融合于人类活动的各个领域,要通过学习不断适应当前与未来社会所需的课程使他们获得适当的职业资格,包括高水准的知识与能力。大学要为学习者提供可以终身接受高等培训和学习的空间,为他们提供一系列最佳选择的课程和进入与离开高教系统的灵活措施,使他们能够获得自身发展和社会流动,从而培养他们成为积极参与社会的公民。要促进全民终身教育实施成为全民终身教育的一个重要组成部分和重要的推动力量,并为此而变革、自我改造。大学要通过研究,创造和传播知识,通过恰当的科学鉴定,为社区服务,促进文化、社会与经济的发展,促进科学技术研究的发展,促进社会人文科学的发展以及艺术创造领域的发展。2004年,OECD发布《教育政策分析》,指出终身学习是一个概念,最初指在职前教育(initial education)结束后继续学习。现在表示的是学习贯穿于人一生的过程,包括在校学习。OECD定义了四项原则,每项均蕴涵着学校教育的影响。一是有组织的学习应是系统的和相互联系的。因此,学校教育应与人生其他阶段的学习相关联。二是学习者应该是学习过程的核心。对义务教育而言,这是个颇具挑战性的要求。三是应该重视学习的动机。这是职前教育面临的另一个挑战性的需求,很多人在这方面对职前教育的情况不满。四是应当承认教育目标的多重性,而不应仅仅着重于经济或工具主义目标。总体来说,终身学习就是要学会认知,学会做事,学会共同生活,学会生存。

8.2.2 深化体制改革推进制度创新,继续加强质量保障体系建设

高等教育体制改革是高等教育跨越发展的重要保障,怎样使体制改革促进社会各方面资源的有效吸纳和整合,怎样继续发挥行业教育协会等各类教育中介组织作用,还要研究有效对策。同时,我们还面临许多问题和任务,如:如何使国家管理的高水平大学在"211"、"985"项目支持下尽快进入世界高水平大学的前列;如何推动地方应用型本科院校切实面向地方经济建设主战场培养学以致用的人才;合并后大学的管理问题、多校区管理问题、校院两级管理问题、后勤服务管理问题、内部法制建设问题……这些问题都需要我们不断深化高等教育体制改革,通过制度创新加以解决。

2003年起我国实施了"高等学校教学质量与教学改革工程",狠抓教学模式、课程体系和教学方法的改革,效果显著。本科教育教学评估,使质量意识深入人心,使教育

质量评估认证的知识获得普及。同时,高等教育绩效评估较之教学质量评估更受关注。质量保障体系建设是当今世界高等教育领域最受关注的问题。质量保障的基础是质量标准系统的统一、评估认证制度的跟进及其质量保障体系的完善。因此,高等教育质量的提升必须以质量保障制度的建设为基础,教学评估仅仅是高等教育质量保障体系中的一个环节和一种手段,在高等教育各管理领域全面推进质量保障体系建设,将是一件长期而艰巨的战略任务。

同时,我们要更新观念,对高等教育质量观有新认识。曾宪文提出了高等教育质量观的六大转变①,具体内容如下。

① 从静止的、不变的、封闭的质量观向发展的、动态的、开放的质量观转变。这是由高等教育的发展性、时代性、多变性和开放性引起的。高等教育并不是一个孤立的、封闭的系统,在经济转轨和社会转型时期,周期短、频度快的社会变革特征使得高等教育的动态性、多变性、开放性更加突出高等教育质量观,就是要确立以内涵发展、水平提高为核心和主题的质量观。放在时间的维度上考察高等教育质量,就必须树立发展的、动态的、开放的高等教育质量观。

② 从单一的、平面的质量观向多元的、多层面的质量观转变。这种转变是由高等教育的多样性引起的。在精英教育阶段,高等教育的任务是培养社会栋梁、国家干部。进入大众化教育阶段以后,高等教育不只是数量的增长、规模的扩大、条件的改善,还有类型的增加、形式的多样、层次的增多,高等教育呈现出爆炸式多样化的特点。从培养目标上看,有研究型、应用型、技能型;从办学体制上看,有公办、民办;从培养层次和类别上看,有研究生、普通本科、普通专科、还有高职;从办学层次上看,有"985"高校、"211"高校、综合性大学、多科性大学、专门学院、地方学院、独立学院、民办本科院校、高等专科学校、高等职业技术学院,等等。放在空间的维度上考量高等教育质量,就应当建立起多元的、多层面的质量观。

③ 从通用的、刚性的、标准化的质量观向特色的、柔性的、个性化的质量观转变。这种转变是由高等教育的个性化趋势决定的。在精英教育阶段,质量具有普适性,质量标准是通用的、刚性的,评价指标体系是宽口径的。高等教育的大众化,一方面带来了宽松的办学环境和成才环境,提高了教育的自由度,为办学主体和学生个体的个性发展提供了空间;另一方面,教育主客体的群体特征发生了嬗变,独立性、选择性、多样性、差异性日益增强,使得个性发展成为必需和必然。高等教育大众化要求最大限度地开发和利用教育资源,提供满足个性需求的精益教育。在学校层面上,倡导科学定位,鼓励特色发展,避免办学定位、办学目标和专业结构的雷同。办学特色成为评价一所高校办学水平高低和办学成功与否的重要标志。从微观层面上看待高等教育质量,就需要建立起特色的、柔性的、精细的、个性化的质量观。

---

① 曾宪文,张舒:《论高等教育质量观的六大转变》,载《教育学术月刊》,2009(9),58-59。

④ 从计划的、供给主导的、生产导向的质量观向市场的、需求主导的、消费导向的质量观转变。这种转变是由高等教育的竞争性和产品属性决定的。在精英教育阶段,高等学校根据国家计划培养专门人才,向社会提供"合格产品",这种产品具有公共物品的特点。随着市场经济体制的确立和大众化进程的推进,办学成本分担机制逐步形成,高等教育产品也就不再是纯粹的公共物品,而是向准公共物品甚至准私人物品的方向转变。在大众化教育阶段,高等学校受到来自市场、学生、社会等内外部环境带来的竞争压力,办学价值取向不再完全取决于投资主体的意志,而是更多地依赖于社会选择。能否满足社会需求、市场需求、学生需求成为检验办学水平的重要因素,面向市场的、需求主导的、消费导向的质量观因此而生。

⑤ 从反馈的、总结性的、问题诊断型的质量观向前瞻的、预测性的、愿景引导型的质量观转变。高等教育质量观从其演进过程来看,大体上经过了三个发展阶段:合规定性阶段、合需要性阶段和合创新性阶段①。合创新性的质量观要求高等教育既能满足需求、适应需求,又能创造需求、引导需求;不但服务社会、适应社会,还要引领社会、改造社会。

⑥ 从外在的、异化的、依附型的质量观向内生的、本性的、自主型的质量观转变。这种转变是由教育的本质属性对高等教育质量观的内在要求决定的。

此外,在质量建设过程中,我们要借鉴国外相关成功经验,构建以学生为中心的人才培养模式,提高本科培养质量。如,美国全国高等教育管理系统中心的彼得·尤厄尔(Peter Ewell)和丹尼斯·琼斯(Dennis P. Jones)在大量实证研究的基础上,于1996年成功牵头研发了名为《本科教育良好实践(Good Practice,以下均简写为 GP)指标》的使用手册,这本开放性的手册帮助许多院校建立起以学生为中心的本科教育 GP 指标体系,促进了本科教育评估的发展,推动了本科教育的改革。该手册"以生为本",重视学生教育教学参与学习是一个建构的过程,学生是认知的主体,是知识意义的主动建构者,教学过程中师生互动、学生积极参与等各个环节都决定了最终的教学质量。传统的对于高校声誉、资源等的描述性指标和终端评估指标虽然能够一定程度上反映院校实力,但是却无法直接体现学生学习积极性的调动情况。提倡"以生为本",开通学生问卷调查等渠道,挖掘过程性指标才能找到影响院校教学质量的症结所在,提升院校发展的动力②。

8.2.3 加强信息技术在高等教育改革中的作用

胡锦涛总书记在党的十七大报告中强调要"发展远程教育和继续教育"。美国斯坦福大学校长卡斯帕尔 1998 年 5 月 3 日在北京大学百年校庆上也表示:"信息技术发

---

① 胡高,胡弼成:《高等教育质量:理性评价与认识》,载《宁波大学学报(教育科学版)》,2004(8)。
② 岳小力,张晓鹏:《构建以学生为中心的本科教育质量评价指标体系》,载《复旦教育论坛》,2009(7),16-20。

展如此迅猛，以至于我无法将斯坦福大学在信息技术领域取得的优势作为它成功的诀窍之一。我能说的是，与我在前面提到的斯坦福成功的五个因素一样，信息技术对大学的未来将是至关重要的。"①

信息技术已经并仍将在教育改革中发挥作用，主要表现在以下4方面。

① 信息技术使得教育选择范围扩大。开放是高等教育的重要属性。大众化阶段学生在现实及虚拟世界都有更多学习方式的选择，这种选择不仅限于国内研究型大学、应用性本科院校或者是技能型高职院校之间，还在跨国际、跨文化的更大空间之中。随着高等教育普及程度的不断提高和普通高等教育适龄人口的不断下降，学生对接受高等教育的选择意识及行为将受到进一步强化②。

② 信息技术正在向高等学校全部教学改革的各个环节渗透。信息技术要应用到教学改革各个环节，包括教学过程、科研过程、终期评价评估，或者教学基本状态数据的收集、反馈、整理，这不仅成为学校基础建设的基本内容，还是数字化校园建设的基本环节。信息技术运用将会持续发展，学生会不断创造出信息交流、互动的新方式，管理者和教职工需要跟上学生的步伐，不断推动教育及管理形态的多样化。

③ 教育竞争力正逐步走向教育技术竞争力。自从人类教育活动发生以来，就存在不同程度的竞争。当然，教育竞争不像企业竞争那样你死我活，大多时候是以相互促进和共同发展为目的的良性竞争。教育竞争在不同的历史阶段有不同的表现形态：20世纪50年代，其形态是有效学校，"有效性"是"竞争力"的前意识表述；20世纪90年代，随着企业竞争力的兴盛，"教育竞争力"正式走上历史舞台；21世纪，技术特别是信息技术环境成为教育竞争的基础性环境，教育竞争正以"教育技术竞争"的形态呈现，教育竞争力正逐步走向教育技术竞争力。

④ 借助Web2.0技术，加强师资队伍建设。我们和国际上一流大学的差距，主要不是学生生源，也不完全是财力和物力的投入，最主要的是教师队伍的结构和水平。大学要提高核心竞争力，要培养高素质人才，培育大学文化和大学精神，办出学校的鲜明特色，关键在于提高教师队伍建设。人才是强校之本，高校教师队伍建设始终是高校改革与发展的头等大事，是提高高等教育质量、建设高水平大学的核心问题，加强高等学校教师队伍建设是提高办学水平、实施人才强校战略的迫切要求。面对创建世界一流大学的历史重任，建设一支高素质教师队伍，集聚一批具有国际影响的学术大师和教育名家至关重要。我国正处于社会转型过程中，创建世界一流大学所面临的资源约束、体制机制障碍，是其他国家所无法比拟的。这就要求我们立足现实，把握矛盾的特殊性，在培养拔尖创新人才、建设高水平师资队伍和创造一流学术成果等方面付出

---

① ［美］G.卡斯帕尔，夏洪流，周刚译：《斯坦福大学的成功之道》，载《高等教育研究》，1999（3），1-5。
② 《建设高等教育强国的历史任务与主要挑战》，叶之红在教学信息化及教学方法改革经验交流会上的讲话。

更大的努力①。

　　教学质量的提高离不开教师教学能力的不断提升。高速发展的知识经济社会对教师的教学能力提出了严峻的挑战与考验,高校教师必须不断学习、不断提升自身素质,才能合格地站在讲台,面对学生。在信息环境已经成为必然环境的情况下,我们要充分利用信息技术,特别是 Web2.0 技术来提高教师教学与科研水平。Web1.0 的主要特点在于用户通过浏览器获取信息。Web2.0 则更注重用户的交互作用,用户既是网站内容的浏览者,也是网站内容的制造者。我们熟知的博客、播客、维基、P2P 下载等均属于 Web2.0 范畴。Web2.0 是新一代互联网环境,与"只看不动"的 Web1.0 相比,Web2.0 强调人与人之间的网上互动、互动所带来的深层次反思以及深层次反思对行动的影响,因而 Web2.0 是"既看又动"并以此提高行动绩效。我们可以通过综合运用 Web2.0 的一些形式和软件,在博客、论坛等基础上,借鉴国外社会性交往平台 Facebook 和国内相关平台(如人人网)的成功经验,研究、设计和开发一个符合我国教师需求的平台,并在此平台上构建教师网络学习与教学共同体,通过教师网络学习与教学共同体的有效开展,提升教师教学能力,从而全面提高教学质量和教育竞争力。相对于传统的教学能力培养途径,此途径具有财政支出少、不必集中培训(教师在家中实时或非实时上网培训即可)、易被教师接受、效果持久等特点。

8.2.4　突出办学特色,把创造世界一流大学提升到战略高度

　　有特色才能有竞争力,才能有高质量。在这方面,美国的一流大学有许多成功范例。比如,著名的斯坦福大学独辟蹊径,提出"专家社区思想",创立与工业密切结合的科技园区,造就了"硅谷"奇迹。而只有几十年历史的卡内基梅隆大学是一所只有几千学生的大学,但它以计算机科学技术学科和艺术学科等几个较少的领先学科的独特优势而扬名世界②。

　　我国必须着力避免片面追求数量的增长,坚持质量优先、以内涵发展为主的原则,把工作重点放在提高学校的教学科研水平上,着力打造核心竞争力;必须坚持有所为、有所不为的原则,注重发挥比较优势和重点突破,走特色发展的道路。世界一流大学是一个国家科学文化和教育发展水平的标志。中国要实现现代化、增强国际竞争力,就必须建设世界一流大学和一批国际知名的高水平研究型大学。这项意义重大的工程,关系到实施科教兴国战略和建设人力资源强国的历史进程。1998 年 5 月,国家开始启动创建世界一流大学的"985 工程"。2009 年,在研究制定《国家中长期教育改革和发展规划纲要》的过程中,建设世界一流大学成为重要议题。北京大学党委书记和

---

①、②　《向世界一流大学迈进——对话北京大学党委书记闵维方》,人民日报 2009 年 06 月 11 日。

高等教育研究专家闵维方教授认为,应该把建设世界一流大学提升到战略高度。为此他详细阐述了理由:"在当今世界,国际竞争日趋激烈,涉及国家硬实力和软实力的各个领域。其中,影响国家核心竞争力的关键因素之 就是大学。在这样的国际环境下,要增强我国的国际竞争力,创建世界一流大学的意义非同寻常。我认为,创建世界一流大学是实施科教兴国、人才强国战略的题中应有之义。实际上,创建世界一流大学应该也必须是一种国家战略、一种国家行为。从世界范围看,无论英国、德国、美国还是其他国家,大学的发展都是与一定的国家政策取向联系在一起的。一位诺贝尔奖获得者曾经说过,美国真正的实力并不在于造了多少汽车和飞机,而在于美国是一个大学林立的国家。德国前总理施密特也说,当德国的大学是世界上最好的大学的时候,也就是德国的国势在世界上最强的时候。他是指 1870 年前后那几十年,德国的大学引领了世界高等教育的潮流。"①

8.2.5 加强对学生的创业教育

我国高等教育已经走向大众化,我国高校毕业生人数的逐年增加、农村新增劳动力的转移、体制转轨带来的城市下岗人员造成了我国劳动力总体严重供过于求。中国社会科学院人口与劳动经济研究所的专家分析,经济增长并不自动带来最大化就业。在这样的背景下,我国大学必须面向经济社会发展需要,对培养目标、培养模式、学科布局、课程设置、教学方式等进行改革,要从"就业教育走向创业教育",加强对大学生的创业意识教育和创业能力培养。创业教育包含有以下核心概念,即就业,创新,智力资本转化、与企业合作、技能提高。政府应当制定相关政策,营造一种创业文化。而大学则需要在课程教学、人才培养、大学管理与评价等多方面进行改革,将创业理念渗透进去,使得创业教育从边缘学科走向主流教学。特别要在课程改革上大力改革,课程开发和讲授过程中雇主的参与、学生课外创业活动与课堂教学整合、就业指导与课程的配合、学习环境从教室扩展到工作场所。在创业课程开发的过程中,必须将企业的技能引入课程当中。创业技能包括创造性解决问题、说服、协商、营销、策略性思维、在不确定环境下凭直觉决策、建立关系等一般性可迁移技能。这些需要用以学生为中心的学习方法来实现,特别强调大力增加有机会,通过工作经历、经验性和实践性学习来提高就业准备和自我创业的学生数量。对创业学习本质的深入认识,促进创业教育走出传统的课堂范围,学生课外创业活动的真实性、挑战性、创新性和实践性使之成为创业课程的重要组成部分。创业教育带来的另一个变革是学生社团在创业教育中发挥重要作用,创业活动由此成为大学生活动的有机部分,增加了创业职业选择的可能性。此外,创业教育可以大力推动产学合作和大学智力资本的转化,中小企业在提供就业

---

① 《向世界一流大学迈进——对话北京大学党委书记闵维方》,人民日报 2009 年 06 月 11 日。

机会、增加经济竞争力方面发挥着重要作用,大学与企业的合作,特别是与中小企业的合作伙伴关系是至关重要的。产学合作不仅局限在科研领域,大学和企业以创业教育为中介形成的紧密的互动关系,企业家参与创业课程的开发和设计,将雇主的技能需求纳入教学之中,开发学生的核心技能,提升大学生的就业和创业能力①。

8.2.6 建立教育创新网络联盟

近年来网络联盟已经成为个人或机关的社会合作和协作的一种普遍形式,特别是新的通信技术的兴起更促进了网络联盟的发展。网络同样在教育领域普及。专业学习总是在不拘形式的院校合作网中发生。在网络上,有着类似经历、兴趣和背景的个人交换他们的知识并促进彼此相互学习。学校也在网络普及中进行了变革,教育网络联盟越来越多。它们本质上可能是横向的或纵向的。横向的网络连接教师、校长或各个学校,纵向的网络则在学校与各级教育管理职能部门中存在。建立教育网络是组织学习和发展的有力措施之一。教育网络的功能是多方面的:一,教育网络是有目的的社会实体,承诺质量、保持实力和注重结果;二,它们是变革时代支持创新的一种有效手段;三,教育网络提供传播优秀的范例,提高教师的专业发展水平,支持学校培养创新能力,调解集权和分权结构的冲突,并且协助教育组织和体系重构。教育网络的成员可以通过网络推广它们的成功教育实践,各成员学校可以通过网络分享学校教学发展,参与学校社区,让学生参与教学行政管理,同校外利益相关者合作,分享学校管理和行政管理经验。同时,我们要注意到,网络联盟具有松散联合的本质,是相当脆弱的社会有机体。因此,为了促进网络成功,一些条件是必需的,如需要领导来管理,同时遵循网络基本行为准则是成员持续参与的前提。有效网络倾向于拥有某种管理结构和机构化领导。我们既需要面对面交流,又需要促进通过互联网进行交流。网络在教育界代表变革的活力。与传统相比,网络联盟具有更多优势,如教师专业发展机会增多,通过合作网络成员能获取更多的力量。网络在未来教育决策中必将起到越来越重要的作用②。

8.2.7 营造高等教育绿色生态环境

首先,加强学术自律,营造高等教育的绿色生态环境。可以从以下两个方面重建学术生态,净化学术环境。一是学术主体即学界人士本身,加强道德自律,加强科学界的科学道德建设、强化科技工作者的伦理责任,是优化学术生态系统的主导方面。二是逐步完善和严格执行与科研有关的管理制度、体制和机制等,从源头上堵住学术

---

① 牛长松:《英国高校创业教育研究》,上海,学林出版社,2009,272-275。
② 《OECD创新网络——走向学校管理和教育管理的新模式》,北京,教育科学出版社,2008。

不端行为的发生，保证在科研项目的立项和评审的过程中体现公平和公正。其次，倡导民主、自由和宽容的学术氛围，重视学术的群体效应。高等教育的发展必须以学生为中心，以教师为主体。高校的任务是育人，要培养出高质量人才，必须有高水平、高素质的教师队伍。要构建一个和谐的校园，倡导民主、自由和宽容的学术氛围，尊重学术人员的自我组织，强调学术多元发展，鼓励创造，宽容失败，充分发挥学术人员的主体作用，打造良好的生态学术环境。同时，更要重视学术的群体效应①。

8.3 案例分析与经验借鉴：麻省理工学院和斯坦福大学的成功之道

8.3.1 案例一：麻省理工学院成功之道

麻省理工学院(MIT)是美国培养高级科技人才和管理人才、从事科学与技术教育与研究的一所私立大学，1865年创建于波士顿，1961年迁到现在所在的坎布里奇。虽然后来增设了人文、社会科学等系科，但该学院仍保持了其纯技术性质的特色，主要培养工程师和技术人员，其办学方向是把理论科学和应用科学的教育与研究结合起来。正如查尔斯·维斯特所说："MIT是一所虽不排除其他学科，但以科学和工程学为主的研究型大学。我们通过发现自然、社会、经济和审美领域的基本知识服务于国家和世界；通过与其他人协力合作，用这方面的知识迎接世界的巨大挑战；通过为有很高天赋的和多样化的学生群体提供很好的教育，以让他们深刻地理解科学和工程学，并发展他们的能力、塑造他们的价值观、激发他们的情感，使他们明智而有创造性地把所学知识应用到人类的进步当中去。我们可以为取得这些成就而自豪，我们也确实是这样。"

MIT的成功之道表现在以下3方面②。

① 实用知识的教育价值观。MIT开设的课程"适于培养机械师、土木工程师、建筑师、矿冶工程师和实用化学师"。学院还聘请了一些有创新意识的教授，如埃利奥特、爱德华·C.皮克林，他们带来了新的教学方法和模式。对于本科教学，MIT既重视基础理论知识又强调实际的操作能力。MIT强调利用实验室、工厂和计算机资源进行教学，让本科生从事研究活动。MIT是第一所制订"大学生研究计划"的大学。1969年MIT制订了"大学生研究机会计划(UROP)"，它给本科生提供广阔的、开放的、作为教师的初级同事参与研究的工作。它是以研究为基础的本科生同教师进行智

---

① 牟伟,高安芹:《营造高等教育绿色生态环境》,载《中国成人教育》,2008(1),18-19。
② 本部分整理自北京大学发展规划部网站资料,http://odp.pku.edu.cn/list.asp? classid=5。

力协作的计划。UROP 现在仍是全美大学中最大和最广泛的计划,没有其他哪所大学在这方面能与之比肩。MIT 也是唯一一所学生可在每一门可获得的学科中进行研究的大学,包括艺术、社会科学和人文科学,而不是仅仅限制在自然科学和工程学领域。UROP 向所有 MIT 和威尔斯利学院的学生提供了参与研究的机会,学生可参加研究活动的每一个阶段,提出或发展研究计划、建议、进行研究,分析数据,写作研究结果的书面报告。UROP 的项目可在学年或暑假的任何时间进行,同时也可在任何系或跨学科的实验室进行。对 UROP 经历的评价,在每一学期或暑假结束时由学生和教师各写一份。除自然科学和工程学之外,UROP 也适用于其他分院和各系,包括艺术、人文科学、图书馆和写作等。在研究项目的质量评估结束后,对教师和学生进行各种各样的奖励。1998 年度,教师从他们自己的研究资金中拿出 500 万美元作为参加"大学生科研机会规划"的学生的工资。

② 社会责任感。为社会的利益而发现和应用知识是 MIT 的中心使命。1873 年以前,机械工程一直是 MIT 的第一专业,之后与土木工程易位。这是因为当时美国有成千上万英里的铁路需要铺设,还要开凿隧道、修筑桥梁、兴建公共设施,这都需要大批训练有素的工程技术人员。此外,在一战期间,MIT 还广泛增设专业,开展与战争有关的科学研究。MIT 为报效祖国办起了培训陆军和海军飞行员、航空工程师、无线电工程师以及其他人员的专业,广泛开展与战争有关的科研工作。一战后,为寻求资金支持,学校成立了工作合作与科学研究室。根据该室与工业界签订的合同规定,由学院派人帮助工业部门解决科研难题。这个研究室逐渐发展成工业联络规划室和协作办公室,加强了与工业界的联系和相互促进。1940—1946 年,MIT 建立了微波雷达研究机构,1951 年又建立了林肯实验室。这与 1940 年前经济萧条时期美国工业发展趋势也是大有关系的。在冷战日益加剧之时,美国务院就前苏联干扰美国之音一事委托 MIT 在 1950 年内完成一项"特洛伊"研究规划,这项研究促使 MIT 于 1951 年组建了国际研究中心,并于 1965 年成立了政治学系,这个系的不少研究工作与国家的重大决策有关。1972 年,为寻求解决震撼世界的能源危机新途径,能源实验室在 MIT 应运而生,有 65 位教授和许多研究生参与了这项工作。

③ 文理相通——通识教育与专业教育相结合。MIT 虽然是一所著名的理工学院,但它并不忽视人文学科的教育。罗杰斯院长在 1865 年建校之初,为学院规定的宗旨之一便是"提供一般的教育,使其在数学、物理、自然科学、英语和其他现代语言以及心理学和政治学的基础上,为学生在毕业后能适应任何领域的工作做好准备。"沃克院长加强了课程设置中的社会科学内容,康普顿院长通过建立人文学研究室又给社会科学以新的重要地位。在 MIT,通识教育与专业教育相结合,为本科生提供了一种平衡的教育。

MIT 前任校长查尔斯·维斯特在 2002 至 2004 年度校长报告中曾对 MIT 精神进

行了总结与概况,这些精神无疑对我们有重要启示作用。①

首先是卓越。MIT 历史上有很多卓越的学者、教师和研究人员,而吸引卓越人才的手段不仅仅是终身聘任制,还有其学术团队本身。查尔斯·维斯特认为,院校卓越不是学者个人贡献的简单汇总,团体内的互动与协同所给予我们的启示远超出其本身。优秀的同事吸引更优秀的同事。优秀的学生来 MIT 接受优秀教师的培育,不少优秀教师也由于优秀学生的存在而来 MIT 工作。同时,他认为卓越不是个别院校的卓越,美国高等教育的卓越有七个原因:第一,高等院校广泛多样;第二,为新聘助理教学提供广阔开放的教学与学术空间;第三,积极推进教学与研究的合作;第四,欢迎国外学生、学者和教师,从而丰富校园学术文化生活;第五,国家科技政策的支持;第六,校友资助使贫困生能够进入昂贵的学校;第七,师生自由竞争的体制。

其次是坚毅。MIT 认为,继承与变革同样重要,必须对两者间的平衡有清醒认识。而且在变革过程中,MIT 特别强调文化建设,并坚持大学的多样性,如在学科、教学风格、学生背景方面的多样性。

再其次是勇敢。勇敢体现在学术探索中。在一些情况下,无论是学校还是个人都必须就是否开辟新的方向,或抓住某一契机作出决策,此时勇敢是十分必要的。

最后是乐观。查尔斯·维斯特认为,如果没有面向未来的乐观主义,就难以在这样一个充满发现和成就的校园环境中生活与工作。MIT 保持乐观主义,坚信生存的意义,坚信自身的能力。

8.3.2 案例二:斯坦福大学成功之道

斯坦福大学(全称:小利兰·斯坦福大学,英语:Stanford University,全称 Leland Stanford Junior University)是美国一所私立大学,位于加利福尼亚州的斯坦福市,临近旧金山。斯坦福大学拥有的资产属于世界大学中最大的之一。它占地 35 平方公里,是美国面积第二大的大学。在世界一流大学当中,它还是比较年轻的。但它在发展人类智力、满足社会需求方面,又是充满活力、独树一帜的。

斯坦福大学的以下两大特色和做法是世界闻名的②。

(1)加强师资与重点学科建设,构建"学术尖端"

20 世纪 40 年代后期以来,由于联邦政府决定加大对教育的投资,美国的教育得到复苏。对当时偏于一隅的斯坦福来说,与东部的名牌大学是无法相提并论的,同时西部远不如东部发达,且人才流失严重。当时的斯坦福大学副校长特曼教授认为,高校的未来在于人才。在他看来,大学不仅是求知的处所,它们对一个国家工

---

① 查尔斯·维斯特:《一流大学 卓越校长》,北京,北京大学出版社,2008。
② 这两大特色整理自北京大学发展规划部网站"大学研究"专栏资料,http://odp.pku.edu.cn/list.asp?classid=5.

业的发展、工业的布局、人口的密度和所在地区的声望，都可以发挥巨大的经济影响，而且要成为第一流的大学，必须有第一流的教授。但当时的斯坦福对名牌教授并没有吸引力。为此，特曼提出了他的"学术尖端"的构想，这包含两层意思，一是吸引顶尖人才。对此，特曼曾有这样形象的解释，一个运动队里与其个个都能跳 6 英尺高，不如有一个能跳 7 英尺高。同样的道理，如果有 9 万美元在手，与其平均分给 5 个教授，每人得 1.8 万美元，就不如把 3 万美元支付给其中一名佼佼者，而让其他人各得 1.5 万美元。只要有好的教授，他们就会吸引政府的投资，也会吸引研究生和有发展潜力的年轻人，使学校兴旺发达。其实，这也是特曼教授的一个预见：努力提高斯坦福的声誉和实力，以在未来不远的政府投资中获取尽可能多的教育经费。特曼教授"学术尖端"构想的另一层意思就是树立若干学术上的顶尖科系。他认为，首先的突破口有 3 个：化学、物理和电子工程。事实上，物理和电子工程直至今天也还是使斯坦福大学享誉海内外的两大优势。正是基于以上招揽出色人才和造就尖端科系的"学术尖端"构想，特曼教授和当时的校长华莱士·斯德林（Wallace Sterling）决定把斯坦福的土地变成金钱，而把钱——通过聘请著名教授——变成学术上的威望。他们出租土地为学校挣钱。在原来老斯坦福的赠予书内，写明了这些馈赠的土地（斯坦福校区）不许出售，但没有禁止出租。所以，他们就划出 7.5% 的校园土地，约 655 英亩，出租给从事高科技产业的工厂，这便是后来的斯坦福工业园区。

（2）加强大学与工业的合作

斯坦福大学的斯坦福先生的"实用教育"（Practical Education）的教育观从一开始就影响着斯坦福大学的成长。斯坦福先生并没有受过高等教育，他是作为一个实业家进入社会的。实业家的社会实践，使他懂得教育对于振兴实业的重要性，同时，他又明白实业界需要什么样的教育，特别是什么样的高等教育。"实用教育"也就成为其创办斯坦福大学的理念。而作为斯坦福研究园区创办者的特曼教授也是持此种观念的重要人物，他反对把大学办成一个脱离实际的象牙之塔。斯坦福研究园区是由斯坦福大学副校长特曼教授于 1951 年创建的，是世界上第一个研究园区，特曼教授被誉为"研究园区之父"。对一位致力创新的企业家来说，物质和精神的支持是同样重要的。而斯坦福研究园区就可以为有志者提供这两种支持。例如，当今闻名世界的惠普公司，就是在研究园区起家的。当时，在特曼教授学术和资金等各方面的帮助下，他的两位得意门生休利特和帕卡德以 538 美元创办了惠普公司。斯坦福研究园区从一开始就既给予了创业者以高风险但高利润的机遇，又为他们的创业提供一定的保险——技术、信息、资金的保障。正是提供了这种有冒险基础的研究园区，使斯坦福大学自然而然就成为人才流向地。由于人才、资金以及创业精神的聚合产生出了一些有巨大成就的公司，也正是这些有成就的公司使得斯坦福研究园区和硅谷像一块大磁铁一样，吸引着美国各地和世界各地的工程技术人才。这样一种把大学与工业联系在一起的环境也造就了许多教授企业家,电器工程系教授林维尔(John Linvill)就是一个典型,他有数以千计的学生在硅谷工作,他本人也在好几个公司兼职。1971年他与人共同创立了遥感系统公司,专门制造视觉-触觉转换器,使得目前在美国已经有上万名盲人享用电子式的阅读。除了教授企业家和工程师创业家外,还出现了大学生创业家。驰名世界的苹果电脑公司,就是由两位年轻的大学毕业生乔布斯和沃兹尼克创办的。创业已经成为了斯坦福大学的一种重要文化,这也是研究园区和硅谷根深叶茂的深刻底蕴。斯坦福大学甚至开设了创业课程,从理论上给企业家进行指导。一些著名的创业家,如擅长销售的 AMD 公司创始人桑德斯、不断另起炉灶的"创业狂"安戴尔,电子游戏工业的泰斗布什内尔等,都是在这里起家和成长的。

研究园区实际上是将大学的智力和工业界的财力结合起来的产物,因此大学和公司的合作是十分重要的。为保持大学-工业之间良好的、持续的合作关系,大学的实力与工业目标之间必须有很好的配合。对于研究园区的公司、企业来说,它们的成功往往不是取决于诸如接近市场、原材料或有特殊技能的劳动力等方面,而主要取决于是否及早地取得了大学研究成果的信息。合作形式包括为大学提供研究资金、以应用为背景的基础研究以及工业对其进展进行持续地跟踪。在大学实验室和研究所从事的应用研究常常由大学教师和工业研究人员共同参加。开发活动则集中在工业实验室。大学参加开发活动有两种方式:一是教师当企业顾问;二是企业吸收在开发活动方面具有研究经验和才能的学生。例如,斯坦福大学有 80 位教师和大约400 名学生参加了集成电路系统研究中心的工作。此外,斯坦福大学还通过多种形式加强与公司企业的联系。如开设专业课程、办夜校、任顾问、当董事、共用研究设施、联合研究、研究生参加非全日制工作、聘请企业家当兼职教师或当论文评审委员会成员,等等。

美国斯坦福大学校长卡斯帕尔1998年5月3日在北京大学百年校庆上系统地阐述了美国斯坦福大学成功的五个因素。即坚持注重研究型大学的基本目标和特色;始终把教学和科学研究的结合看做是主要任务;学术自由是一所大学的根本任务;建立大学与工业界之间的合作;坚持研究的开放性,以把握机遇不断创新。这些要素对我国高等教育建设具有以下重要启示[①]。

① 坚持注重研究型大学的基本目标和特色。卡斯帕尔认为,高等教育系统正在高度分化,以适应各种各样的需要,特别是社会对熟练技术人员的需要。"注重研究型的大学"应该满足以下三个标准:能精心选拔学生;致力于知识探索;富于批评性的追根究底的精神。大学不是一个研究院,注重研究只是大学功能的一部分,并且与传统大学教和学的功能融为一体。它们对社会和自身有一些永恒而又独特的任务,承诺

---

① [美]G.卡斯帕尔,夏洪流,周刚译:《斯坦福大学的成功之道》,载《高等教育研究》,1999(3),1-5。

并成功担负起高质量的教育、科学研究和革新责任的历程。

②始终把教学和科学研究的结合看做是主要任务。研究和教学的辩证关系是研究密集型大学的一个重要特性。在大学,研究和教学需要辩证地联系起来。将研究和大学分开、大学成为国家单纯进行培训的机构、研究全部由科学院承担,这样的体制因为将研究和学生截然分开,就不能最大限度地发挥学生的才能。斯坦福大学对任何一个教师的聘用都要求他要搞教学,这显示了对研究和教学关系的重视程度。

③学术自由是一所大学的根本任务。学术自由是一所大学的根本,学术自由意味着学术要从政治家的怀抱中自由出来。大学必须不断地改进自身的质量,这是一项艰难的工作。

④建立大学与工业界之间的合作。以技术转化作为主要源泉,高校和工业界的密切协作已经成了全球化的趋势和要求。斯坦福大学和硅谷的联系可以视作这种协作的典范。在上世纪50年代,由于与斯坦福大学临近的斯坦福科研园的创建,斯坦福大学和商业界的联系变得非常容易。1995年在硅谷的高技术公司的赢利就达到850亿美元。它们还为社会创造了数十万个就业机会。斯坦福设立斯坦福综合系统中心,明确建立了大学与工业界之间的合作。综合系统中心隶属于大学,在校园拥有自己的综合建筑以及软件和硬件系统,中心有40名教授、200名学生(大部分是博士研究生),有差不多10个学科领域和来自世界各地的15个电子企业的代表处设在该中心。中心通过来自大学和工业界的研究人员的共同讨论来决定自己的优先研究领域,工业界的研究人员通过在中心工作一段时间可以增长学识,而博士研究生可以到公司来完成自己的实习任务。

⑤坚持研究的开放性,以把握机遇不断创新。如果一所注重研究的大学要依赖于商业产品开发或者政府工业政策的驱使,那就失去了它的优势。工业界对学校的经费支持决不能取代国家的基础研究基金。基础研究是一种公益事业,而商界是以赢利为目的,只能给予对其有限的资助。

卡斯帕尔还特别讲到信息技术对大学的作用。他认为,Internet是一部信息百科全书式的资源,是图书馆,也是档案馆。由于有了新的通信手段和方式,教学的领地将随之发生变化。在不远的将来,教师在课堂讲台上讲授将由在虚拟教室中教师和学生的双向交流所取代。Internet既解放又威胁着注重研究的大学。由于时空限制的减弱,过去学校教学所受的束缚也将随之消失。斯坦福大学通过网络向全世界有天分的高中生传授他们学校无法开设的像高等数学这样的课程。由于全世界的学者与学生之间的电子邮件通信联系,新的科研成果得到及时交流,这样一来,所有大学间的围墙将被打开更多的缺口。

8.3.3　案例三:哈佛大学成功之道[①]

哈佛大学作为世界最著名的大学,其成功之道主要来自其革故鼎新的精神。

哈佛大学创建后一个半世纪的哈佛学院,一直是以英国的牛津、剑桥两所大学为模式,以培养牧师、律师和官员为目标,注重人文学科,学生不能自由选择课程。19世纪初,高等教育课程改革的号角在哈佛吹响,崇尚"学术自由"和"讲学自由"。"固定的学年"和"固定的课"的老框框受到冲击,自由选修课程的制度逐渐兴起。在哈佛学院也有人倡议实行课程选修制度,这种革新的要求遭到传统保守势力的反对,倡议在哈佛未得实现。然而,高等教育要适应社会发展的需要,适应学生个性的呼声日益高涨。1839年,哈佛大学再次发动课程改革。1841年,哈佛正式实行选课制,但在保守势力的反对下很快又有所倒退。19世纪60年代,美国爆发了南北战争。南北战争为美国资本主义的发展开辟了道路,生产力突飞猛进,科学技术工作者的地位逐步提高,工程师、自然科学家和工业技术人才得以和律师、官员等并驾齐驱。形势的变化对高等学校的课程改革十分有利,选修制再次兴起,哈佛又一次走在了改革的前列。1869年,年仅35岁的埃里奥特担任哈佛大学校长,此后他担任校长40年,是推行选课制的主将,在他的领导和推动下,哈佛大学全面实行选修制。到1895年,只有英语和现代外语仍为必修课,其他均为选修课。美国许多高校纷纷步哈佛大学后尘,减少或废除必修课,增加选修课。按照自由选修制的要求,攻读一种学位,可有16门课程供学生选修,只要符合规定,便可取得相应的学位。这种方法打破了固定的四年学制,成绩优异者三年内即可取得相应的学位,可称得上是"不拘一格降人才"了。在埃里奥特的努力下,哈佛大学招聘名流学者任教,选修课程开设超过其他大学,学生的知识面扩大,学习潜能得以充分发挥。埃里奥特的教育思想和课程改革对美国高等教育的发展具有深远影响,他强调高等学校要给予学生三个法宝:一是给学生学习上选择的自由;二是使学生在所擅长的学科上有施展才能的机会;三是使学生的学习从被动的行为转化为自主的行为,使学生从对教师的依赖和从属关系中解放出来。1909年,洛厄尔出任校长,他在保留自由选课制优点的前提下又提出了新的教改方案,从1914年起,实行"集中与分配"制。所谓"集中",是指从16门可供选择的课程中,必须选修6门本系的专业课,以保证重点;所谓"分配",是指另外的6门课程从3个不同的知识领域中各选两门,以保证学生具有比较广泛的知识面。余下的课由学生自由选择。这种制度既保证专业课学习的深度,又能扩大学生的视野,也可给学生的个人爱好留下适当的余地。1933年,化学家科南特担任校长,他励精图治,于1940年主持成立专门委员

[①]　整理自北京大学发展规划部、国际合作部的网站资料。

会,研究课程改革。经过 5 年的反复研究,提出了专门报告,主张加强普通教育。哈佛大学按照专门报告的建议,又作了 5 年实验,在 1951 年正式推行"普通教育"制度。按照普通教育制度的规定,第一,一、二年级的学生,要从自己所在的系中选修 6 门专业课,再从人文、社会、自然三大类别的普通教育课中各选一门,共 3 门课,另外还需从其他系的课程中至少选 3 门;第二,三、四年级也设有普通教育课,没有学过一、二年级普通教育课的,不得选修三、四年级的普通教育课;第三,攻读硕士和博士学位的学生可以选修一部分三、四年级的普通教育课;第四,学生不得选修属于同一个考试组的两门课。这样做,普通教育和专业教育结合得很紧密,而且先后有序,互相衔接。这种办法吸取以前制度的优点,加以综合,形成了以通讯教育为基础,以集中与分配为指导的自由选修制度。哈佛大学学生成绩的计分方法一般有四种:第一,按 A、B、C、D、E 五级计分,A 为最高分;第二,及格和不及格;第三,满意和不满意;第四,有学分和无学分。哈佛大学的课程改革并没有停滞不前,他们又进而研究在普通教育中哪些课程是核心课程,或称基础课程。他们深切认识到,不论学习任何专业,都必须有深厚的基础知识。"根深叶茂,本固枝荣"这一思想在哈佛大学是很明确的。德里克·博克于 1971 年出任校长,他十分关注大学本科的基础教育,采取了有力的措施。20 世纪初,美国一般大学文科的课程是按照纵深与横亘相结合的原则来设置的,既让学生对某一领域有比较深入的理解,又要求学生对其他领域有较为广泛的涉猎。到 20 世纪中期,则要求学生在知识广度方面对人文科学、社会科学和自然科学三个领域有概括的基本理解。到了 20 世纪六、七十年代,以上的课程模式再度受到挑战,由于人类的知识领域空前扩大,各学科之间过去的传统界限已被冲破,使得传统的文科课程结构处于不得不改革的局面。1973 年,博克校长任命亨利·罗索夫斯基(Henry Rosovsky)为哈佛文理学院院长,责成他负责研究文理学院的目标及哈佛本科教育中存在的种种问题,号召教师们献计献策,以集思广益,重新制订有关大学教学的目的和方法。罗索夫斯基任命威尔逊教授研究共同基础课问题,于 1976 年提出一项改革方案,即"威尔逊报告"。这份报告主张制订一种强制性的共同基础课程,以后又经过反复讨论、修改,并由罗索夫斯基院长亲自主持进一步的修改工作,结果于 1978 年提出了关于共同基础课的报告,并决定于第二年开始付诸实施。

从以上过程可以看出:哈佛大学是不断适应时代的要求而不断革新的,这种改革不是凭单纯的热情而匆忙从事的,改革不是孤立进行的。这些对我们的教育改革工作是颇有借鉴意义的。

除此之外,哈佛大学成功之道还有以下 3 点。

① 质量并重。哈佛初创时,只有教师 1 人,学生 4 名。现在,教师人数已超过 2 000,学生人数近 2 万名,数量的发展是惊人的。哈佛在发展中并未忽视质的提高,坚持质量并重。保证教育质量,除了指导思想明确以外,比较重要的措施有两条:一是

充实和完善设备,"工欲善其事,必先利其器",哈佛的教学设施、实验室、图书馆、博物馆等都是第一流的;二是重视人的素质,教师要严选,学生要精挑。对于学生的录取,哈佛是相当严格的,获准入学者约占申请者的 10% ~ 20%,大多数新生入学前的中学成绩为 A 等。由于教师阵容强,学生起点高,再加上物资设备等其他条件,才保障了哈佛有相当高的教育质量,在美国以致全世界的高等学校中名列前茅。

② 教研结合。世界上著名的高等学府,都已成为"两个中心",既是教学中心,又是科研中心,哈佛是其中的佼佼者。事实表明,教师水平再高,也需不断进修。哈佛的教师都有科研任务,哈佛的高年级学生或成绩优异者也在学习的同时,从事一定的科研工作。哈佛图书馆、博物馆,既是为教学、科研服务的机构,本身也从事教学和科研。哈佛大学做到了教学、科研结合,两者相互促进,相得益彰。

③ 内外协作。哈佛大学内部各单位信息相通,许多学生可以交叉注册、跨系跨学科进行学习,哈佛又同麻省理工学院等名牌大学和有影响的科研机构通力合作。内外协作,使得哈佛大学能够最大限度地调动人力、物力,扬长避短,发挥最佳的效益。

哈佛大学、MIT 和斯坦福大学的成功之道是值得我们学习和借鉴的,当然,我们不能完全照搬,需要根据我国实际情况和国家需求进行本土改造与创新。只要我们方向正确,并不断努力,必将有越来越多的中国大学跻身世界一流大学行列,并带动我国高等教育国际竞争力的整体提升。

8.4 教育产业化的经济学诠释及其运作

1. 教育产业的诠释

(1)国内外对教育产业的认可

1962 年,美国普林斯顿大学经济学系弗里茨·马克卢普在其发表的《美国的知识生产与分配》一书中最早提出"知识产业"的概念,指出知识产业是一类为他人或者为自己所用而生产知识、从事信息服务或生产信息产品的机构、厂商、单位、组织和部门,有时是个人和家庭,并将知识产业分为教育、研究与开发、通信媒介、信息处理设备、信息处理服务五个方面。在现代知识经济社会里,发展生产的主要要素已转移到知识、信息和科学技术上。而知识、信息和科学技术来自于高等教育的生产。因此,作为产业的教育,成为知识产业的支柱产业之一[①]。

从 20 世纪 80 年代中期起,我国按照国际惯例把为生产和消费提供各种服务的部门称为第三产业,包括流通部门、为生产和生活服务的部门、为提供居民素质和科学文化水平服务的部门、为社会公共需要服务的部门。教育属于为提供居民素质和科学文

---

① 吕慧萍:《教育产业化悖论——教育产业的经济学诠释及其发展导向》,载《宝鸡文理学院学报(社会科学版)》,2003(4)。

化水平服务的部门,因此教育产业是第三产业的一部分。

（2）从经济学角度看教育产业

从经济学角度看教育产业,教育具有产业属性,有着深刻的经济学内涵,主要表现在以下三个方面。

① 教育具有"有偿性",是能够体现投入产出效应的产业部门,教育需要投入物质、精神、人力等经济要素,如教学设施、图书资料以及教职员工的劳动等,在市场经济条件下,这些"要素"都是按照"市场等价交换"原则,从其他经济部门中"购"进的。而其产出的成果,则是它所培养的"人才",即毕业生[①]。

② 教育具有完备的产业要素。产业是对有形的物质产品和无形的精神产品的生产过程,其基本要素包括:市场需求、产业资本、产品质量、成本核算、经济效益等。教育也一样,具有上述产业要素。

③ 教育产业是带有某些商业属性的服务实体,属于服务业范畴。

2. **教育产业化的诠释**

（1）国内外对教育产业化认知的差异

教育产业化（the industrialization of education）在中西方具有不同的含义。在我国,指的是将传统的由政府包办的非义务教育机构,特别是高等教育领域,改造为以提供教育服务获取利润的企业式经营主体。比较典型的定义为,将产业化的经营思想和市场导向与市场交换的运作方式运用在教育中,就是教育的市场化,即通过市场实现教育资源的合理配置。在西方,教育产业化的基本内涵与我国目前所探讨的教育产业化内涵相去甚远,主要有以下两种不同理解。

① 指教育机构直接兴办产业。这里的教育产业化,不是指将学校办成以提供教育服务为赢利手段的机构,而是指学校科技成果直接转化为生产力,通过教学、科研与产业的紧密联系,教学、科研面向产业,产业为教学、科研提供经费和研究方向,宗旨是提高高等教育水平。比较著名的代表是"硅谷",不仅实现了教学、科研与产业的互动,也为教育提供了可观的经费来源,还为学生的求职创造了良好的条件,取得了良好的经济效益和社会效益[②]。

② 指借鉴产业运作模式,提高教育质量。Peters 在 1998 年指出,所谓教育产业化,就是指运用科学的质量控制方法以改进教育产品质量。科学的质量控制方法指的是工业中标准化生产、规模化经营等。这里的教育产业化,旨在通过广泛使用现代信息技术,任用专家小组对传统远程教育内容和方式进行系统改进,使之合理化、正规化、标准化,进而实现教育的规模化,从而达到提高教学质量,降低教育成本的目的[③]。

---

① 田双全:《教育产业化释义与高职产业化路径选择》,载《职业技术教育（教科版）》,2003（28）。
② 王秀华:《教育产业化引起的几点思考》,载《十堰职业技术学院学报》,2006（1）。
③ 邓刚:《大学的产业化趋势与大学的公益性》,载《辽宁教育研究》,2006（3）。

（2）我国对教育产业化的质疑与争议

关于教育产业化的问题，我国学术界一直存在质疑与争议，有学者指出，争论的焦点主要集中在：教育到底是公共产品，还是私人产品，或者是准公共产品，其与市场化是否兼容；市场化或产业化的程度以多少为宜；教育"是不是产业"，"是什么样的产业"，"能不能产业化"，"如何产业化"等。也有学者指出，中国"教育产业化"的问题在于，径直把"产业"与商业等同，把国家应承担更多社会责任的举措变形为受教育机会的商品化。如人大校长纪宝成称，所谓教育产业化，就是主张要按或者要像兴办工商业一样兴办国民教育，要按或者要像办企业一样办学①。

实际上，从我国教育部门出台的政策来看，我国政府认可教育是一种产业，提出"发展文化产业，发展教育产业"，"发展有中国特色的教育产业"，对教育产业的提法是赞成的。但是却反对教育产业化的提法，教育部发言人王旭明在新华网与网友交流时表示，教育产业化这个提法从它产生之日起，教育部就旗帜鲜明地反对，因为教育产业化会毁掉中国的教育。因此有人说，其之所以反对产业化，关键在反对一个"化"字，即提产业是可以的，提产业化是不可以的②。

关于教育产业化，我们的看法③有以下3点。

① 教育既然是一种产业，当然可以产业化。所谓产业化运作，就是教育的管理和运行机制应该面向市场，教育要进行投入产出分析，对教育成本进行严格的核算。

② 由于我国与西方国家对教育产业化认知的差异，导致我国在实施教育产业化的过程中，将教育产业化从狭义的角度商品化了，从而按照生产性企业的营利性原则，以市场运作方式，优质优价，直接追求经济投入的最大利润。

③ 教育产业化成为世界大学改革的潮流。20世纪80年代以来，美国及欧洲国家先后进行了教育产业化的改革。通过采用产业经营模式，改变大学单一的经费筹措渠道，广泛吸纳社会资金，充分发挥市场在教育资源配置中的作用，实现了高等教育投资主体、办学主体、办学模式的多元化。这个潮流必将影响我国教育产业化的实践活动，是我国高等教育走出资金困境的根本所在。

3. 教育产业化的市场运作

（1）边缘产业局部的产业化

以产学研相结合为特色的校办产业，是教育产业的边缘产业，应当首当其冲成为教育产业化运作的先锋。高等院校内部结构分为后勤、科研和教学三大块。高校后勤这一块必须分离出来，可以并且必须实行产业化和市场化经营，实行社会化服务。科研内部分成两部分，其中应用开发研究应该走出"象牙塔"，面向市场，实行产业化，依

① 肖雪慧：《"教育产业化"下的贫穷世袭》，载《中国社会导刊》，2006（3）。
② 何小忠，刘华芳：《论教育产业化的边界》，载《湖南文理学院学报（社会科学版）》，2004（4）。
③ 朱红，朱敬：《论教育产业化的经济学诠释》，载《经济问题》，2007（8）。

靠市场机制,做强做大①。

(2)政府和市场对教育资源的共同配置

教育产业化是指教育转变为产业的性质和状态,它是在充分遵循教育规律和法律的前提下,将市场机制引入高等教育领域,利用政府机制和市场机制共同配置高等教育资源,改变教育只作为事业存在的状态,使其具有产业的性质,最大限度地提高社会效益和经济效益。

教育产业化过程中,单纯使用市场化的手段,在现实中容易表现为大幅度扩招并进行高标准收费,甚至是乱收费,加重学生及其家长的负担,甚至使教育丧失了公平性和公益性。因此,真正的教育产业化就是在充分遵循教育规律前提下,利用国家调节、市场机制作用和社会参与来共同配置高等教育资源,实现增加高等教育资源供给数量,改进高等教育资源使用效率,真正实现教育的正外部性②。

(3)竞争机制的引进和实施

教育既然是产业,就要遵循产业竞争的规则,引进竞争机制。教育竞争力是在有效学校研究的基础上,吸收企业竞争力和国家竞争力的研究成果而逐步发展起来的一个研究领域。目前,人们对教育竞争力的关注和探讨日益广泛,逐步从探寻影响学校有效性的因素以及提高学校有效性的方法,扩展到研究学校之间的竞争和跨国、跨洲教育联盟之间的竞争。

竞争在教育领域是普遍的,参与竞争的主体有着竞争的内在动力和外部压力。其内在动力是人类自身再生产和发展的需要,其外部压力是相关资源的短缺以及竞争日益激烈的外部环境给教育带来的冲击。教育竞争与企业竞争有质的不同。企业竞争是你死我活;而教育竞争是在合作共生中的竞争,是以竞争促进人类的共同发展,这是教育的目的与功能使然③④。

8.5　大学治理:怎样让中国的大学办得更好

8.5.1　公司治理的理论及实务

1. 公司治理及其相关学科

信息不对称条件下,企业所有者委托高管层经营企业,高管层拿着所有者的投资在"干什么"是所有者关心的问题。如果经营者为了私人利益或者短期利益,通过隧

---

① 张家:《"产业化之争"中的方法论问题》,载《大学教育科学》,2006(5)。
② 吴骏:《对我国"高等教育产业化"的思考》,载《金融经济》,2006(3)。
③ 曾昭宁:《"高等教育产业化质疑"——兼论高等教育的价格决定》,载《价格与市场》,2003(3)。
④ 汤梅,路萍:《对高等教育产业化的回顾与反思》,载《理论观察》,2006(2)。

道行为或者其他短视行为损害所有者利益怎么办？因而对于现代企业来说存在一个合规与违规的问题,所有者对经营者监督与控制的有效性成为公司治理产生的根源。所有者通过以契约为主的一系列制度安排从宏观上监督与控制经营者的行为,就是公司治理。

公司治理是一门综合性学科,集经济学、管理学、金融学、会计、审计、法学、心理学等学科为一体,与各门学科的相关关系具体表现在:公司治理构建的基础理论是信息经济学的委托代理机制,作为股东和利益相关者的委托人通过激励来刺激作为代理人的经理层努力工作,同时也建立相关的制度或者契约来约束经理层的行为。为了方便投资者了解经理层拿投资者的钱做了什么,绩效如何,因此要求公司必须定期披露财务信息,让投资者通过信息披露了解公司经营状况。国家为了保障投资者的利益,出台相关法律,如公司法、证券法、破产法等。公司不仅要面对生产与服务市场,更多的是要面对资本市场,与机构投资者等大股东建立良好的关系,通过关系营销股票,并在危机到来时处理好与投资者的关系,因而投资者关系管理成为一个重要方面。公司在生产、经营、管理的过程中,需要了解顾客、供应商、竞争对手、投资者、雇员的心理,通过模拟现场来验证、修正经济学原理,为公司治理实践提供理论基础,因而实验经济学的研究是必要的。一个公司治理比较好的企业,经理层是在正确决策的基础上正确投资,能够在规避风险的同时带来可观的经济效益和社会效益,因而公司治理能够替代竞争力。公司治理及其相关学科关系框图如图 8 – 1 所示。

图 8 – 1　公司治理及其相关学科的关系框图

2. 公司治理理论

从"学——理论研究"的角度看公司治理研究的必要性,公司治理的理论研究已经成为体系,主要有以下几点。

（1）信息不对称下的委托代理机制和新制度经济学的契约理论

现代企业的一个重要特征就是所有权和经营权的分离,由此产生了委托代理关系,即所有者将其在企业产权中的经营权委托给经营者代理行使,基于委托 – 代理理论的企业理论认为,企业中的委托代理关系导致了公司治理问题的产生,即由于委托人与代理人效用函数的不一致及信息的不对称性,可能形成代理人利用自己的信息优势,采取旨在谋求自身效用最大化却可能损害委托人利益的机会主义行为,产生代理成本,而这些成本即是公司治理中由于公司治理机制的各种弊端所导致的公司治理绩效的缺失。公司主要包括三层代理关系:一是股东作为公司的所有人和委托人,经理人员是代理人,即股东委托经理人员经营管理企业;二是在股东之间,公司存在控股股东的时候,往往存在小股东作为委托人,委托控股股东代理企业的经营管理;三是在企业的日常经营和生产活动中,管理人员和工人间的委托代理关系。委托人与代理人之间通过契约来建立联系。

(2)公司治理模式、公司治理原则、公司治理结构、公司治理机制

德日模式、英美模式、家族模式、中国公司治理模式各具特色,在各个不相同模式指导下建立的公司治理原则也各不相同,出现了 cadbury 报告、greenbury 报告、urnbull 报告、1997vienot 报告、荷兰 peters 报告、南非 King 报告片断、墨西哥公司治理原则、OECD 公司治理原则、德国公司治理原则、比利时公司治理委员会报告、韩国公司治理最佳做法准则、欧洲证券商公司治理原则与建议、欧洲政策研究中心公司治理建议、欧洲股东联合会公司治理纲要、瑞典股东协会公司治理准则、希腊公司治理原则、英联邦公司治理原则纲要、日本公司治理论坛公司治理准则、商业圆桌会议公司治理准则、意大利上市公司治理委员会实务准则、香港最佳做法准则、中国公司治理原则(草案)及其解说等公司治理原则。

不同的公司治理原则指导下的公司治理结构和公司治理机制各具特色。公司治理结构是一国政治经济体系中的企业制度安排。这种安排决定企业为谁服务,由谁控制,风险和利益在投资人、管理层、员工和相关利益群体之间怎样分担以及企业最高领导班子怎样构架、怎样决策。

(3)单个法人治理、集团治理、网络治理组织化

现代企业在发展的过程中,经历了从单个法人到企业集团的发展过程。企业以总分或者母子关系构成了企业集团,在母与子关系的企业集团之中,子公司一般也具有法人资格。企业集团的层层组织和结构以及总分或者母子公司的复杂关系给公司治理增加了比组织和结构更为复杂的难度。因此公司治理已经从单个法人治理走向集团治理。随着企业集团关系复杂化的深入,层级组织之间构成了更为复杂的网络关系,而企业信息化的进一步深入,又加剧了企业网络化的发展和公司治理网络化的运作。因此,在企业集团治理的基础上,未来公司治理的发展趋势,必然是网络组织治理。公司治理从单个法人治理到集团治理再到网络治理组织化的演化,是一个公司治理从简单化逐渐复杂化的过程,使得公司治理的研究从理论上需要进一步深化。

(4)股东、董事和高管责、权、利的一致性研究

公司治理的主体和客体涉及股东、董事和高管层的责、权、利,责、权、利保持一致性,公司治理才能朝着健康、良好的方向发展。权力过大而责任和利益较小,董事和高管层可能滥用权利,置中小股东利益于不顾。利益过大而责任和权力过小,则董事和高管层形同虚设。责任过大而权力和利益过小,董事和高管层有可能不愿意站在位置上。只有责、权、利与公司治理的目标实现了一致性,各方利益才能达到均衡。

(5)利益相关和社会责任保障机制下的合规与违规研究

公司治理最终要解决的问题是合规与违规的问题,因此合规与违规的问题是公司

治理的基本问题。合规则利益相关者的利益能够得到体现,公司承担了应该承担的社会责任。违规则利益相关者的利益不能够得到体现,公司没有完全承担应该承担的社会责任。公司合规与违规的解决,需要一定的保障机制。除了法律法规规定的强制性章程与条例之外,公司还应当主动披露一些自主性信息,以便利益相关者了解公司的经营信息。公司也应当承担更多的社会责任,树立公司的良好形象。

3. 公司治理实务

从"术——实务"的角度看公司治理研究的必要性,公司治理的实务出现的问题越来越多,已经受到政府和企业有关部门的重视,主要有以下几点。

(1)公司治理实践存在问题较多

中国式企业管理中的公司治理评价体系研究,应当在遵循公司治理评价国家标准趋势的前提下,突出中国特色,体现"中国式"三个字的本质特征。中国式企业管理中的公司治理评价的特色应当主要体现在以下几方面。

① 从股权结构来看,体现在"一股独大"现象上。中国的上市公司有80%是国有企业,国有企业是在计划经济基础上转轨、改制而来的。国家是国有企业最大的股东,控制着50%左右的股份,而在英美国家,由于股权分散,控制20%股份的股东已经是非常大的股东。由于中国在2005年出台政策,国有控股不能进行转让、出售,因此"一股独大"成为中国式企业管理中的公司治理评价最显著的特色。

② 内部控制严重。由于委托代理机制的存在,国有企业高管人员成为双重身份的代理人。面对国家,他们是政府的代理人,而由于内部控制,政府对高管人员的监督行为鞭长莫及。面对企业员工等利害相关者,他们是员工的代理人,同样由于内部控制,利害相关者的监督行为更为软弱,因为高管人员全部是政府任命,难以监督,难以免职。因此,内部人控制成为中国式企业管理中的公司治理评价最突出的特色。

③ 从公司控股股东来看,由于多种经济并存,第一大股东最终控制人类型分为国有控股、民营控股、外资控股、集体控股、社会团体控股、职工持股控股及其他七种类型。虽然各个类型最终控制人的差异性带来公司治理评价指标设计的差异性,但是国有控股和民营控股占据上市公司的份额非常大。根据南开大学中国公司治理指数系统(CCGI^NK)2008年度报告显示结果,国有控股和民营控股虽然均呈现出逐步提高的态势,但是国有控股公司治理离较高水准有较大的差距,却稳定地高于民营控股公司。所以中国式企业管理中的公司治理评价,应当以国有控股和民营控股为主,以提高国有控股和民营控股企业公司治理水平为主。

④ 中国上市公司治理水平呈现较大的地区性差异。根据南开大学中国公司治理指数系统(CCGI^NK)2008年度报告显示结果,与往年情况类似,经济发达地区的广东省、上海市、北京市上市公司占有数量最多,1 154家样本企业中,上海市129家,广东省111家,北京市75家,而西部欠发达地区样本量少,青海省、西藏自治区各有6家。就平均值而言,样本上市公司治理水平存在一定差异,治理指数最高的省份与最低省

份相比,相差 3.72。按地区分组的样本公司治理指数等级分布显示,位列最后 12 位的省份都是西部省份。因此,中国式企业管理中的公司治理评价,应当以缩短地区性公司治理水平差异为目标。

(2)公司治理评价研究受到重视

国内外对公司治理评价与指数的研究经历了一个公司治理的基础理论研究、公司治理原则与应用研究、公司治理评价系统与治理指数研究的过程。从国内外公司治理评价指标体系来看,已经取得了一些成果,如标准普尔公司(S&P)、戴米诺公司(Deminor)、里昂证券亚洲分部(CLSA)、美国机构投资者服务组织(ISS)等。从这些成果来看,国内外公司治理评价研究具有如下特点。

① 公司治理评价者由商业机构的公司治理评价发展到非商业性机构。较早的商业性机构的公司治理评价是 1998 年标准普尔公司创立的公司治理服务系统。非商业性机构或学者的公司治理评价萌芽于 1950 年杰克逊·马丁路德提出的董事会绩效分析。在 2001 年以后,非商业性机构的公司治理评价研究在一些国家和地区迅速发展,中国具有代表性的公司治理评价研究成果是南开大学公司治理研究中心的中国公司治理指数系统(CCGI[NK])。在 2003 年调查数据评价的基础上,经过多年研究,近期推出了 2008 年度公司治理指数。

② 国内外公司治理评价研究具有明显的地方性特征。从指导原则上看,各个国家有各个国家自己制订的公司治理原则,各个国家公司治理原则的切入点和治理指导内容有所差异,指导原则制订者也来自不同的背景。从治理模式上看,由于治理结构和治理机制的差异,英美模式、日德模式、东南亚家族模式各具特色。每个国家由于极其不同的法律结构、金融体系、公司所有权结构、文化和经济因素等,形成了独有的公司治理体系。

③ 国内外公司治理评价研究具有标准化趋势。随着国际贸易和跨国业务的不断发展,对具有可比性的国际商业行为和准则的需求日益增加,现有的代表金融市场的国际标准的势力也要求将公司治理全球化,以期在一国的金融市场建立信息和吸引力。目前会计和财务报告领域正朝着国际统一标准方向发展,国际会计准则委员会正在努力建立一套为各国接受的综合会计准则。公司治理原则方面,OECD 原则及有关OECD 原则的 ICGN 声明、CalPERS 原则、欧盟治理原则、英联邦指南等公司治理标准化实践成果已经诞生。随着对公司治理学术和专业研究的不断进步,提出标准化的公司治理体系的特点并制订具有一定普及性的公司治理评价指标的需求正在增加。

在中国,南开大学公司治理研究中心在国内率先分别推出了《中国公司治理原则》(2000)、《中国公司治理评价指标系统》(2003)、《中国公司治理评价指数 CCGI[NK](南开治理指数)》等一系列公司治理评价研究成果。其中《中国公司治理评价指数 CCGI[NK](南开治理指数)》从股东权益、董事会、监事会、经理层、信息披露、利益相关者六个纬度评价上市公司治理状况。

8.5.2 大学治理的研究内容

什么是大学治理？大学治理涉及的因素是什么？大学治理赖以存在的理论基础是什么？我国大学治理目前的现状是什么？还存在哪些问题？我国大学治理的结构和模式是怎样的？怎样才能完善我国高校的大学治理机制？完善后的大学治理机制，如何体现效率与公平？

围绕着这个思路，大学治理的研究内容将从以下几个方面开展。

(1)大学治理概述——从概念、特点、内涵、分类、影响因素等多方面阐述什么是大学治理的问题

大学是非营利组织，大学治理涉及治理主体、治理结构、治理模式、利益相关者、社会责任、关键资源拥有等多种因素。大学治理必须从根本上解决几个关键问题：谁是大学的利益相关者；谁是大学的关键资源；大学的关键资源是教授还是处级干部；他们在大学中所起的作用是什么。

(2)大学治理的理论基础——解决大学治理赖以存在的理论基础是什么的问题

理论基础主要包括委托代理机制、产权与制度理论。在信息不对称条件下，大学所有者委托大学高管层经营大学，高管层在大学"干什么"是所有者关心的问题。如果大学经营者为了私人利益或者短期利益，通过隧道行为或者其他短视行为损害利益相关者利益怎么办？因而对于现代大学来说存在一个合规与违规的问题，对大学经营者监督与控制的有效性成为大学治理产生的根源。所有者通过以契约为主的一系列制度安排从宏观上监督与控制大学经营者的行为，就是大学治理。

(3)我国大学治理目前的现状是什么，还存在哪些问题

与国外大学治理的现状相比较，我国高校的大学治理现状是什么，还存在哪些问题。通过优势与劣势的分析，期望能够发现问题，找出差距，迎头赶上。

我国高校的大学治理，总体上来说存在明显的特色：一是没有股东，因而没有董事会；二是实施党委领导下的校长负责制；三是缺乏监督机制，因为考核与监督机制不健全；四是行政力度过大，行政与学术混为一体。如何依据我国大学治理的特色，构建我国大学治理的决策执行框架是一个尚需解决的问题。

(4)我国大学治理的结构研究

大学治理的结构研究，将大学治理结构分为内部治理结构和外部治理结构。内部治理结构指向学生、教师、校长、管理者、利益相关者，外部治理结构指向大学的主管部门和政府部门。一些学者希望通过对发达国家大学治理结构实践的描述与分析，以对我国大学治理结构的调整与改革起到借鉴作用。一些学者基于中国大学治理结构构建与调整的实践，对如何平衡大学与政府和社会的关系、如何平衡大学内部各种权力的关系等提出了合理优化的建议。通过对我国高校内外部结构的分析，期望能够完善

我国高校的治理结构。

（5）我国大学治理的模式研究

关于大学治理的模式，有学者认为是前苏联的政治控制模式、欧洲教授治校模式、美国的民主管理模式；有学者认为是美国的市场模式、英国的学术模式、欧洲的科层管理模式；也有学者认为是内部人监督为主的关系型治理模式、国家监督为主的行政型治理模式、中介机构监督为主的复合型治理模式；还有学者指出是洪堡模式（政府保护与控制模式）、纽曼的自由主义模式（荣誉社会的高度自治模式）、贝纳的社会主义模式（福利政府模式）和市场模式。我国大学长期以来沿用传统的行政治理模式，兼具有政治控制和科层制的双重特征，主要以政府为导向，办学经费主要依靠政府拨款，招生规模、专业设置等都要政府批准，大学内部运作按政府行政模式进行，大学与市场的联系并不紧密。我们期望能够构建一种给予社会需求的大学治理模式，与市场紧密联系，建立学业、创业、就业、产业兼顾的一套治理模式。

（6）我国大学治理机制的完善

治理机制的完善，实际上就是解决以下问题：谁控制大学；控制者向谁负责；向谁诉说责任；为谁的利益决策。大学的控制是分层次的，充分体现了科层制，而又有别于科层制。因为纯粹的科层制可以是完全的上下级关系，而大学的科层制还不是完全的上下级关系，下级的思维活跃，上级的管理需要人性化。在这部分研究中，可以运用自组织理论所涉及的协调理论，研究大学的控制与协调程度；运用计算机仿真，研究大学的控制与协调程度。

（7）我国大学治理评价研究

完善后的大学治理机制，如何实现资源的有效配置，体现效率优先、公平兼顾的原则，这就是一个治理评价问题。在这部分研究中，可以建立大学治理评价指标体系，以我国高校为样本，做实证分析，评价我国的大学治理现状。

（8）大学治理视角的制度安排

大学治理的结构、模式、机制等问题的解决，最终都要体现在协调、控制与监督上；而协调、控制与监督等问题的解决，最终都要体现在制度安排上，通过一系列的制度安排，把大学治理得更好。

我们以本科教学培养方案改革的"三三制"培养模式，说明制度安排代理的差异性。

我国过去的高等教育人才培养理念一直是培养"精英主义、知识为本、专业中心"的科学研究人才，这种培养理念使得本科教学逐渐被边缘化，本科教学既不考虑人才社会需求，也不考虑学生个性化发展。因此，国内大部分高校都在进行本科教学培养方案的改革，改革的模式基本上都是以"三三制"为总方针，只不过基于各个高校现状、认知及培养目标的差异，所提出的"三三制"也是千变万化的。

如浙江师范大学将"三三制"归纳为"三个课堂＋三个结合"的育人模式。三个课堂即为教师、校园和社会;三个结合即为通识教育与专业教育结合、大众教育与英才教育结合、素质教育与个性教育结合。

南京大学将"三三制"归纳为"大类培养(不分专业)、专业培养(自主选择专业、自主选修课程)、多元培养(不同的个性化)"三个培养阶段和"学术专业类、交叉复合类、就业创业类"三条个性化发展路径。学术专业类注重加强科研训练;交叉复合类注重跨专业、跨院系选修课程和完成学位论文;就业创业类注重增加实习实践机会,加强就业技能和实践能力。

还有的学校认为"三三制"就是三个三,即"三个阶段 + 三种教育 + 三种人才"。"三个阶段"就是入学教育阶段、素质教育阶段和实践教育阶段;"三种教育"即专业素质教育、创新素质教育和综合素质教育;"三种人才"指知识型人才、能力型人才和创新型人才。

(9)大学的内部治理与外部治理

关于大学的内部治理,目前的文献指向大学治理的模式,有的说是"党委领导、校长治校、教授治学";有的说是"以校长为主导的行政系统、以教授为主导的学术系统、以学生为主导的评议系统";有的说应该关注大学精神,通过文化整合来体现大学精神;有的说应该建立问责制,足见还没有形成体系化的内部治理层次与结构。

关于大学的外部治理,目前的文献指向第三方治理,这个第三方一般认为是政府,因为大学与政府的关系密切相关,政府既是大学的主管部门,又是大学办学经费的主要来源。目前大学的外部治理有转向市场的可能性,原因为大学的课程设置未必符合社会对毕业生的需求,很可能毕业生在毕业后就业率比较低,在与其他高校毕业生比较时,竞争能力与学术都比较低。只有基于人才市场走向视角,分析社会对高校毕业生的需求与供给情况,然后再根据社会对高校毕业生的需求情况,确定课程设置体系,在课程设置中,体现出社会需求的特色,这样才有可能体现出大学治理的社会效能。

大学的内部治理与外部治理不是各自独立的两个方面,因为对于大学来说,管理主义与学术主义、社会效能与学术自由应该是一个统一的整体,任何一个环节发生裂变,都有可能导致大学治理的失效。内部治理是大学治理的基础,外部治理是大学治理的延伸。大学的内部治理如果存在问题,大学很难获得外部的支持与帮助,大学的外部治理如果存在问题,也会影响大学的内部治理。

参 考 文 献

[1]包昌火,谢新洲. 竞争对手分析[M]. 北京:华夏出版社,2003.

[2]包昌火,谢新洲,申宁. 人际网络分析[J]. 情报学报,2003,22(3):365-374.

[3]北京大学发展规划部网站资料. http://odp. pku. edu. cn/list. asp? classid = 5.

[4]别敦荣,田转舜. 论大学核心竞争力及其提升路径[J]. 复旦教育论坛,2004(1).

[5]查尔斯·维斯特. 一流大学 卓越校长[M]. 北京:北京大学出版社,2008.

[6]陈婧,韩伯棠,于丽娟. 多层次灰色评价法在高科技企业科技人力资源评价中的应用[J]. 科技管理研究,2004,24(3).

[7]陈运平,谢菊兰. 高等教育国际化进程中高校核心竞争力的培育与构建[J]. 江西教育科研,2004(7).

[8]邓刚,陈放,邓虹,等. 大学的产业化趋势与大学的公益性[J]. 辽宁教育研究,2006(3).

[9]第一财经日报分析:Facebook 成长及 80 亿市值狂想. http://news. ciw. com. cn/Print. asp? ArticleID = 44892 2007 85.

[10]Education Effectiveness Review. http:// www. wascsenior. org.

[11]樊刚. 比较优势也是竞争力. http://www. drcnet. com. cn.

[12]冯梅. 模糊综合评价模型在教师评价中的应用[J]. 数学的实践与认识,2004,34(11).

[13] Figel, J (2005). Higher Education and Competitiveness. European Policy Center. http://europa. eu. int.

[14]Francis, A. ,Tharakan, P. K. M. The competitiveness of European industry. London/New York:Routledge,1989.

[15]G. 卡斯帕尔. 斯坦福大学的成功之道[J]. 夏洪流,周刚,曾明,等译. 高等教育研究,1999(3).

[16]高宗泽,蔡亭亭. 斯坦福大学的人才培养模式及其特点[J]. 外国教育研究,2009(3).

[17] 国家精品课程导航. http://www. core. org. cn/cn/jpkc/index _ lei. html. 截至 2008.

[18]郭宇明. 崇尚"实用教育"的斯坦福大学[J]. 中关村,2007(4):88-90.

[19] 顾秉林. 谈清华大学人才培养特色. 人民网, http://bbs1. people. com. cn/postDe-tail. do? id = 85433591 2008 - 4 - 18.

[20] 顾丽娜, 陆根书. 澳大利亚科研评价体系介绍[J]. 理工高教研究, 2006, 25(1): 49-51.

[21] 哈佛商学院 MBA 案例教程. 盐城职教网电子课程, http://www. ycve. js. cn/ebook/shkx/ts056067. pdf.

[22] 何小忠, 刘华芳. 论教育产业化的边界[J]. 湖南文理学院学报(社会科学版), 2004, 29(4): 80-82.

[23] 洪民荣. 英国评价大学各系科研质量和分配科研经费的 RAE 制度[J]. 社会科学管理与评论, 2003(2): 77-80.

[24] 胡高, 胡弼成. 高等教育质量: 理性评价与认识[J]. 宁波大学学报(教育科学版), 2004, 26(4): 39-43.

[25] 灰色评价方法, http://www. powersafety. com. cn/content/content. asp? Id = 24569.

[26] 黄焕福, 黄月兰. 教师评价中的一个数学模型[J]. 南宁师范高等专科学校学报, 2005, 22(3): 72-74, 80.

[27] http://bbs. werdoc. com/read. php? tid = 47368, 2007 年.

[28] http://ed. sjtu. edu. cn/rank/2005/ARWU2005_101 - 202. htm.

[29] http://finance. ifeng. com/topic/money/2009dxphb/.

[30] http://www. ige. edu. cn/newsdetail. jsp? news_id = 810.

[31] http://youth. nenu. edu. cn/ReadNews. asp? NewsID = 3397.

[32] 互动百科, www. hudong. com.

[33] 胡咏梅, 薛海平. 我国教育竞争力的区域划分[J]. 教育与经济, 2003(1): 1-6.

[34] 黄少军. 服务业与经济增长[M]. 北京: 经济科学出版社, 2000.

[35] 叶之红. 建设高等教育强国的历史任务与主要挑战[R]. 教学信息化及教学方法改革经验交流会, 2009.

[36] 金薇吟. 论价值和科研评价原则[J]. 江海学刊, 2005(6): 201-204.

[37] 堺屋太一. 知识价值革命[M]. 北京: 东方出版社, 1986.

[38] 赖德胜, 武向荣. 论大学的核心竞争力[J]. 新华文摘, 2002(11).

[39] [美] 丽贝卡·S. 洛温. 创建冷战大学——斯坦福大学的转型[M]. 叶赋桂, 罗燕, 译. 北京: 清华大学出版社, 2007.

[40] 李春林, 杜进, 柴丽滨. 作为无形资产的人力资源评估方法应用研究[J]. 商业研究, 2003(12).

[41] 李慧仙. 论我国教育政策评估的全方位改革[J]. 现代教育科学(高教研究), 2004(1).

[42] 李金昌. 资源经济新论[M]. 重庆: 重庆大学出版社, 1995.

［43］李向晟,张永华.研究型大学学生对外交流与合作模式研究[J].浙江统计,2006
（12）.

［44］李新荣.集对分析在科研评价中的应用[J].科技进步与对策,2003(7).

［45］雷朝滋,高俊山,王维才.关于高等学校科研评价问题的几点认识[J].研究与发
展管理,2005,17(5):92-96.

［46］刘斌.政策科学研究:第一卷 政策科学理论[M].北京:人民出版社,2000.

［47］刘恩允.高校科研评价的问题与对策[J].高等工程教育研究,2004(1):39-42.

［48］刘庆元,刘宝宏.战略管理:分析、制定与实施[M].大连:东北财经大学出版
社,2001.

［49］刘晓明.教育核心竞争力:概念、要素及内涵[J].人民教育,2005(11):12-13.

［50］刘艳阳,吴丹青,吴光豪,等.SCI用作科研评价指标的思考——学科分布对指标
公正性的影响[J].科研管理,2003,24(5):59-64.

［51］吕慧萍.教育产业化悖论——教育产业的经济学诠释及其发展导向[J].宝鸡文
理学院学报(社会科学版),2003,23(4):103-107.

［52］马杰.高校科研评价体系改革探讨[J].潍坊学院学报,2003,3(4):99-100.

［53］迈克尔·波特.国家竞争优势[M].李明轩,邱如美,译.北京:华夏出版
社,2002.

［54］孟芊.清华在人才培养方面的特色,http://edu. people. com. cn/GB/8216/146328/
146750/9054932. html,2009－3－31.

［55］孟溦,刘文斌,李晓轩.DEA在定量科研评价中的应用[J].科学学与科学技术管
理,2005,26(9):11-16.

［56］Mission Statement. http://www. effectiveness. org.

［57］牛长松.英国高校创业教育研究[M].上海:学林出版社,2009.

［58］经济合作发展组织.创新网络——走向学校管理和教育管理的新模式[M].胡丽
娟,译.北京:教育科学出版社,2008.

［59］彭丽华.模糊数学在高校教师科研质量评价中的应用[J].科技进步与对策,
2003,20(12).

［60］普林斯顿评论,www. princetonreview. com.

［61］启德教育.2009年美国大学毕业生就业工资状况调查. http://news. eic. org. cn/
News. aspx? id =4615 2009－09－15.

［62］丘均平.从高校科研竞争力评价向综合评价的发展——关于"中国高校综合竞争
力评价"的说明[R].2004. http://www. 94up. com/Article/ShowArticle. asp? Arti-
cleID =181.

［63］邱均平,杨瑞仙,丁敬达,等.2009年世界一流大学与科研机构学科竞争力评价的
做法、特色与结果分析[J].评价与管理,2009(2).

[64]全球大学百强排行榜,http://iec. cust. edu. cn/article_show1. asp? id＝108.

[65]茹宁. 欧美高等教育基准法评介[J]. 比较教育研究,2004,25(2):53-58.

[66]SELZNICK, P. Leadership in administration:A sociological interpretation[M]. New York:Harper & Row,1957.

[67]沈健. 当前国际高等教育改革发展的新趋势[J].江苏高教,2009(2):1-4.

[68]Stigler, G. J(1957). Perfect Competition, Historically Contemplated[J]. Journal of Political Economy, 65:1.

[69]孙爱萍.对我国远程教育课程资源建设的若干思考——来自麻省理工学院开放课件项目的启示[J].浙江教育学院学报,2007(5).

[70]孙敬水. 中国教育竞争力的国际比较[J]. 教育与经济,2001(2).

[71]谈松华. 教育竞争力与区域教育发展的报告. http://www. edufair. com. cn.

[72]谭跃进. 定量分析方法[M]. 北京:中国人民大学出版社,2002.

[73]汤梅,路萍.对高等教育产业化的回顾与反思[J].理论观察,2006(2):109-110.

[74]田双全.教育产业化释义与高职产业化路径选择[J].职业技术教育,2003(28):19-22.

[75]童泽望,左继宏,王培根.基于多元统计理论的干部评价模型与实证分析[J].武汉理工大学学报,2004(8).

[76]王爱华.国外高校开放课程资源的原因.教育部高等学校教学指导委员会通讯之理工科通讯,2008(5). http://www. edu. cn/crct_660/.

[77]王琰春. 西方教育评价观的演进及对我国的启示[J]. 教育与现代化,2003(1):74-78.

[78]王素荣,朱红,朱敬.基础理论研究成果评价方法探讨[J].教育理论与实践,2007,27(2):4-6.

[79]王秀华. 教育产业化引起的几点思考[J].十堰职业技术学院学报,2006,19(1):13-15.

[80]What is A－HEC. http://www. a－hec. org/.

[81]钱雪梅.我国大学和科研评价研究成果摘要[J].中国高校科技与产业化,2004(10):40.

[82]吴骏.对我国"高等教育产业化"的思考[J].金融经济,2006(3).

[83]吴清山,林天佑. 教育名词解释——教育竞争力[J]. 教育研究月刊,2003:109,159.

[84]吴天元,吴天方. 教育竞争力理论基础之建构. 全球化、教育竞争力与高等教育改革国际学术研讨会汇报材料. http://www. ced. ncnu. edu. tw.

[85]吴玉鸣,李建霞. 我国区域教育竞争力的实证研究[J].教育与经济,2002(3):15-19.

[86]吴玉鸣,李建霞. 我国区域教育竞争力的实证研究[J]. 教育与经济,2003(3).

[87]吴玉鸣,李建霞. 中国区域教育竞争力与区域经济竞争力的关联分析[J]. 教育与经济,2004(1):6-12.

[88]向世界一流大学迈进——对话北京大学党委书记闵维方,人民日报2009年06月11日. http://news. xinhuanet. com/politics/2009－06/11/content_11523145. htm.

[89]肖雪慧."教育产业化"下的贫穷世袭[J]. 中国社会导刊,2006(11).

[90]乌家培,谢康,王明明. 信息经济学[M]. 北京:高等教育出版社,2002.

[91]薛海平,胡咏梅. 国际教育竞争力的比较研究[J]. 北大教育经济研究(电子季刊),2005(1).

[92]杨雷,张晓鹏,骆金凤. 教育信息化价值及其测评技术[M]. 北京:科学出版社,2008.

[93]杨明. 中国高等教育实力在世界的定位[J]. 浙江大学学报(人文社会科学版),2003,33(5):130-137.

[94]杨昕,孙振球. 大学核心竞争力的研究进展[J]. 现代大学教育,2004(4):67-69.

[95]袁家新,程龙生. 企业竞争力的内涵及其特征[J]. 江苏商论,2003(6).

[96]岳小力,张晓鹏. 构建以学生为中心的本科教育质量评价指标体系[J]. 复旦教育论坛,2009(3).

[97]张家."产业化之争"中的方法论问题[J]. 大学教育科学,2006(5).

[98]张日新. 我国高等教育改革的目标模式及其路径选择[J]. 教育理论与实践,2009(9).

[99]张铁道. 增强我国教育科学的国际竞争力[J]. 教育研究,2003(1):23-27.

[100]张月红. Prospect——了解国内外科技产出的最新动态. 2008年报告.

[101]曾昭宁."高等教育产业化质疑"——兼论高等教育的价格决定[J]. 价格与市场,2003(3).

[102]曾宪文,张舒. 论高等教育质量观的六大转变[J]. 教育学术月刊,2009(9):58-59.

[103]浙江大学学报编辑部主任张月红编审在四川大学华西口腔医学院讲学. 四川大学华西口腔医学院网站,http://www. hxkq. org/news081014－01. asp.

[104]郑永平,党小梅,吴荫方. 浅谈高校的科研评价与激励[J]. 技术与创新管理,2005,26(5):72-75.

[105]中国教育交流网. http://www. ceduc. net/tese1. htm.

[106]中国人民大学竞争力与评价研究中心研究组. 中国国际竞争力发展报告:2001[M]. 北京:中国人民大学出版社,2001.

[107]周敦. 美国教育信息化的发展及对我国的启示[J]. 教育与职业,2009(14).

[108]周祖翼. 扩大国际交流与合作 增强我国高等教育国际竞争力[J]. 中国高等教育,2003(1).

[109]朱红．决策信息对信息决策行为的贡献份额分析研究方法[J]．情报杂志，2003,22(10):58-59.

[110]朱红．信息消费.理论、方法及水平测度[M]．北京:社会科学文献出版社,2005.

[111]朱红,王素荣．信息资源管理导论[M].北京:国防工业出版社,2006.

[112]朱红,张洪亮．信息人力资本及其对信息决策行为的影响分析[J]．情报科学，2003,21(11):1157-1158,1162.

[113]朱红,朱敬,王素荣．教育产业化的经济学诠释[J].经济问题,2007,336(8).

[114]朱敬．大学竞争力研究溯源及内涵演析[J]．现代大学教育,2008(1):86-90.

[115]朱惠平,宋玉华．高校教师评价体系探析[J]．经济师,2005(1).

[116]朱永新,王明洲．论大学的核心竞争力[J]．教育发展研究,2004,24(7):7-8.